徳 間 文 庫

警察庁私設特務部隊KUDAN
ウロボロス・クーデター

神 野 オ キ ナ

徳 間 書 店

目次

design：coil

くだん（ＫＵＤＡＮ）

件とも書く。幕末頃から伝わる妖怪。

牛から、あるいは人から、人の頭と牛の身体《からだ》、あるいは逆に牛の頭に人の身体を持って生まれ、生まれたと同時に人言を解し、喋《しゃべ》る。

人に害を為すことはない。

歴史に残る大凶事の前兆、あるいは警告として生まれ、流行《はや》り病、凶作豊作、天変地異、戦争など重大なことに関して様々な予言をし、凶事が終われば死ぬ、という。

登場人物

〈KUDAN〉メンバー

橋本泉南　元公安。通称〈ボス〉

比村香　警察庁警部補。通称〈ケイ〉

元陸上自衛隊。通称〈ツネマサ〉

元死刑囚。通称〈時雨〉

アウトロー。通称〈狭霧〉

ハッカー。通称〈トマ〉

栗原正之　警視監

プロローグ　二年前

☆

三月十一日。

宮城県《みやぎけん》、某市。

夕暮れの海風は、驚く程冷たく、アスファルトに響《ひび》く靴音は硬く、冷たく響いた。

がっしりした体格の男は、そこに立っていた。

地味な、高い値段のものではない、質素な灰色の背広が覆《おお》うのは、一片の贅肉《ぜいにく》もない、引き締まった身体《からだ》だ。

老人と言っていい年齢の人物である。

髪の毛は豊かだが、真っ白で、十年以上の月日が過ぎ去った。とある海岸の街に吹く、冷たい海風にその髪がなびく。

風雪に耐えた老木のような、岩のような、無駄が一切削《そ》ぎ落《お》とされた顔。

そこは十数年前に起こった震災による津波で、ほとんどをえぐり取られた街だった。

十年の時が流れ、街は津波対策をしつつ、かなり復興したが、失われた人は戻らず、逃げ延びた住民も殆《ほとん》どが戻らず……三万人も人口が減った街は、二年も続いた疫病《えきびょう》による経済自粛に端《たん》を発した不況のためもあって、建物に灯《とも》る明かりは驚く程少ない。

老人の立っている場所にはそれまで、彼の娘夫婦が住んでいた。

波瀾万丈《はらんばんじょう》な人生を送った彼と違い、娘はしごく平凡な男と結婚し、ささやかで温かい家庭を持っていた……老人のこともその頃には赦《ゆる》してくれていた。

日本に帰る度、この場所に「帰ってくる」ことが楽しみだった。

娘夫婦は年に十日も戻らぬ彼の為だけに、部屋を作ってくれていた。

いずれ、身体が言うことを聞かなくなる日が来たら……それまで生き延びていたら、老人はそこで人生を終えたい、と願っていた。

今は、何もない。

ただの平坦な地面。海水が深く染みこんだ土壌《どじょう》には、草も生《は》えない。

この辺《あた》り一帯は、全て津波にのみ込まれ、消え去った住宅の跡地だ。

渺々《びょうびょう》とした荒野の中、風ばかりが鳴っている。

背広の裾《すそ》をはためかせる冷たい風は、並の人間なら背を丸め、上着の襟《えり》を立てて逃げ出したくなるほどだが、老人はそこに決然として立っていた。

夕日が沈んでいく。

街は、酷《ひど》く静かに思えた。

今日は、死を悼《いた》む日だ。

それが当然であると、街全体が喪《も》に服している。

夕日が海の向こうに消え去り、暗闇が支配しても、彼は暫《しばら》く、そこに佇《たたず》んでいた。


三日後の夜、三月十四日。


同じ老人が、東京の真ん中に立って、巨大なビルを見上げていた。

コンクリートとアスファルトに熱を吸われた空気は、風にならず、足下《あしもと》からじわじわと体温を奪《うば》うようにやってくる中、老人は三日前と変わらぬ様子で立っている。

背広はチャコールのものになっていた。

日本最大手の広告代理店の所有する、数十階建てのビルの前。

風にたなびくカーテンのような断面を持つそのビルは四年前に完成したばかりだ。

真っ赤な円の中「ＫＵＲＥＴＷＯ《クレッー》」のロゴが収まっているシンボルマークがビルの上部に煌々《こうこう》と輝いている。

東京は三日前訪れた街と違い、酷く明るい。このビルは特に。

自粛ムードもここには無縁だ。窓の明かりは煌々とついている。

「開幕まであと１５０日」

窓の明かりは、その文字の形に光っていた――世界的なスポーツの祭典の開始を告げるもの。

老人はビルの出入り口を見つめた。

三日前に訪れた街と同じく、周辺のビルはともかく、その足下に広がる中小のビルに明かりは少ない。

大きなビルは、それら明かりの消えたビルを、その中に勤めていた人たちを踏みつけにし、我関《われかん》せずと高笑いしつつ、そびえ立つ巨人のように、老人には思えた。

事実、踏みつけにしている――老人の親族はここでひとり、踏《ふ》み潰《つぶ》された。

三年前、ここを孫娘がくぐっていったのを老人は見送った。

この近くにあるセレモニーホールで、孫娘の入社式を老人は見、翌日、笑顔で手を振り、あの自動ドアの向こうに消える孫娘を見守りながら、安堵《あんど》の溜息《ためいき》と涙を流していた。

大学を出て、両親を失った傷を、ようやく自らの力で癒《い》やして。

老人は外国で得《え》た金銭を彼女に送り、年に二ヶ月弱、夏と年末に一緒に過ごしてやることしか出来なかった。

大した孫を持ったと、誇らしくなった。そして彼女を残してくれた娘夫婦に、感謝すらおぼえた。

それから一年ののち、孫娘はこのビルのトイレで、手首を切って発見された。

自殺だった。

その一週間前、祖父である老人の電話に、彼女はいつものように明るく答えていた。

年末はまた一緒に過ごそう、老人が何気なくそう言ったとき、初めてその声が曇《くも》った。

『それは……難しいかな。ちょっと仕事立て込んでて……でも、三が日は何とか休めるから！』

あとは、いつものように明るい会話だったが、なにかそこに空々しいものを、老人は感じた——緩やかな危険信号は、老人の人生において、最優先で行動を起こすべき時を、いつも教えてくれていた。

嫌な予感がして、老人は通話を終えると同時に、飛行機のチケットを取った。

帰ってきて、空港で、普段は使わない日本のＳＩＭカードを入れ、孫娘の電話を鳴らした。

コール数回の後、電話に出たのは孫娘ではなかった。

数瞬の沈黙の中に躊躇《ためら》いがあることを、老人はすぐに察《さっ》した。

間に合わなかったと、確信が冷たい塊《かたまり》になって胃の腑《ふ》にわだかまる。

『……警察のものです……永良玲菜《ながられな》さんのお祖父様《じいさま》ですね？』

後のことは、飛び飛びの記憶でしかない。

警察の霊安室で見た孫の死に顔は、この上もなく悲しげに見えた。

老人と電話を終えた後、彼女は深夜、会社のビルのトイレで手首を切ったという。

ミスコピーされた紙の裏十枚に書かれた遺書は、両親が死んで以後、首にかけていた愛用のロザリオと共に、スーツの内ポケットに残されていて、老人への詫《わ》びの言葉が延々と並んでいた。

ボールペンの文字は、かつて老人に誉《ほ》められた時の、のびのびとした達筆さは消え失せ、ミミズがのたうち回っているかのように、乱れていた。

「おじいちゃん、ごめんなさい」

それが最後の便箋《びんせん》がわりの用紙の裏に、何十回もくり返されていた。

手が震《ふる》えた。

何が名将か。直感の鬼か。

孫娘の悲鳴を、聞き届けることすら出来なかった。

自殺は不審死ということで解剖に廻《まわ》される、と刑事が気の毒さを滲《にじ》ませた声で告《つ》げたのは憶《おぼ》えている。

やがて、遺書には書かれていない事実が次々と明らかになっていったが、警察は早々に自殺として処理し、それ以上は動かなかった。

マスコミも動かなかった。老人自身が動いた。

度重《たびかさ》なる長時間のサービス残業、そして上司からの肉体関係の強制、「お色気」とユーモラスな名前のついた性的な接待。仕事を円満に動かすために、「持ち出し」として孫娘は一千万近い借金までしていた。

預金残高はゼロに近く、振り込まれる給料はまるでバイトの給料に毛が生えた程度のもので……孫娘は入社した、といっても「試験採用期間」であり、書類上、正社員扱いされていなかったのだ——試験採用期間は五年。

老人は、愕然《がくぜん》とした。

その仕事場である戦場においては、用意周到、偏執的《へんしゅうてき》な貪欲《どんよく》さをもって全てを調べ尽くす老人であったが、孫娘の……平和な日本という国において、その職場がどれほど腐《くさ》っているか、危険かを調べることは怠《おこた》った。

自分が三十年間守り抜き、その後も海外に場所を移しても間接的に守り続けて来たという自負《じふ》ある社会に、これほどまでの闇が口を開《あ》けているとは、思いもしなかった。ましてや、広告代理店と言えば、老人がまだ日本国内にいたころは「キツイが華やかで楽しい職場」の代表だった。

その意味の中には、必要充分《じゅうぶん》過ぎる残業代や給料が含まれていたが、老人が海外にその職場を移したころから、これらは消え去っていったものだと、初めて思い知った。

最後に司法解剖の結果が老人を打ちのめした。

孫娘は妊娠四ヶ月だった。父親は判《わか》らない。

自殺の最後の後押しは、妊娠だと理解した。

遺品の中にロザリオがあるのは単なるお洒落《しゃれ》ではない——孫娘は自分と違い、娘夫婦の影響でクリスチャンだった。

老人は洗礼に立ち会っている……自分も受ける気にはどうしてもなれなかった。

娘がまだ高校生だった昔はともかく、今の老人の仕事からすれば罪深いことだと思ったが、そうすることでしか、孫娘に寄り添うことは出来ないと思ったからだ。

会社の上司は、広告代理店を解雇《かいこ》されたが、有力な通信関連の官僚の息子だったため、そのまま、日本有数の人材派遣《はけん》会社に重役として、再雇用されただけで、終わった。

老人は昨日、その上司を始末した。

死体は今頃骨も残さず消えている——老人は基本、戦場の戦いの中に生きていたが、核の部分においては、犯罪者たちの行う、後ろ暗い殺し合いと、さほど差はない部分もある。

だから、知識も伝手《つて》もあった。

敵《かたき》を討てば、このビルは違って見えるかも知れない。

孫娘の思い出の場所に変わるかも知れない。

三日前の海辺の街のように。

だが、違っていた。

いまだ、人を食いちらかす巨人のように、このビルは見えた。

否《いな》、この街全体が人を食い散らかし、残骸《ざんがい》を吐《は》き捨《す》てては新しい肉を頰張《ほおば》るために蠢《うごめ》く、おぞましい光る肉食虫の群れに見えた。

老人はしばらく、そこに佇んでいたが、やがて、ひとつ小さな溜息をついて、上着の懐《ふところ》から、今や絶滅危惧種になった折りたたみ式の携帯電話を取りだした。

電話番号を老人は全て記憶しているから、呼び出す間はなく、即座に番号を打ち込んだ。

コール数回で相手が出た。

「宇豪《うごう》さん。あなたの話に乗ろう」

ひび割れた、乾いた声で老人——永良武人《たけひと》はそう、短く告げた。

「我々の革命を始めよう」

第一章　一年前

☆

一年前。八月。

橋本泉南《はしもとせんなん》は、炭火で炙《あぶ》られてるような東京の空気の中、浜松町《はままつちょう》の裏路地で手の平の汗を拭《ふ》いた。

輪郭も含め、鋭角な線だけで構成されたような顔には、苛立《いらだ》ちの皺《しわ》が眉間《みけん》に寄っている。

ビルの中を心地《ここち》よく冷やすために熱気を放出し続ける室外機が、人ひとり通れるかどうか、という幅しかない、隣のビルとの間に面した、外壁一面にファンを廻《まわ》していて、ただでさえ高い気温を、ゆるゆると上げていた。

こういう古いビルとビルの間には、定期的に片付けない限り、結構な分量のゴミが風で流されてくる。

橋本の足下は一面、古いチラシや雑誌の切れ端、弁当の食べガラや空《から》のペットボトルが敷き詰めたようになっていた。

ここ暫《しばら》く雨も降らないから、全てがカラカラに乾いている。

橋本の目の前には安いアルミのドア。裏口だ。

昼下がり手前、人通りは絶えている。

(ここだけで言えば熱気は四十度を超《こ》えているかもしれないな)

思いながら、腰の後ろ、ベルトに差したマカロフ拳銃の位置を、背広の上からさりげなく直しつつ、デイパックを背負い直した。

変装用のカツラの間から汗が噴き出すのをウェットティッシュで拭《ぬぐ》い、ポケットに入れる――これからやることには、DNAの欠片《かけら》一つも残したくない。

一昨年《おととし》の暮れから流行《はや》り始めた世界的な疫病《えきびょう》の影響で、大きな医療用マスクにサングラスでも咎《とが》められることがなくなったのはありがたいが、それにしても暑い。

手にした聴診器のようなコンクリートマイクをドアそばの壁に押し当てると、耳の中に入れたイヤフォンから音声が聞こえてきた。

『ちっす、先輩、身代金七千万、きやしたぁ～』

何とも間の抜けた、青年の声と共に、ドアが開《あ》く音。

足音がして、テーブルの上に、重い紙束が置かれるとき独特の音が、連続して七つ。

『おーし、じゃ、女連れてこい。最後にもっかい輪姦《まわ》して返すぞぉ』

いかにも今時の半グレらしい、低い割には軽薄な声。

『えー、もう飽《あ》きたっすよぉ』

『ゼータク言うな、おっぱいもケツもでかいだろが』

『でも三日も輪姦《まわ》しっぱじゃ、もうつれえっす』

『マサとロタつれて来い、あいつら穴があれば、男でもいいだろ？』

『えー、マサはめんどくさ……』

ごすっという打撃音がして、何かぱらっと硬い小さなものが絨毯《じゅうたん》に転がる音が続いた。

『なあ、トミよぉ、先輩の言うことは？』

『じぇ絶対《じぇったい》ッス』

どうやら「先輩」を怒らせてパシリが歯を折られたらしい。

ふがふがした声が、スマホを使って何処《どこ》かに連絡を取り「すぐ来るっしゅ」と報告した辺《あた》りで橋本は裏口を開けた。

三十分前、最後の下見のついでに、蝶番《ちょうつがい》には錆落《さびお》としのスプレーを吹き付けてある。

落ちていた、ボロボロのTシャツの切れ端で、蝶番を拭うと綺麗《きれい》な輝きが戻っていた。

さらにポケットから小型の機械油のスプレーを取り出して吹き付ける。

鍵がかかっていないのはすでに確認済だ。

ここは元々、オレオレ詐欺《さぎ》の本拠地に使われていた場所で、前の主《ぬし》であるオレオレ詐欺グループは、既《すで》に他の場所に移っているが、建物ごと、グループリーダーとは同じ暴走族のメンバーだった今の半グレのリーダーに二〇〇万ほどで譲《ゆず》られた、という経緯《けいい》らしい。

縦横がはっきりしているヤクザ社会と違って、半グレはその辺が非常に広範囲だったり狭かったり、あるいは金銭の取引さえあれば、という意味で自由だ。

橋本は、ゴミの中から拾い上げた、古いデザインのクレジットカードを、ドアの上部に突っ込んだ。

軽いバネの手触り。案《あん》の定《じょう》、開くとドアの裏側で押さえていた、閂《かんぬき》型のスイッチが突出し、警報が鳴るようになっているらしい。

百均ショップで購入した瞬間接着剤をカードの片面に流しこんで、スイッチをドアフレームごと固定し、ゆっくりとドアを引っ張る――音もなくスムースに開いた。

ひんやりした空気が心地よい。

橋本は素早く中に潜《もぐ》りこんでそっと後ろ手にドアを閉めながら屈《かが》み込《こ》んだ。

射撃用のサングラスが、瞬時に光量に合わせて透明度を増し、室内に対応した。

背負っていたデイパックのファスナーを開けて中身を取り出す。

二つの「A」の文字を頂点を合わせて左右から横倒しにした、と思わせるデザインの短機関銃《SMG》だ。

ロシアの最新鋭でPP－2000という。

口径は西側同様の9㎜パラベラムだが、厚さ一・五センチの鉄板を貫く装甲貫通弾・7N31を装填《そうてん》してある。二十、三十、四十発入りと弾倉《だんそう》が選べるが、今回は三十連を二本。

銃口には太い減音器《サプレッサー》を装着している。

予備弾倉一本を腰の後ろに差す。

バレルの上、左右どちらにもL字型に曲がるようになっている棒状のチャージングハンドルは既に引いてあり、いつでも射撃できる態勢にしてあった。

橋本は両手でPP－2000を構え、腰を落として軽く膝《ひざ》を曲げ、足裏全体をUの字に曲げ、踵《かかと》からぺったりと床につけていくイメージで廊下を進んでいく。

これは仕事や任務などではない、一種の「アルバイト」だったが、武器を手にした以上、緊張感と命がけなところは変わらない。

「やめてよ！　これ以上ハメたら死んじゃうってえの！」

女の叫び声が聞こえた。

「うるせえ、黙ってやらせろ」

「このバカ、クズ、うすのろ！　あーしにこんなことして、マイダーが黙ってないんだからね！」

あーし、は発音からして「あたし」のこと、だとすれば、マイダーとは、マイダーリンの略だろうか。

女の声は、頬《ほお》を張る平手の音で中断した。

平手の音はなお続く。執拗《しつよう》に。

「やめて！　やめて！　やめてぇ！」

女の声は、次第に悲痛さを増して、小さくなっていった。

橋本は構わず、周囲を警戒しながら先に進む。

ここの主である半グレたちとは敵対している、別の半グレグループのリーダーの妻だ。

ヤクザよりも遥《はる》かに縦横の繋《つな》がりが薄い半グレだが「家族」の絆《きずな》はヤクザと変わらない。

自分で手にかけることはあったとしても、それまでは決して見捨てることはない。

三日前に女は誘拐され、七千万をここの半グレの「先輩」が要求。どうやらキチンと相手は金を払ったらしい。

橋本がこの誘拐劇を知ったのは二日前。スティングレイと呼ばれるＣＩＡやＦＢＩも使用している、携帯基地局に成りすます情報収集装置を使用して、だ。

実際にはこの半グレグループに金を脅《おど》し取《と》られたほうの半グレグループを張り込んでいたのだが、女の誘拐事件が起きてこちらに標的を変えた。

橋本の本来の仕事は、あくまでも一般人を犯罪から遠ざけ、守ることにある。

半グレは一般人には入らない。誘拐事件というより、これは抗争劇の一環と言える。

隠し扉である裏口から細い通路が真っ直ぐ延びて突き当たりで左右に分かれている。

橋本は足音もなく、するすると右側のほうへ曲がった。

ドアはない。

オレオレ詐欺の元アジトらしく、無骨《ぶこつ》な事務机が六つ真ん中に集められ、壁一面はコンクリ剝《む》き出《だ》しで、ところどころに、数年前のグラビアアイドルのピンナップと、「目標金額」と書かれた、剝《は》がれかけの手書きのグラフ、日本地図やオレオレ詐欺における応対集が、ひらがなのルビ付きで貼り付けてある。

その机の上には、こんがり日焼けした肌の、二十歳《はたち》そこそこの全裸の女を囲むようにして、ホスト崩れのように、大きな襟《えり》のワイシャツ、首から覗《のぞ》く金のチェーンとスーツ姿で細身な三十代あたまと思《おぼ》しい男、安っぽいペラペラの布地の、背広型作業服を着けたひょろりとした青年と、ウェイトリフティングで鍛《きた》えたと思しい、筋肉の塊のようなずんぐりした角刈りの青年とが、組んずほぐれつを始めようとしていた。

ホスト崩れの男が「先輩」だろう。

背後には大きく口を開けた床置きの金庫と、政治家界隈《かいわい》では「ブロック」と呼ばれる、札束の塊が幾つも見えた。

ひょろりとした、口元を真《ま》っ青《さお》に腫《は》らした青年が橋本に気がついて何か叫ぼうとする。

橋本は遠慮なく引き金を引いた。

元々、航空兵が墜落《ついらく》したときの、護身用武器として開発された経緯がある、PP－2000は軽いため、反動が鋭い。コントロールするにはコツがいるが、ここ一ヶ月ほどで橋本は扱いに慣れていた。

ひょろりとした青年の右肩に、9㎜の穴が開く。

振り向いた、筋肉ダルマの左右の太腿《ふともも》にも。

悲鳴を上げる暇もなく、銃弾を受けた二人はもつれ合い、もんどり打って古くすり切れたリノリウムの床に倒れた。

すでに老朽化で、かなり割れ目の目立っていた床のリノリウムが、更《さら》に砕《くだ》けて跳《は》ね上《あ》がる中、「先輩」と思しいスーツの男が身を翻《ひるがえ》して事務机の引きだしを開ける。

「野郎！」

中にあるだろう拳銃を、引き抜いて構える暇は与えない。額《ひたい》に三点射《さんてんしゃ》する。

糸の切れた操り人形の様に、「先輩」はかくんと膝をついて、正座をし損ねたように仰《あお》向《む》けに倒れた。

この半グレが、これまでして来たことは調べあげてある。

地上げに集団暴行にレイプ、臓器と人身売買に売春強要、ヤミ金融に、酔っ払っての交通死亡事故に見せかける保険金殺人の請負《うけお》い。

容疑がかけられる、その度《たび》ごとに、元検事の弁護士と代役を立て、「ヤクザじゃない一般人」であることを盾《たて》にノラクラと逃げ回ってきた、人のクズだが、現状の警察では手が出せない。

無抵抗なら何もするつもりはなかったが、銃を向けられてなお、情けをかけるべき相手ではない。

机の上で呆然《ぼうぜん》とする全裸の女を無視してそのまま部屋の奥へ進む。

「いてえええええええええ！」

「血が出てる血が出てるぅ！」

床の上で、自分たちがようやく撃たれたことに気がついた、ひょろ長い青年と筋肉ダルマがわめき声をあげる。

金庫は開いたままになっていて、一千万円の束が二十個はあった。

全部を突っ込みたい誘惑に駆られたが、デイパックの容量には限りがあるし、欲張れば碌《ろく》なことはない。

予定通り、一千万円のブロック束を七つとってデイパックに詰めこむ。

札束の奥に、拳銃が見えた。

ベレッタM9とSIGとS&Wの自動拳銃をつき混ぜたようなデザイン。

韓国・大宇《デーウー》製のK5自動拳銃だ。韓国軍の制式採用銃でもある。

日本国内で目にするのは、かなり珍しい。

それも取り出してデイパックに詰めた――知り合いのヤクザに、こういう珍しい銃に眼がない奴がいる。利用する際に使えると踏んだ。

デイパックを担《かつ》いでPP-2000を構え直して振り向きざま、引き金を絞った。

床でわめく二人の声を聞いて駆けつけてきた、半グレ仲間が五人ほど、胸や腹に銃弾を喰らってその場にくたりと倒れ込む。

弾倉を素早く取り替え、さらに壁の向こうがわに隠れた数名を狙って、PP-2000を連射する。

一・五ミリの鉄板を貫く銃弾は、モルタルの壁を簡単に貫通し、悲鳴と倒れる音が重《かさ》なる。

そのまま出入り口に向かって歩いていく橋本を、机の上で頭を抱《かか》えてうずくまっていた女が見上げた。

「あの……あんた、マイダーから頼まれた人?」

「いや、俺はただの強盗だ」

前を向いたまま、半《なか》ば自嘲《じちょう》気味に橋本は答えた。

この女がおかしな動きをすれば、即座に撃つ心構えは出来ている。

「ねえ、あーし、あの金庫のお金貰っちゃってもいいのかな?」

この惨状を前にいい度胸と言うべきか、それとも余りにも現実離れした光景に、正常化バイアスがかかっていると見るべきか。

「それ以前に服を着ろ」

言い捨てて橋本は廊下に出た。どちらにせよ目的は遂《と》げたから関係はない。

すぐに、床で呻《うめ》きながら、それでも「銀ダラ」と呼ばれる、中国製トカレフを構えようとした半グレの一人に数発を叩《たた》き込《こ》み、おびえきって頭を抱える他の連中を無視して裏口から出る。

ＰＰ－２０００は上着の懐《ふところ》に隠し、路地を走る。

時間通りに路地の出口に白のトヨタ・ヴィッツＧＲが停《と》まった。

橋本が後部座席のドアを開けするりと中に乗り込むと、ヴィッツは滑《なめ》らかに走り出す。

ハンドルを握っているのはサングラスに医療用の大きなマスク、真っ赤なロングヘアのウィッグを被った女性だ。

比村香《ひむらかおり》。橋本の元部下で、警察庁の警部補である。

「上手《うま》く行きましたか？」

前を見たまま問う香に、橋本は「ああ」と頷《うなず》いてカツラを取った。

車の中の冷房が頭の汗を一斉《いっせい》に吸い上げてくれるように心地よい。

「予定通り七千万あった。これで目標金額だ」

橋本はサングラスを取らぬまま、窓の外を流れる、浜松町の風景に目をやった。

橋本の率《ひき》いる非合法部隊ＫＵＤＡＮ《クダン》は、表向きまだ日本には存在しない、犯罪予測プログラムによって弾《はじ》き出《だ》された凶悪武装犯罪を防止するために秘密裏《ひみつり》に設立された警察庁の下請け組織だが、直接的な関係は表向きなく、予算費用の大半は常に自力確保。

大きな麻薬取引や犯罪情報があれば余禄《よろく》は大きいが、残念ながらこの数ヶ月、そういう美味《おい》しい話は来ない。

さらにそこへ、インターネットの中の闇の部分……犯罪者やテロリストが利用する「ダークウェブ」と呼ばれる場所で、犯罪を取り仕切り、フランチャイズする存在……IN《イン》CO《コ》と呼ばれる連中の逆鱗《げきりん》に触れた。

彼らはあらゆる手段を講じ、それはこの電脳社会と重なった現実の世界にも及ぶ。

早い所「地下に潜《もぐ》る」必要があった。それには金が必要だ。

結果、個人的な小さな荒仕事の依頼や、こういう半グレ同士の抗争からピンハネ強盗をする羽目《はめ》になっている。

さすがに警察としてヤクザの仕事は受けられないが、ヤクザと半グレの間にいるような人間の依頼や、橋本の上にいる栗原警視監《くりはらけいしかん》経由で、防衛省や、国税局がらみの「もめ事」をいくつか処理した。

部下であり、仲間である連中は不平不満を言わないが、率いる側としては情けない。

だから、さっさと終わらせたかった。

「〈時雨《しぐれ》〉たちから連絡がありました。あっちも終わったと……私たちもこのまま現場に？」

香が訊《たず》ねる。

「その前にナンバープレートを変えて、〈ツネマサ〉を拾う。あいつは今日、足がない」

（ようやくこれで一人頭《あたま》四千万か。二年は何とかなるだろう）

莫大《ばくだい》な金額のように思えるが、実際にはその半分は、新しいマイナンバーカード作りを筆頭に、自分たちのこれまでの人生を消し、新しい人生を送るための、様々な諸経費に消えていく――ＩＮＣＯはそれでも振り払うことが出来るかどうか、という敵だ。

（あの事件以来ツキが落ちた）

前回の事件で潜入捜査をした橋本は、助けたかった関係者を誰一人救えぬまま事件を終えた――それがどうも祟《たた》っている気がしてくる。

☆

東京都、中央区銀座《ぎんざ》四‐十二‐十五。

近代的な街並みの中、四方を現代的な直線のビルで囲まれた中、突如として出現する瓦屋根の建物がある。

日本の伝統芸能の巨大な殿堂、歌舞伎座《かぶきざ》。

世界的な疫病の流行が周期的に始まって数年。一時的に解除された非常事態宣言に合わせてこの日から試験的に歌舞伎座は開けられることとなった。

座席は、家族でなければひとつおきに空席を作り、左右を透明なアクリルボードで囲んだ上、不織布《ふしょくふ》マスク以外の素材で出来たマスク着用の禁止、という徹底ぶりである。

その日の最初の演目は「御摂勧進帳《ごひいきかんじんちょう》」。

歌舞伎の定番「勧進帳」の元となった話のひとつだ。

物語はそのままに、こちらは弁慶《べんけい》が義経《よしつね》が関所から逃げ延びるまで「役立たずの気弱な大男」のふりをしていじめられる。

が、最後、義経が逃《のが》れ落《お》ちたと判《わか》るや、弁慶は豹変《ひょうへん》し、剛力怪腕《ごうりきかいわん》で関所の役人たちの首を刀でぶった斬り、巨大な天水桶《てんすいおけ》の中で、二本の金剛棒をもってゴロゴロと転がして呵々大笑《かかたいしょう》、という破天荒《はてんこう》な話だ。

もともとは伝統的な「顔見せ狂言」に類する一本で、江戸時代、コレラが流行した時に、厄払《やくばら》いとして作られた物語らしく、最後に弁慶をいじめていた役人の首を、片っ端からぶった斬るのは疫病退散を意味しているらしい。

今日、若干名の外国人も含まれる観客のほとんどは、レンタルされている音声ガイド用のレシーバーを耳に装着していた。

ただし、うち十数名は違う。

彼らは歌舞伎座のものに良く似せた外装のデジタル無線機を持ち、様々なデザインの眼鏡型ディスプレイ……スマートグラスを装着。

さらに目立たぬよう襟元で隠して、声を出さずとも、喉《のど》の筋肉の動きを拾って音声に変換してくれるスロートマイクを装着している。

『では、会議を始めようか』

舞台が始まってきっかり三分後、観客の一人が、英語で彼らだけで行われる会議の開催を宣言した。

「このダサい会議のやり方を思いついた馬鹿は誰か、って議題だったかしら？」

女性の声が茶化すように言う。

声の主は二階席の一番前に陣取った黒人女性だ。

節制を欠かさない結果生まれたグラマラスかつ引き締まった身体《からだ》の線が強調されるデザインの、ワインレッドのドレスの上から、薄物を羽織《はお》って下品にならないようにするセンスがある。

「これ007の真似よね？　『慰《なぐさ》めの報酬《ほうしゅう》』」

『物事には稚気《ちき》というものが必要だよ、「ポーター」』

開催を宣言した人物とは違う、落ち着いた声が機械的に言った。

声の主は黒人女性からは見下ろす位置にある、一階の席に座った日本人男性で、どこか英語がぎこちないのは、彼がひたすら眼鏡型のスマートグラスに表示される指示を見ながら喋《しゃべ》っているためだ……本来の出席者は別の場所にいて、彼は一種のスピーカーなのである。

『カブキは好きだ。それを見ながら金儲《かねもう》けの話が出来る、のは、もっと素敵だ』

「……仕方ないわね。お金の話をしましょう」

『まずは「ウロボロス・リベリオン」の決を採《と》りたい』

司会が告げた。

これまで会話に参加していない者のうち、二名分の息を呑《の》む声が聞こえる。

これは一階席の真ん中に陣取った二人の人物からだ。

グレーの背広を着けているのは、与党の若手二大巨頭と言われた美土里川烈夫《みどりかわれつお》、御津崎《みつざき》孝治《こうじ》が去年、相次いで急死し、いまや「与党最後の若手希望の星」と言われる瀬櫛刊京《せぐしおみのり》。

三十年前に首相の地位に上り詰めた父親譲りの大きな目を、今日は伏せがちで、いつも「弁舌爽《べんぜつさわ》やかな若手議員」というフレーズと共に、「無意味に自信に満ちた」とマスコミに揶揄《やゆ》される表情が硬い。

そのひとつ開けた隣に座っているのは、傲岸不遜《ごうがんふそん》という言葉を逆三角形の輪郭に収めたように唇を歪《ゆが》めている七十代の老人。

去年までは隙《すき》のない英国製スーツで身を固めていたとは思えない、ネルシャツにジーンズというラフな格好だ。

宇豪敏久《うごうとしひさ》。

重工業系の社長を振り出しに、現在は各大手企業の役員を兼任しつつ、香良《コウラ》フィナンシャルグループの会長。

経団連の元重鎮《じゅうちん》であり、次期会長とも噂《うわさ》されていたが、去年、痴情《ちじょう》のもつれから息子が刺殺され、文字通りに「食われる」という大スキャンダルで、会長候補どころか、経団連役員の座からも滑《すべ》り落《お》ちた。

この「会議」に参加している全員が、音声ガイド装置に似せた通信機の、複数あるスイッチのひとつを軽くクリックする。

『決議は終了。満場一致で「ウロボロス・リベリオン」は承認された』

宇豪と瀬櫛の両肩の緊張が、安堵《あんど》に緩《ゆる》むのが「ポーター」の視界に見えた。

『我々は、費用の七十%を支払うことを許諾《きょだく》し、指定された日付に従い、指定口座へ随時《ずいじ》送金を開始する』

スロートマイクに拾われないように、「ポーター」は鼻を鳴らした。

彼女にしてみれば、こんな映画のようなやりとりは、無駄以外の何ものでもない。ＩＮＣＯの殆《ほとん》どを男が占めているため、その稚気に付き合わざるを得ないだけのことだ。

　しかも今回、彼女にとって気に入らないのは、今回の議題が下の階にいる少年のＩＮＣＯの個人事情が絡《から》んでいることだ。

「ウロボロス・リベリオン」自体は面白い見世物《みせもの》になるだろうが、少年のＩＮＣＯはそれに合わせて自分を特定するかもしれない存在の抹消《まっしょう》をも依頼してきた。成功の暁《あかつき》には、その連中の政治的にも追い詰める事を約定《やくじょう》の中に入れている。

　日本の警察組織がその硬直した組織構造をすり抜け、非合法な、一般市民による重武装犯罪――アメリカ生まれの彼女にとってはお馴染《なじ》みの、乱射事件から、キルドーザー事件のような銃器を使った大規模破壊も含めたもの――を防ぐために作った非合法組織。

「コーアン」や「ナイチョウ」と呼ばれる政府直属ではない、一警察幹部の肝《きも》いりで作られた組織「ＫＵＤＡＮ」。

(Let sleeping dog lie《眠る犬は放っておけ》)

　日本で言うところの「藪《やぶ》を突《つつ》いて蛇を出す」あるいは「触《さわ》らぬ神に祟り無し」に近い意味の諺《ことわざ》を脳裏《のうり》に浮かべて、「ポーター」は皮肉に唇を歪めた。

　これを他のＩＮＣＯたちが通したのは、親切心からではない。

　最も幼い仲間が失態を犯していることを理解した上で、それが彼にどんな悲鳴を上げさせるか、否《いな》かで賭けをしているのだ。

少年はそのことを知らない。いや、知っていてなお、自分はしくじらないという自信があるのかも知れない。

（飽きて来たわね）

「ポーター」はあくびをかみ殺しながら議事進行を聞き流す。

表向きの仕事の都合で、日本に長期滞在していたら、この疫病騒ぎになってアメリカに帰国も出来ず、出歩くことも禁じられ、いささか暇《ひま》つぶしになるかと思って出席した会議だが、予想以上につまらない。

舞台の上では、大男が、小役人たちにいじめられている。

大いなるアウトローにしてテロリストである、ムサシボウ・ベンケイを簡単に捕まえたと小躍りする役人たちは、ベンケイの主《あるじ》、ヨシツネが安全圏に去った後、大暴れをしてその小役人たちの首を全てぶった斬る。

といってもハリウッド映画のようなＳＦＸではない。

いかにもな作り物の首がスパスパと飛び、それを大きなバケツに入れてかき混ぜて呵々大笑、といういささか理解しがたい、バイオレントな物語が展開していく。

大仰《おおぎょう》な身振り手振りだが、そこには神技に通じる者たちが研《と》ぎ澄《す》ませた「芸」の魅力がある。

一流のタップダンサーやボードビリアン、ピアニストたちと同じ「プロ」の芸。

（こちらのほうがよほど面白いわね）

「ポーター」はここが明日から、疫病対策で再び閉鎖されることを、残念に思った。

☆

うだるような暑さの中、人々が皆のろのろと歩いているように見える銀座の通り。

〈ツネマサ〉は専用のメッセンジャーアプリで待ち合わせ場所の移動を指示され、歌舞伎座前にやってきた。肩には大きめのスポーツバッグ。

中には知り合いのヤクザから貰ったスプリングフィールドのP9自動拳銃と、現金が一千万円。現金のほうは、ちょっとした小さな「仕事」の成果だ。

一発だけ壁に向けて銃を撃った以外、暴力らしい暴力を振るわずに、違法ドラッグの販売所を制圧してこれだけの金を持ち出せた。

INCOに追われて逃げ延びるための活動資金を作る為にこの二、三週間強盗紛《まが》いをしているが、橋本はそれぞれの現場で「奪っていい金の上限」を決めている。

あまり欲を掻《か》けば、追いかけるがわが躍起《やっき》になって思わぬことの引き金になりかねない。

皮肉にも最近、〈ツネマサ〉たちKUDANが潰した銃器密売ルートを通じて安い拳銃が出回り、半グレ間の抗争や、突発的な強盗事件は多発しているから、向こうが執拗に追いかける理由を与えない限りは逃げられる。

万が一、札の中に発信器などがあっても反応しないよう、一千万円の束は電波の類《たぐ》いを遮断《しゃだん》する導電布《どうでんふ》で出来た袋に収められている。

数十分前までは目出し帽で安物の真っ赤なジャンパー姿だった〈ツネマサ〉は、今は背広姿で伊達《だて》眼鏡をかけ、背筋を真っ直ぐ伸ばし、すれ違う警官にはニッコリ笑って頭をさげる。

不思議なもので、普段着のTシャツ、MA－1にジーンズという姿だとよく職質されるのに、背広姿で軽く挨拶《あいさつ》をするだけで警官はむしろこちらに挨拶してくれる。

胆力は必要だが、慣れてしまえばどうということはない。

悠然と、堂々と、そして背広と眼鏡、僅《わず》かな笑顔……これだけで、警官は丁寧に応対してくれるようになる。

人を外見で判断してはいけない、とよく言われるが、実際にはやはり、人は外見が九割なのだろうと思う。

歌舞伎座の前に来た。

車の搬入口からやや離れた所に立って、スマホを操作、専用のメッセンジャーアプリで橋本に到着を報《しら》せる……東欧で、反政府運動を行う人々のために作られたこのアプリは、一定時間経《た》つと会話の記録が全て消えるという仕様になっている。

もうすぐだ、ということなので、暫く待つことにする。

スポーツバッグを背負い直した。

と。

「〈ツネマサ〉君じゃないかね？」

落ち着いた、なんとも耳に響きの良い声が〈ツネマサ〉を振り向かせ、一瞬で敬礼を行《おこな》わせた。

その人物は五年前と変わらぬ体型と風貌のまま、こちらへ向かって悠然《ゆうぜん》と歩いてくる。

身長は高い。〈ツネマサ〉と同じく一八〇センチを越えているだろう。

年齢は七十を越えているはずだが、真っ白な髪を黒く染めれば四十代で通る。

足取りもしっかりしているのは、未《いま》だに鍛錬《たんれん》を欠かさないからだろう。

充分《じゅうぶん》、普通の声で聞こえる所へ、その人物……永良武人《ながらたけひと》が来たのを見計《みはか》らって敬礼したまま、背筋を伸ばして声を出す。

「永良陸将！　お、お久しぶりであります！」

「久しぶりだねえ〈ツネマサ〉君。ハリオリで君と達川《たつかわ》君が作ったシチューは美味しかった」

「は！　あ、ありがたくあります」

十年前の出来事を自分のあだ名と共に憶《おぼ》えていてくれたことに〈ツネマサ〉は軽く感動すら憶えていた。

十年前、中東の小国へ、訓練期間を終えたばかりの一兵卒として〈ツネマサ〉は三年ほど行っていたことがある。

国連による海外派遣《はけん》の一員だ。

そこにこの老人もいた。当時はまだ陸将補。

〈ツネマサ〉はそこで現地の人間から慕《した》われていた、達川という三尉の護衛につき、かつ可愛《かわい》がられた。そのうち護衛についていた連中は達川の食事の用意まで非番には手伝うほどになっていた……遠方の派遣任務で、遊びに行くにも言葉は通じないし、イスラム圏の辺境であれば、外国人の出来ることは限られている。

ハリオリという地域で活動していたとき、偶然、永良陸将補が巡察《じゅんさつ》にやってきて、一泊する際、彼はわざわざ厨房《ちゅうぼう》に訪ねてきて今夜食べたシチューが如何《いか》に美味《うま》かったかと、達川三尉と〈ツネマサ〉を含めた厨房の隊員たちを激励して回ってくれた。

陸自に入って以来、偉い人がそんなことをするとは考えもしなかった〈ツネマサ〉は、感動して泣き出し、誰もそれを笑わなかった。

生涯を自衛隊に捧《ささ》げよう、その時は固く誓った――数年後、派遣から戻ってきて、国内の任務における上下関係や横関係のトラブルに巻きこまれ、〈ツネマサ〉は自衛隊という職場に嫌気が差して辞《や》めてしまうのだが。

「後ろ姿で自衛官だとは判ったが、横顔を見て君だと確信したんだ、いやあ懐《なつ》かしい」

永良は微笑《ほほえ》みながら言った。陸上自衛隊の日米合同演習で指揮を執《と》れば決して負けず、海外派遣の責任者になれば部下たちの適材適所を見つけ出し、「責任を取る」と言って現地の人間との交流を深め、敵対勢力さえ和合させたこともある辣腕《らつわん》と、人格にあこがれる者も多い人物だった。

だが海外派遣後に起きた地震災害で息子夫婦を失うと、職を辞して海外に移住した……と聞いている。その際上の温情《おんじょう》で陸将にまで出世したことにされたとも。

「今は自衛官を辞めたそうだが」

永良の評判の良さが内外にあったのは、彼が自衛隊独特の隠語を使わない、という部分にもあった。

「今はどうしているんだ？」

「あ、はい」

さて、ＫＵＤＡＮの仕事は就職に当たるのか、と一瞬〈ツネマサ〉は考えた。

今は色々あって忙しいが、それはＫＵＤＡＮ本来の目的のためではない。金も定期的に入るわけでもないし、仕事自体も始まれば夜討ち朝駆けではあるし二十四時間になるが、そうじゃないときは二ヶ月も暇を持てあます。

「まあ、仕事はボチボチです」

「そうか」

にっこり笑って、永良は背広の内側から名刺を一枚取り出した。

「いま、警備会社をやっている、君なら歓迎だ。考えておいてくれ」

そう言って手渡す。

「警備会社……ですか？」

「ああ、民警もやっている」

民警とは、海外を航行する船舶において、合法的に武装し、海賊などから船を守る警備員のことだ。

「自画自賛になるが、いい職場だと思う」

「はい！」

正直に〈ツネマサ〉は頷いた。いま、所属しているのがＫＵＤＡＮでなければこの場で頷いて永良の元へ馳《は》せ参《さん》じたい気持ちがある。

「ありがとうございます」

言って〈ツネマサ〉は頭を下《さ》げた。

下げた視界の隅《すみ》に、白いヴィッツが見える。恐らく〈ボス〉だ。

頭を上げると、〈ボス〉が手を挙《あ》げるのが見えた。

☆

ナンバープレートを取り替えたヴィッツで〈ツネマサ〉との合流地点に向かった橋本は、その隣に意外な人物を見つけ、内心首を捻《ひね》りかけた。

永良武人元陸将。

そして、すぐに〈ツネマサ〉との結びつきを思い出す。彼に率いられて〈ツネマサ〉は中東某国に派遣されていた時期があった。

つとめて表情を変えず、橋本は〈ツネマサ〉の前に車を停めた。

「遅くなった……そちらは？」

〈ツネマサ〉が答えるより先に、

「〈ツネマサ〉君の前の職場で良くして戴《いただ》いたものです」

と頭を下げた。

自衛官であることを言わず、ユーモアのようでもあり、気遣《きづか》いのようでもある言葉を選ぶ……変わっていない、と橋本は思った。

内心の苦笑と微笑の中間の感情を腹に収めたまま「そうですか」と頷く。

「こ、こちらが今の自分の上司であります！」

「あ、はい、〈ツネマサ〉君にはこちらも御世話になっています」

車上から失礼します、と橋本は頭を下げた。

「いえ、停車さえ怒られる場所ですからね」

と、永良のほうに小走りに目つきの鋭い痩《や》せぎすな眼鏡の男が駆けてきた。

「チーフ、そろそろお時間です」

男は橋本と〈ツネマサ〉を酷《ひど》く警戒するような嫌な目つきで見つめつつ囁《ささや》いた。

「うん、判った」

鷹揚《おうよう》に永良は頷いて、

「……では、また会えるとうれしい」

そう言って永良は軽く〈ツネマサ〉の肩を叩いて踵《きびす》を返した。

去り際に一度振り返って軽く微笑み、〈ツネマサ〉に手を振る。

その姿が歌舞伎座の中に消えるまで、〈ツネマサ〉は頭を下げていた。

「もういいだろ、乗れ」

橋本の言葉にギクシャクと〈ツネマサ〉はヴィッツの後部座席に滑り込んだ。

「あんな大物と知り合いなのか？」

車を出して橋本は訊ねた。

「いえ、あの人は誰でも憶えてるんですよ、そういう人なんです……でも、なんで知ってるんです、〈ボス〉」

懐かしそうな表情の中に小さな疑問を乗せて〈ツネマサ〉が、バックミラー越しに不思議そうに橋本を見る。

「公安で下《した》っ端《ぱ》の頃、あの人の行確《コウカク》（行動確認）をやった。現役時代、国内で行確『取らせて貰った』相手はあの人だけだったよ」

「しかし貢川大《くがわまさる》がいるってのは気に食わないですね」

香が少々不機嫌に言ったのは、切れ者然とした外見と中身にもかかわらず、実はドのつくM気質で淫蕩《いんとう》な彼女が、ひと気のない場所でナンバープレートを変える際、橋本にセックスをねだって「お預け」を喰らったから、という訳ではなさそうだ。

珍しく本気の侮蔑《ぶべつ》の色がある。

「貢川？　あの永良陸将を呼びに来た奴ですか？　なんか好かない感じがしましたね」

「戦争好きの元ボンボンですよ。ほら、例の『ネットに真実が落ちてるんだ！』ってマンガで『目覚めた』やつ」

「ああ」

もう二十年ぐらい前になるか。「インターネットが世界の真相を暴く」としたマンガが大ヒットした。

同時期に出てきた、韓国や中国を政府も民衆も一緒くたにして「奴ら」として蔑視《べっし》し、第二次世界大戦から近代における日本の教科書に載っている歴史の内容を都合のいい話ばかりを並べ立てて「自虐史観《じぎゃくしかん》」と否定する、その手の様々な書物と共にその本が、いわゆるネット右翼と呼ばれるものの基礎になって広がっていったことを〈ツネマサ〉は思い出しているようだ。

「うちの同級生にもアレにハマったの、多かったっすねえ……」

〈ツネマサ〉の言葉に香は頷いた。

「若い頃は罹患《りかん》しやすい病気ですが、自衛隊にいってお国のために尽くすかと思ったら途中をすっ飛ばしてなぜかロシアのワグネル（傭兵《ようへい》組織。ロシア政府は存在を否定）に入ったという危険人物です……実家が没落《ぼつらく》したんで日本に戻ってきて民警もやってる警備会社に入ったって聞いてましたが……たしか、宇豪敏久がオーナーの筈《はず》です」

橋本が溜息《ためいき》をついた。

「そりゃ随分《ずいぶん》といやな勤め先だな。息子が日本の麻薬王だった男か」

「ええ……麻取《マトリ》の上のほうはあの事件に安堵してましたね」

ややや軽い侮蔑を声に乗せた。

「日本最大の麻薬ディーラーなのに、どこから手をつけていいか判《わか》らなくなってましたから」

麻薬取引の一件が報じられ始め、注目が集まる最高潮の時に、息子が非業《ひごう》の死を遂《と》げたという形で決着がつき、宇豪敏久に捜査の手が及ぶことはないまま、全ては終わった。

麻薬取引に関することは被疑者死亡以前とされ、捜査書類は全て廃棄された。

「四代前の内閣が内閣人事局を作って以来、どこも政権のお友達には手をかけられなくなってきてるからな」

橋本は溜息をついた。

官僚の間のみで行われる人事の権利を内閣に一部移行させ、健全化を図る筈の内閣人事局は、結果的に高級官僚の人事を一手に握り、官僚はもはや出世の極《きわ》みに行く為には政権に逆らえない構造が完成してしまっている。

当然、その閣僚、政権と親しくしている人物たちへの手出しはよほどのことが起こらない限りは最終的に忖度《そんたく》されて消えていく。

同時に、その「忖度の理論」の下でKUDANは問題視されない——誰もがやらねばならないと思っていることを、栗原警視監が自分だけの判断でやっているからだ。

ことが発覚すれば、栗原警視監の暴走ということで終わる。上に立つ人間の何名かは辞《や》めねばならないだろうが、それは現実の法体制の対応を急いで、火中の栗を拾って自滅するよりも、遥かに穏《おだ》やかなリタイヤ後の人生が待っているし、場合によっては「それはそれ」ということで残留もありえる。

車が信号で停まった。

街角の細長い電光掲示板に「四月の関東沖の爆発沈没、原因は先月のレバノンの事故と同じく、乗員の過失による積み荷の硝酸アンモニウム爆発」というミニニュースが流れていく。

数ヶ月前、橋本たちが壊滅《かいめつ》した銃器密売組織のアジトは洋上の貨物船にあり、最終的にはこれを爆破、沈没させて終わった。

このミニニュースによると、公式には硝酸アンモニウムの爆発で沈没したことになったらしい。

「あっけないモンすねえ……」

〈ツネマサ〉がしみじみと言った。

前を向いて運転している橋本の脳裏を、救えなかった姉弟《きょうだい》の面影がよぎる。

「終わったことだ。これで俺たちは警察に追われる心配はない」

つられて感情が動きそうになるのを、橋本は堪えて平常心の声を出した。

「ところで、この後の仕事ってなんです？」

「徐文劾《シエ・ウエンカイ》からの仕事だ。横浜から香港に二千挺の銃を密輸する馬鹿がいるらしい」

徐文劾とは、橋本が公安時代に「友好関係」を結んだ、中華人民共和国国家安全部第八局に所属する日本在住の諜報員だ。

橋本がＫＵＤＡＮを率いるようになってからも友好関係は一応続いている。

「ＡＫですか？」

「いやＭ４だ。中東から流れてきたとさ」

「ああ……なるほど」

この数年、世界に出回る「テロリストの銃」はＡＫＭなどに代表されるカラシニコフから、アメリカのＭ４アサルトライフルに置き換わりつつある。

ロシアが中東から表向きほとんどの軍事関係を引き揚げてＡＫの供給は少なくなったが、

Ｍ４はアメリカ軍やその関係箇所を襲えば幾らでも手に入る。

結果としてＭ４が今、テロリストやＩＳ国などの武器として広がりつつあるらしい。

「しかし香港には中国に逆らって欲しいですがねえ」

「仕方ない、そういう感傷《かんしょう》も感想も、俺ら自身が生き延びることが先決だ」

信号が青になった。

約束の時間には恐らく間に合うだろう。

☆

歌舞伎座のエントランスで、用事の終わった宇豪が、瀬櫛議員と別れ際に何やら談笑して握手しているのを、永良は無表情に眺めていた。

思い出して、耳の中の無線機とスロートマイクのスイッチを入れる。

「三塚《みつか》君」

『はい』

陸上自衛隊時代からの副官が即答した。

「〈ツネマサ〉君を憶えているかね。中東で、素晴らしいシチューを達川三尉と作ってくれた」

『憶えております』

人の顔と名前を忘れないことにかけては、永良以上の能力を持つ三塚は、〈ツネマサ〉の本名と所属部隊をすらりと述べた。

『……でしたね』

「うん、彼のことだ……いま、何をしているか調べてくれ、報告は私にだけでいい……いや、我々の同志に引き入れるわけじゃない。ああ、それと敵対人物でもないよ?」

先回り気味に気を回しがちな副官に、あらかじめ、釘を刺しておく。

「ただ、懐かしい顔だったのでね。困っていることがあれば助けたいんだ」

『また、「気まぐれ」ですか』

「四角四面」を絵に描いたような副官の声に珍しく笑みが混じる。

「ああ、そうだ……老人の感傷という奴だな」

宇豪と瀬櫛が談笑を終えて、こちらに降りてくる。

「頼むよ」

永良は短く言って、二人に頭を下げた。

第二章　緊急呼出

☆

一年後の現在。

夏の最中《さなか》、橋本《はしもと》はますます暑さばかりが待つ、九月半ばの東京、渋谷《しぶや》に呼び出された。

緊急である。

KUDAN《クダン》の活動の一年にも及ぶ休止期間を願い出たのは橋本だが、栗原正之《くりはらまさゆき》警視監からの要請《ようせい》であれば是非《ぜひ》もなかった。

しかもこの呼び出しは今朝《けさ》、朝五時半という早朝だった。

非常用、一回こっきりの使い捨て携帯によるものだ。

コール三回で、橋本は目を醒《さ》まし、枕元で常に充電状態にある携帯を取る。

公安時代から、どんなに深く眠ってもこういうことができるのが特技になった。

『とにかく』

栗原は珍しく昂《たか》ぶった声で告《つ》げた。

『事情を説明したら即、任務に就《つ》いて貰うことになると思います。全員を武装させて集めて下さい』

気になったのは最後の栗原の言葉だ。

『私が待ち合わせ場所にいなければ、即座に引き返して下さい。以後はこちらから連絡があるまで動かないように』

何かが起こっているのは間違いない。

KUDANのメンバーはそれぞれ関東のあちこちに散っている。

全員に連絡を取るのに一時間、武装を含めた身支度《みじたく》を終えるのは三十分で終わった。

長野《ながの》から、四時間ほどかけて白のヴィッツGRで向かう途中、新宿で比村香《ひむらかおり》を拾った。

飢《う》えた目で、橋本を求めて太腿《ふともも》を触《さわ》ろうとする香の手を、ぴしゃりと叩《たた》く。

「まずは仕事、そういうことはそれから後だ」

厳しくするだけでは良くないので、飴《あめ》の予告をしてやると、香は目を輝かせた。

「はい！」

まるで小学生の様に目を輝かせ、香は助手席シートに座り直す。

考えてみれば、直接香と会うのは半年ぶりで、セックスもそれ以来だ。香の体臭に飢えは感じるが、それ以上に緊張が勝る。

渋谷駅近くの駐車場を探して停める……ラブホの集中している場所にある、ひなびた、二台停めれば満杯という薄暗くて狭いところだが、駐車料金を見て、溜息《ためいき》が出た。こんな場所でも渋谷。長野の片田舎からすれば、月極契約並みの値段がついている。この一年、長野で暮らしていた橋本としては、いくら不況が激しいとはいえ、やはり東京は物の値段が異常なのだと思う。

「どうしました？」

香がキョトンと訊《たず》ねるのへ「何でもない」と答え、橋本は車のトランクからずしりと重いデイパックを取り出して肩にかけた。

中身は銃器だ。香も同じ様な鞄《かばん》を持っている。

橋本は腰の後ろのホルスターに固定したマカロフの位置を微妙に直しながら指定された、渋谷駅を挟んだ向かい渋谷スクランブルスクエアの隣、渋谷フクラスのテラスつきレストランへ向かう。

スクランブル交差点はかつての喧噪《けんそう》ほどではないが、それでも一年前よりは人が戻ってきている。

驚くのはシャッターの閉まっている、あるいは空《から》っぽの中が窓から見える店舗の多さだ。かつては賑《にぎ》やかさの一部だった、路上詩人やミュージシャンの数もほとんどいない。人の喧噪と匂いが薄れ、乾いた渋谷は、どこかよそよそしく思えた。

華々しく再開発が終わった渋谷駅周辺はともかく、その少し奥は随分《ずいぶん》とどんよりした空気が溜《た》まっているように見えた。

旧東急《とうきゅう》プラザ渋谷の跡地に建てられたビルの周辺についたときは昼手前の十一時。新しくできたばかりのビルなので、それなりに人は多いが、二年以上前なら倒産を心配するほどの人出だ。

数年前からの世界的な疫病《えきびょう》もあって、街行く人の顔にマスクをしている者が多いのは普通の光景になった。

もっとも疲弊《ひへい》しているのは全世界的に、なのだが——疫病の流行と、それがようやく明けてきた矢先に発生した、ロシアとウクライナの間に起こった紛争と、それに伴う経済制裁などから発した、世界的な流通の混乱と不況は、生活の殆《ほとん》どを輸出入でまかなっていたこの国に、大きな暗い影を落としたままだ。

約束の時間まであと十七分。余裕で到着出来ると思いながら、橋本はエスカレーターに乗った。

エスカレーターから見える位置に設置された巨大な液晶モニターが「解散総選挙が来週には決定か?」というニュースを無音で流している。

日本経済の状況が、かつてないほど悪化しつつあることは、経済に疎《うと》い橋本でもうすうすは理解していた。

これからの十年で経済はさらに悪化し、それは人心の荒廃を、最後は犯罪の増加として表れる——そこへインターネットを筆頭とした情報収集ツールと、個人向け飲食宅配に代表されるような「アルバイト感覚の仕事の流通」が加われば、人はこれまでよりも容易に犯罪に手を染めるだろう——栗原がKUDANを作り、橋本がその長《おさ》に収まったのは、その未来を見越してのことだ。

だが、あの疫病以来、その悪化速度を測る時計は、倍以上の速さで回り出している気がする——さすがに政府も気付いて、緊縮財政の見直しなどの経済政策、雇用《こよう》政策を含めて方針転換しようとしているようだが、広告代理店や人材派遣制度、水道や電気などのインフラ、医療、流通制度などが生み出す既得権益《きとくけんえき》にしがみつく経済界の老人たちと「守る」ことだけに特化した官僚構造をどうにも出来ずに立ち往生している。

その「進みすぎた時計の針」が、今回の栗原からの緊急呼び出しに関わっているのではないか、と橋本は感じていた。

周辺をぼんやりとした顔で、しかし細《こま》かく観察する。

張り込みや監視の目はない。鋭い目つき、身のこなしの男女はいない。

ただ、監視技術、機械類の進歩は著しい。そうでなくてもビルの警備室から、という手もある……東京は監視カメラの数において、イギリスのロンドン並みの監視社会を実現しつつある。

（何かあれば腹をくくるしかないか）

対策は立ててあるが、絶対はない。もともと五年で消滅する予定の非合法部隊だ、と改めて自分に言い聞かせる。

☆

指定されたレストランに、栗原はすでに座っていた。

こちらを見つけて軽く手を挙げる。

「ご無沙汰しています」

ウェイターの案内を断って、席に着く。

香も黙って同じようにした。

「申し訳ないですね、君」

これもまた珍しく、栗原から労《ねぎら》いの言葉が出た。いつもこの人物は定型的な労いの言葉などを口にせず、軽い挨拶《あいさつ》を済ませて要件から入る。

「いえ」

「今回はかなり切羽詰まった状況だと思います」

言って、栗原は背広の懐《ふところ》からＡ４サイズの紙を折りたたんだものを橋本に滑《すべ》らせた。丁寧《ていねい》な文字の凹凸《おうとつ》が軽く紙の裏に浮かんでいる。

「これは？」

今まで、ＫＵＤＡＮの仕事のために栗原から出てくる書類は、電子書類か、プリントアウトされた印字文字からなるもので、手書きのものは殆どない。

開いてみると丁寧で几帳面《きちょうめん》なボールペンの文字で人名と今年のものらしい日付がずらずらと並んでいる。

「今回は書類の持ち出しが出来ませんでしてね」

栗原は疲れた笑《え》みを見せた。

「早朝出勤で書類を見て憶《おぼ》えた名前と数字をとりあえず一二〇人分、書き出してあります。実際にはこの数十倍、一〇〇ページ分はあったと思いますが、私が記憶できたのはそれぐらいでしてね」

つくづく高級官僚という生き物の凄《すご》さを、橋本は認識した。

元々国の最高学府を優秀な成績で卒業して、人事の荒波をくぐり抜け、人脈の根を張っていくのだ、物覚えが悪ければつとまらないとは思っていたが。

「いったい、どういうことなんです？」

ＫＵＤＡＮはアメリカの犯罪テロ予防プログラム……通称「システム」から提供される日本国内における民間人の重武装犯罪に関する単語や人名を元に起こりうる犯罪を未然に、あるいは最小限で防ぐために栗原が「独断で」組織した非合法の外注組織だ。

残念ながら何が起こるかの詳細《しょうさい》までは判《わか》らない。

だが同時にそれは警察上層部においては一種「公然の秘密」であり、よほど目立つ失態――例えば「処理」中に橋本たちが何も知らない一般の刑事、警官に逮捕される、マスコミにその存在を報道されるなど――が起こらない限りは放置されている。

だから栗原は「裁断処分されたことにした」書類を持ち出し、橋本たちに提示する。

手書き書類は初めてだ。

「実を言うとこの書類が上がってきたのは二度目です。最初の一回は私に報告が上がる前にシュレッダーに送られていました」

橋本は身を硬くした。

栗原は警視監だ。この上に存在する役職は警視総監のみ。

「つまり、政府筋ですか」

「判りません。何しろ昨日の今日ですからね」

栗原はのらくらしながら政界への繫《つな》がりもある。その彼でさえ察知《さっち》できない何かが動いている。

橋本は用紙に目を落とした。

「随分と有名人ばかり並んでますが」

「ええ」

橋本でなくても知っている政財界の有名人の名前がずらずらと書かれていた。それも、与党と深い繫がりを持っている政商の類《たぐ》いの人間から新人議員、経済界の重鎮に今の東京都知事や都議会の議員の名前まである。

「これ、単なる『システム』側のミスという可能性は」

「あります。ですが『システム』側のミスではなかった場合が困ります……それともう一つ気になることがありましてね」

栗原は言葉を切って手をあげた。

ちらりとメニューを見た橋本にとっては、馬鹿馬鹿しくなるほど高価な、卵一つほどで出来ているような、小さなオムレツを、心底美味《しんそこうま》そうに栗原は口に運んだ。

　意外な事に栗原は恐妻家で、妻の言われるままに、スマートウォッチとアプリの命じる摂生《せっせい》生活を行っている——そのアプリによると卵は一日一個、というから、貴重な味なのだろう。

「この書類には表紙がついてました。タイトルは『ウロボロス・リベリオン』」

　ウロボロスとは古代の象徴であり寓話《ぐうわ》の産物だ。己《おのれ》の尻尾《しっぽ》を咥《くわ》えた蛇。無限を意味する。

　リベリオンは反乱、暴動、反抗、造反の意味。

「だれかが走り書きでバッテンをつけてましたよ……多分、警視総監ですね……私が気付かなければ、多分この二度目の書類もシュレッダーにかけられて終わってたでしょう」

　ずばりと栗原は言ってのけた。

「警視総監ですか……」

　半年前、高齢を理由に警視総監は代変わりした。警察庁の前警備局長が昇進、という形になる。

　前警備局長、つまり現・警視総監は、昔から官邸と縁が深く、歴代首相と「癒着《ゆちゃく》」レベルで便宜《べんぎ》を図《はか》ることで有名で、政界有力者と知り合いのルポライターが交通死亡事故を起こした時、逮捕状を停止したりと「腰巾着《こしぎんちゃく》」のあだ名もつくほどで、警備局長になったときでさえとやかく言われた人物だ。

橋本が公安をドロップアウトした時期に、その地位に就いたので直接の面識はない。

評価は真っ二つ、古い気質の人間からすれば「警察を官邸の手先にした」となり、イマドキの風潮に合わせる人間からすれば「あの人のおかげで話が早くなった」となる。

「貴方《あなた》が足を引っ張らなければ、あんな人に頭を下《さ》げる必要もなかったのですが」

「申し訳ありません」

橋本は頭を下げた。数年前、橋本が起こした「不祥事」が元で栗原は、降格や左遷《させん》こそされなかったが、出世の道を閉ざされている。

☆

外の夏の陽射《ひざ》しがハーフミラーの窓から差し込む中、マスクに帽子をかぶり、グレーの制服を着用した清掃作業員は、男女である以外、ほとんど見分けがつかず、どこにいても清掃道具を持っていれば注目もされない。

ハーフミラーになっているビルの、十七階に先週出来た空《あ》きテナントの掃除をしていた作業員たち十五名は、机や椅子をテナントの片隅に寄せた。

先月疫病の影響でひと足が絶えて閉店したばかりのテナントの、埃《ほこり》まみれの床に、作業員の一人が、分厚い円盤状の強力な磁石に、T字型の取っ手をつけたものを全体的にゆっくり、慎重《しんちょう》に滑らせていく。

本来は、ステンレスの板などを持ち上げるための作業工具である。

やがて、床の一部から「ガチン」という音がして、フローリングの床材越しに何かが磁石にくっつく音がした。

「ここだわ」

作業員の一人がそう言って、ゆっくりと磁石を時計回りに回転させていく。

金属の擦《こす》れる音が床下で起こり、ほぼ一回転させてから、磁石を数名がかりで床から外《はず》した。

外すとき、フローリングの床板がわずかに持ち上がった。

そこへ、床に貼り付いたガムなどを削《そ》ぎ落《お》とすための金属ヘラ《スクレイパー》を突っ込み、こじり開けていく。

床板一センチほど持ち上げて、あとは数名がかりで床板を開いた。

中には幅四十センチ、長さ二メートルほどの床下収納があり、そこにはビニールの緩《かん》衝《しょうざい》材に包まれた物体が、幾《いく》つも重《かさ》なって安置されていた。

男の一人がそれを次々に取り出し、別の一人が緩衝材を剝《は》がす。

中から現れたのは、有名なFGM－148「ジャベリン」対戦車ミサイルを細く、短くしたような携帯型ミサイルランチャーだ。

M141掩蔽壕破壊弾《BDM》。

ウクライナがロシアに侵攻《しんこう》された際、NATOを経由して「ジャベリン」が大量に貸与《たいよ》され、圧倒的と言われた戦力差を埋め、一週間で終わるはずの紛争を長期化させ、和平交渉に持ち込んだ要因のひとつと言われた。

用途は土の中に作られ、コンクリートなどで補強された掩蔽壕《えんぺいごう》の破壊で、ウクライナ侵攻を行ったロシア軍は、初期の拠点をことごとく、このミサイルで人員ごと吹き飛ばされたという。

合計で六基。そして、それを固定して撃つための、先端がU字型をした三脚が三つ。

「本当に使えんの？」

最初に磁石を当てていた作業員……よく見ると赤毛に染めた短髪の女が首を捻《ひね》った。

「バーカ」

緩衝材を剝がし、収縮されていたランチャーを伸ばした男の作業員が、頬《ほお》から額にかけて浮いた興奮の汗を拭《ぬぐ》いながら言う。

真面目《まじめ》な作業員に見えるよう、ファンデーションで隠した、頬から首にかけての蜘蛛《くも》の巣のタトゥーが現れるが、もうメイクをやり直す必要はなく、ウキウキとした表情だ。

「二年程度放置されてたからって壊れるような武器《モン》じゃねえよ。アメリカ製だぞ？　日本の湿気ぐらいで壊れるわきゃねだろ」「そうだよね、永良《ながら》さんがそんなドジ踏まないよね」

女のほうは自分に言い聞かせるように頷《うなず》く。

「なあ、カズミ」

男は女の腰を抱き寄せた。

「今夜、どうだよ？」

「ざけンな、バカ！」

カズミと呼ばれた女は男の手を払う。

「Ｔａｋｕ《タク》！　一度寝たからっていい気になンな！」

制服の上着の裾をたくし上げ、Ｓ＆ＷのＭ39を撃鉄《げきてつ》を起こしながら引き抜く。

自動拳銃としては八連発と装弾数こそ少ないが、その分グリップが薄くて握りやすい。

初弾は既《すで》に装填《そうてん》してあった。

「足引っ張る味方は撃つ」

真《ま》っ直《す》ぐな殺意が、Ｔａｋｕの胸の辺《あた》りにめがけ、銃口から迸《ほとばし》る。

作業員の半分近く、七名は女性だ。彼女たちもカズミの後ろで同じ様に腰の銃に手をかけている。

　男たちも反射的に腰の銃に手をやっているが、こちらは「またか」というんざりした顔が多い。

「ちぇっ、ジョークの通じねえ女だ」

　唇を尖《とが》らせて、Ｔａｋｕと呼ばれた男は横を向いた。

「いまのアタシは昔とは違う」

　言いながらカズミはＭ141 ＢＤＭが取り出された穴の更《さら》に下から、同じ緩衝材に包まれた、アメリカ軍のＭ4アサルトライフルと実包を取り出した。

　こちらは大量の乾燥剤と一緒に、かなり厳重に梱包《こんぽう》されているので、持っていたスパイダルコの折りたたみナイフで切《き》り裂《さ》いて取り出す。

　弾倉《だんそう》のバネがへたらないよう、別々に保管された実包を同梱された装填器を使って装填する……これは作業員の中でも女性が担当し、各三本ずつの弾倉全てに弾丸を装填し、持つのも女性作業員だった。

　床に置いたＴａｋｕのスマホが鳴った。

「五分前！」

　Ｔａｋｕが声を張り上げる。

全員に更なる緊張が走った。

作業用のカートの中に清掃員の制服を十四人が投げ入れる。

「Ｔａｋｕ、カズミ、あとは頼むぞ」

中に残った連中のひとりが、全てのシャッターを僅《わず》かな隙間……三十センチほどを空けて、閉めておく。

「構え！」

Ｔａｋｕの声に、ハーフミラーの窓ギリギリにＭ１４１　ＢＤＭを構えた男が三人、その横で双眼鏡を構えた男が一人ずつ。

さらにその反対側にＭ４を持った女たちが配置される。

Ｍ１４１　ＢＤＭの後ろには誰も立たない。発射時のロケットの噴射炎《ふんしゃえん》はその後方三メートル以内であれば確実に人を殺す威力《いりょく》がある。シャッターを完全に閉めないのもそのためだ。

再び、床のスマホが鳴った。

「三分前！」

Ｔａｋｕが声を張り上げ、ガラス窓の隅に、小さな装置を貼り付けた。

高層ビルの窓ガラスはある一定以上の衝撃を与えると割れるのではなく、砕《くだ》けるものが用いられている。

装置自体は少量の指向性爆薬の詰まったもので、タイマーをセットすると、小さな爆発と共に、窓ガラスを除去してくれる。

襲撃者たちは顔を緊張させた。

Ｔａｋｕの指が装置のスイッチを押した。

☆

橋本は自分の注文したコーヒーを受け取り、各席に設置された、日よけの傘を開いてくれたウェイトレスが見えなくなった辺りで、話を再開した。

「……官邸のスジになるんですか？　いいので？」

さんさんと日の照りつける、というより、ジリジリと人を焼きそうな温度の太陽光線の下《もと》、橋本は大きな日よけの傘の下、栗原を見つめた。

「あの人、私嫌いでしてね。首相にゴマをするだけで警視総監になった人ですから、来週の解散総選挙決定を前に、ことを起こしたくないだけかも知れません……で、今から動いて貰えますか？」

栗原は涼《すず》しい顔だ。

「といわれても……」

「リストトップの人物の、横にある数字を見て下さい」

橋本は再びリストに目を落とした。

書かれている名前は「政商」の呼び名も高い、内閣代々の経済顧問《こもん》、芦沢敏行《あしざわとしゆき》の名前がある。

数字は今日の日時を示していた。

「お向かいのビルで今日、会合なんですよ」

言われて思わず橋本は右手のほうを見た。

渋谷駅のすぐそばを走る、首都高三号線と玉川通りを挟《はさ》んだ向かいに、今年落成されたばかりの芦沢の経営する人材派遣会社、日本労働派遣交渉社ことＪＡＬＮＡＣ《ジャルナック》の新しい本社ビルが、夏の陽射しを浴《あ》びて輝いていた。

地上五十階建てのビルである。

日本経済大学の大学院その他を、無理矢理立《た》ち退《の》かせて作り上げたという、巨大なビルだ。

海外の有名な建築デザイナーに、「翼で我が子を包み込む鶴」のイメージで発注したという、斜めに切り立った円筒型のエントランスに三角形の先端を持つ独特のビルは「派遣労働者の血で出来たピラミッド」と陰口を叩かれるほどに豪奢《ごうしゃ》だ。

全面ガラス張りだけでなく、その上層階十二階分をソーラーパネルで覆《おお》っているので、首都大規模停電が起きても三日間は電力に困らないという今時流行《はや》りのＳＤＧｓに配慮した建物だという。

前の年号の始めに、経済産業省の重要顧問として登用された芦沢は、経済学者という前歴をあっさり棄《す》てて「人材の流動的活用こそが日本の未来を切り開く」「今まで日本の企業は社員たちに奉仕しすぎて破産し、それが日本経済を崩壊させる」という二つの提言を高々と掲《かか》げ、自ら人材派遣会社を「運営してみせる」ことで定年制度の廃止や、派遣法の改正（という名の改悪）を次々と断行した。

それは新自由主義、ネオリベラリズムの断行であるが、同時にそれは大企業や高級官僚、政府要人たちの既得権益の強化を図るもので、両手を広げて受け入れられ、結果日本の労働賃金の上昇率は三十年停滞し、デフレ経済が限界に来たところで、疫病の蔓延《まんえん》による経済の停滞と、その後の東欧を中心にした紛争と政治不穏、エネルギー問題による影響による値上げがはじまり、日本はもろにかぶる羽目となった。今や韓国以上の人材流動化を進め「小さな政府」と「それに伴う国民の自助努力促進」のため「三十八歳定年」という目標を掲げている。

近年、そのやり方にさすがに批判、非難の声が起こり始めているが、七十歳を超した芦沢は、このまま数年後には悠々自適のリタイヤメント生活になだれ込む、あるいは「黒幕《フィクサー》」として今後も命尽きるまで日本の政財界に君臨し続けるだろう、と誰もが見ていた。

この新しいＪＡＬＮＡＣのビルは、彼が立てた最大の象徴、と考えれば、確かに古代エジプトのファラオが自らの存在証明として作り上げた「ピラミッド」と同じであるという評価は正しいだろうか。

が、今の栗原の話を聞いた橋本の目には、十六世紀の画家、ブリューゲルの描く「バベルの塔」に思えた。

「一昨日《おととい》に落成式をやって、本日から実働を始めるそうで、今日はテレビ局まで招いた取材を許可してるとか……ほら」

ちょっと立ち上がって、エントランスの端《はし》まで行って下を見下《みお》ろすと、確かにマスコミの取材用のバンが何台も停まっているのが見えた。

「つまり事件は今日中に起こる、と？」

席に戻った橋本が訊ねると、栗原は口をつけたコーヒーカップを皿に戻しながら頷いた。

「ひょっとしたら『システム』が、個人や組織犯罪ではなく、国家によるテロ案件を拾ったのかもしれません。でも、それはそれとして、我々には未然に防ぐ必要がある」

「一二〇人のVIPを巻きこむ事件、しかも国家の偉い人たちばかりでは、ですか」

「偉くなくても一二〇人の命です。しかも私が記憶しただけでその数です、実際はもっといるでしょう……見過ごせますか？」

「意外とそういう所が真面目ですよね、警視監」

「でなければ、君を巻きこんでKUDANを作ったりはしません」

気がつくと、オムレツは全て、栗原の胃の中に収まっていた。

「では、よろしく頼みます」

「緊急出動手当、貰えますよね？」

「これが何事もなく終わったら、交渉しましょう……ところで、香君以外のメンバーは？」

「半径一〇〇メートル以内に全員待機しております」

それまで存在を消して黙っていた香が口を開いた。

「急ぎで申し訳ないのですが、よろしくお願いしますよ」

橋本と〈ツネマサ〉と香は時間通りに来ている。

残りの〈時雨《しぐれ》〉、〈トマ〉、〈狭霧《さぎり》〉の三人もすでに到着しているのは香の口調から明らかだ。

「ならいいのですが、一日遅れが手遅れになりかねない事案のようですしね」

「とはいえ、何が起こるか判らない以上、最小限にする、ぐらいしか手はありませんが……」

と栗原が言い終える前に、しゅる、という小さな音を橋本の耳は聞き取った。

オープンカフェでなければ、聞き逃《きのが》すほどの小さな音、そして何度かこれまでの人生で聞いた危険な音。

☆

丸顔に細い目の、いかにも好人物然とした芦沢敏行は、新しくできたビルのお披露目《ひろめ》として、今までにないほどに上機嫌にカメラの前に立っていた。

おろしたてのイタリアのゼニアのスーツが入るように、二ヶ月もの間、個人トレーナーによるダイエットまでしての晴れ舞台である。

新規落成したＪＡＬＮＡＣビルの、中腹にある大会議室は半ドーム状の採光を模した、高解像度18Ｋ液晶モニターからの風景、その彼方《かなた》に広がる渋谷駅の偉容《いよう》も重なって、まさに日本の経済を取り仕切る大人物が、これから未来を語る、という風景に相応《ふさわ》しい。

そこが窓ガラスではないのは、年々激しさを増す東京の夏における光熱費の削減と太陽光発電によるＳＤＧｓ云々《うんぬん》以前に、彼の常駐するビルの特徴であった。

日本最大の「政商」は、同時に本気で暗殺――特に長距離射撃による――を恐れているのだ。

強烈なクーラーのかかる中、取材陣のフラッシュを浴びながら、芦沢敏行は既に席に着いた自分の部下、及び「友好関係を結んでいる」マスコミ関係者や政治家、財界人の間を縫《ぬ》って、会議室の奥にある演台に登る。

軽い挨拶を芦沢は周囲に行うと、早速、と切り出した。

「では、皆様。緊縮財政維持による、日本の財政赤字の完全なる解消と、新たなる人材流動化促進のための三十八歳定年制が、どれだけの利益を我が国にもたらすか……」

と、満面の笑みを浮かべて語り出した、芦沢の真後ろで、広がる青空が内側に向けて膨《ふく》らみ、弾《はじ》けた。

18Kモニターの向こう側、分厚いコンクリートの壁を貫通した、Talley防衛システム社製の掩蔽壕破壊弾《バンカーバスター》は、その先端に付いている「クラッシュ・スイッチ」で、瞬時に材質を判別して、爆発の瞬間を切り替え、コンクリートの壁の中にめり込み、もっとも効果的な部分で、内部火薬の爆発燃焼ガスを一気に噴射し、三〇〇ミリメートルの煉瓦《れんが》、二・一メートルの土嚢《どのう》を貫通することができる力を解放した。

芦沢とその周囲二十メートル以内の人間を、机や椅子ごと消し飛ばし、次の瞬間、大会議室のあちこちで連続爆発が起き、悲鳴を上げて大会議室の人間たちが逃《に》げ惑《まど》う暇《ひま》を与えず、着弾地点の壁全体から天井にかけてが一気に崩れ落ち、中の人間を押しつぶす。

さらにその中に五発の弾頭が撃ち込まれた。

爆発が連続し、建物は大会議室の上五階分、下三階分が一気に崩れ、何が起こっているか理解出来ない、日本最大の人材派遣会社の重役と政財界の関係者、さらにはマスコミを全て爆風とコンクリートの落下物の下、血肉の塊に変えた。

☆

振り向いた橋本の目に、やや斜め下から立ち上った噴射煙と、爆発四散する「ピラミッド」の中程に儲《もう》けられたスペースが映《うつ》り、次の瞬間、轟音《ごうおん》と共にその衝撃波がテラスを襲った。

咄嗟《とっさ》にテーブルの下に隠れる橋本の頭上を、ガラスの破片やコンクリートのかけらが降《ふ》り注《そそ》ぐ。

いくつものテーブルの上でコーヒーカップやら皿が砕け、人々の悲鳴が交錯《こうさく》する。

心臓の鼓動《こどう》が耳の奥から聞こえ、衝撃波で揺れるビルの軋《きし》む音が背骨を噛《か》むような気がした。

一年、荒事から遠ざかったせいで、神経がやわになっているらしい。

悲鳴や苦鳴は数秒後に起こった。

「警視監！　香！」

立ち上がって振り向くと、ふたりは埃だらけになりながらもそれぞれのテーブルの下から立ち上がった。

「無事ですよ。嫌な予感というものには従うもんですね」

栗原はいつものすました表情で背広の埃を払う。

「だ、大丈夫ですか！」

香もどうやら無事らしい。

振り向いてみると、このテラスのやや上に位置する、「ピラミッド」の中腹部分からもうもうと煙が立ちこめ、空からは、爆発の勢いで天空高く吹き上げられた書類が、火山灰のように降ってくる。

栗原はいつになく機敏な動きで周囲を見回して、負傷者がいないか確かめているようだった。

橋本もつられて見てみたが、まだ正午前のテラスには店員も含めて人は少なく、数名のウェイトレスが軽い怪我《けが》をしたほかは、大きな人的被害は出ていないようだ。

少しだけ安堵《あんど》する。だが、反対側の「ピラミッド」は大惨事の筈《はず》だ。

爆発は三回起こった。

直撃を喰らった中腹部からはもうもうと煙が立ちこめているだけではなく、衝撃で周辺の窓ガラスは全て砕け散り、そうでないところにも亀裂《きれつ》が走っている。

さらに聞き覚えのあるM4アサルトライフルの銃声が複数して、その窓ガラスもあちこちが粉砕《ふんさい》され、人の悲鳴が巻き起こる。

銃声は足下《あしもと》からだ。

「ひ、避難して下さい、建物の中へ！　誘導にしたがって下さぁあい！」

上《うわ》ずった声で、駆けつけた警備員が声を張り上げているが、ほとんどの人々は呆然《ぼうぜん》と、真正面で起こった大事件を眺めていた。

何人かが「そうだ」とスマホを取り出し、撮影を始める。

「行きましょう」

栗原は冷静に警備員の誘導に従い、橋本たちも後を追って早足で歩く。

「これですか……もう遅いような」

横に並んだ橋本の言葉に、

「リストにはまだ一二〇人の名前があります」

栗原はにべもない。

「防ぎきれないことは仕方ないとして、起こることは最小限でお願いします、いつも通り『目撃者はナシ』で」

さあ行け、と言わんばかりに、栗原は建物の中に入ると、橋本たちに目配せをして、自らは踵《きびす》を返した。

警備員の誘導に従って、避難する群衆の中に混じり、消える。

橋本は香を見た。

「今の攻撃、この下からだった」

「はい、見ました」

「行けるか?」

「行きます」

香の答えがまだ空中に残っている間に橋本は走り出した。

「あ、そこは違います!」

警備員が声をかけるが、

「すみません、家族を迎えに行ったらすぐ!」

そう言って橋本は、階段を降りてくる人々を突っ切り、従業員専用スペースに飛びこむ。

中には十数名の従業員が休んでいたり、荷物の梱包を解いていたりした。

奥には扉を開けたまま停止した業務用エレベーター。

「な、何ですかあなたたち！」

「警備会社のものです」

橋本は冷静に嘘《うそ》をついた。

「爆弾事件が起こりました、ここは危険です、外の警備員の誘導に従って下に降りて下さい！」

有無を言わせぬ「大声の命令口調」は、正常化バイアスの人々を、従わせるための初歩だ。

さらに手近な数名の肩を摑《つか》んで「さあ！」と押し出す。

「行かないと死にますよ！　爆弾です、爆弾！」

「そんな。アメリカじゃあるまいし……」

「嘘だと思うなら外へ出て見てご覧なさい！」

そう言って橋本は数名をドアの外に押し出した。

風向きが変わったのか、キナ臭い煙の匂いが廊下から流れ込んでくる。

「え？　あ……う、嘘だ？　火事？　このビルも燃えてる？」

「やだやだやだ死にたくないっ！」

慌《あわ》てて最初に押し出した数名が、走り出すのを見て、他の従業員も後を追った。

正規の避難誘導路とは別に、従業員が上下の数階を移動するための通路があることは、ここを指定されたとき、向かう道の中で調べている——何が起こるか判らない稼業の習性だ。

「『ポンコツ』」

橋本は自分が非常時の精神状態に切り替えたことを知らせるため、あえて香を昔のあだ名で呼んだ。

「はい」

「みんなに連絡を取れ、このビルから出てくる不審者を追跡しろと」

「こっちには呼ばないんですか?」

「人の流れに逆らって来るより、俺たちだけで対応するほうが早い」

「了解です」

香はショルダーバッグの中に手を突っ込んだ。

中身は銃だ。

「降りるぞ」

「はい」

嬉しそうに香は答える――どうもこの辺の精神状態が橋本には理解しがたいが、香が戦力として頼りになるのは事実だ。

☆

〈ツネマサ〉は、KUDANの中にあって、橋本と香の本名を知らない。

〈ボス〉と〈ケイ〉だ。

その二人の連絡を、〈ツネマサ〉は渋谷駅の入り口で待っていた。

一年前と同じく、背広にスポーツバッグ、伊達《だて》眼鏡という姿である。

唯一《ゆいいつ》違うのは、あの時と違い、スポーツバッグに金は入ってない。入っているのは銃だ。


最初に、〈ツネマサ〉が聞いたのはガラスが砕け散る音だ。


駅前に新しく建ったお洒落《しゃれ》なビルの上から細《こま》かく砕けたガラスの粒が降ってきて、通行人が悲鳴をあげる。

「なに？　これ？　ゴミ？　ガラス？　なんで？」

上を向こうとした〈ツネマサ〉の耳に、間髪《かんはつ》入れず、橋本も聞いた「嫌な音」がした。

Ｍ１４１ ＢＤＭの飛翔音は、中東派遣されたことのある〈ツネマサ〉にとって、頼もしい味方の必殺武器だが、あれが、こちらに向けられたら……と思う畏怖の対象だ。

どんなに時が流れても、絶対に忘れられる音ではない。

間髪入れず、右手に見えた、変な形のビルの中腹《ちゅうふく》ほどが吹き飛んだ。

Ｍ１４１ ＢＤＭが三発発射されたのは既に理解している。

驚いたのは更にＭ４らしい銃撃音が響いたことだ。

「今回の事件って、まさかこれか？」

言いながら走り出そうとしたが、ぐっと堪《こら》える。

まずは橋本の指示を待つ。兵隊は勝手に動かないことが肝要《かんよう》だ。

やがて、Ｍ１４１ ＢＤＭが発射されたビルの中から、避難する人の群れがあふれ始めた頃、〈ツネマサ〉の懐でスマホが鳴った。

耳に入れたままのイヤフォン付きワイヤレスマイクのスイッチを入れる。

『〈ケイ〉より各員、これから無線に切り替え、渋谷フクラスの駐車場、駐輪場から出てくる車をチェック！ 〈ツネマサ〉は正面出入り口、〈狭霧〉、〈時雨〉は地下駐車場を張って！ 〈トマ〉は駐輪場と出入り口のセキュリティをチェックして！ 不自然な動きをしてる人間、緊急発進する車両の中に必ず犯人がいる！』

〈ツネマサ〉はこういう場合、橋本こと〈ボス〉に教えられた通り、入り口から、少し離れた所へ後退した。

バス停のそばで、出入り口と渋谷駅に続く回廊を移動していく人々を、なるべく一目で収めるようにする。

スポーツバッグのジッパーを開いて、中に手を突っ込み、銃床《じゅうしょう》を折りたたんで中に納めた、AKS74U《カラシニコフ》のセレクターも兼ねた安全装置を外し、連射の位置に合わせてグリップを握る。

まだ外には出さない。

（どいつだ？）

あれだけのことをやった人間はどうしても挙動《きょどう》がおかしくなる。そうでなくとも独特の硝煙《しょうえん》の匂いを漂《ただよ》わせている。

目を軽く開いて、焦点《しょうてん》をどこにも合わせないようにする。

一人、妙に機敏《きびん》な動きで人混みをかき分けていく清掃員の制服の男が、二階の接続デッキへ続く出入り口から出てくるのが見えた。

二十代前半らしい男は、後ろも見ずに渋谷フクラスの西側接続デッキを進む。

（あれだ）

直感には従う、と決めていた〈ツネマサ〉は、そのまま男を追った。

あのまま行けばＪＲの改札に行くしかない。

（先回りしてやろう）

と、相手が不意にこちらを見た。

（しまった）

男はデッキから飛び降りる。

悲鳴が上がる中、男は足が地に着いた途端《とたん》身を捻り、倒れ込むようにする見事な五点着地を見せてするりと立ち上がり、神宮通《じんぐうどお》りに沿って北上していく。

素早く、ＡＫＳ《カラシニコフ》に安全装置をかけてスポーツバッグのファスナーを閉じ、取っ手に肩を回して背負うと、ひたすら〈ツネマサ〉は走った。

この一年は月の半分を、群馬《ぐんま》のほうで猟師の真似事をして過ごしていた。

害獣駆除《くじょ》のため、山を毎日のように駆《か》け巡《めぐ》っていたのだ。

不織布《ふしょくふ》のマスクも、スポーツバッグを背負っていることも、何の問題もない。

履《は》いている靴は革靴風だがちゃんとしたコンバットブーツだ。

だが、人を避《さ》けねばならないのが煩《わずら》わしかった。

自分の足が、軽《かろ》やかに動くのに、〈ツネマサ〉は満足していた。

人々の動揺が緩《ゆる》やかに広がってくる。

次第に「何かが起こった」ことを人々は理解し始めていた。

立ち止まる人々、カメラをかざす女子高生、ポカンとしているサラリーマンの横を駆《か》け抜《ぬ》け、慌てて知り合いに電話をかけようとする主婦らしい女性の手に引っかからないように身体《からだ》を反《そ》らして、〈ツネマサ〉は駆け抜けていく。

「火事か？」「ガス爆発？」「物凄いね」「煙が……」「これ動画撮ったら売れね？」

様々な声が通り過ぎ、パトカーや消防車、救急車のサイレン音が次第に増えながら近づいてきて、すれ違っていく。

センター街に入ると、次第に〈ツネマサ〉が追い上げていった。

地図上からは渋谷マルイを正面に、さらに左に折れて井《い》の頭《かしら》通りを駆けるかと思ったら、間坂《まさか》に入って北上《ほくじょう》。ＩＫＥＡの入った高木ビル左手にある路地へ飛びこんだ。

そのまま進めば、渋谷センター街の交差点に入る。

不意に相手が振り向きざま、帽子を投げつけた。

苦《くる》し紛《まぎ》れの行為で、〈ツネマサ〉はあっさりそれを避けたが、驚く。

その帽子に隠れていた顔に見覚えがあった。

外も中も謹厳実直《きんげんじっちょく》という言葉《ことば》を絵に描いたような長方形の顔立ち。海苔《のり》を張ったような、とよく揶揄《やゆ》された太い眉毛。

「三塚《みつか》三佐！」

思わず声が漏《も》れた。

同じ陸上自衛隊で、永良の副官として知られた人物だ。

驚く〈ツネマサ〉の前で、三塚は表情を変えず、清掃会社の上着を脱ぎ捨てた。

センター通りに出ると、途端に人混みがキツくなる。

「くそ！」

さすがに避けるにしても人混みをかき分けるレベルになれば進みは遅くなる。

そうこうしているうちに、〈ツネマサ〉は相手を見失った。

☆

二台のバイクが、駐車場の入り口で停車した。

真紅《しんく》のカスタムカウルがついたホンダCBR650Rに、マットダークグレーのヤマハ・テレネ700。

ホンダには一七〇センチ前後の、腰回りのくびれのおかげで細身に見えるが、実は肉感的な肢体《したい》の女性が革ツナギ姿でハンドルを握り、それよりやや身長の低い制服姿の女子高生が後ろのシートに。

ヤマハには一八〇センチを超《こ》える身長に、鍛《きた》えた肩幅、しかし張り詰めた胸が砲弾よろしくせり出している女性が、革ジャンにジーンズ、ライダーブーツという出で立ちでまたがっている。

爆発が起こった瞬間、二台はフクラス近くのバイク用の駐車場に入る手前で指示を待っていた。だから、この駐車場から出る車がこの十分間存在しない事は目視《もくし》で確認している。

プロテクター付きの真紅に白のラインが入った革ツナギ、という姿の〈時雨〉は、イヤフォン付きワイヤレスマイクで香こと〈ケイ〉の指示を受け、後ろのカスタムシートに乗せていた女子高生を降ろし、バイクの後部左右に取り付けたシートバッグからナイロン製の黒いタクティカルベルトを取り出し、腰に巻いた。

ちょうど背中のあたりで左右に羽を広げるように、ラウゴ・アームズ製エイリアンピストルを納めたホルスターが来る。

予備弾倉は左右の腰に二本ずつ。

女子高生が外したバイザー付きジェット型ヘルメットを、シートの下のフックにかける。

「お願いしますね、〈トマ〉」

「あ、は、はい！」

少々大柄なブレザー系の制服を着込んだ、前髪の長い、眼鏡をかけた女子高生にしか見えないが、実際には〈トマ〉と呼ばれる、KUDANのサイバーセキュリティ関連を一手に担《にな》う、ハッカーの青年は、硬い表情で頷いた。

「気をつけて」

「〈時雨〉さんも」

緊張の面持《おもも》ちで〈トマ〉。

システム型ヘルメットの特徴である、顔の前面全体を覆う部分をバイザーごと跳《は》ね上《あ》げて、〈時雨〉は軽く〈トマ〉の薄いパープルの不織布マスクをずらし、唇を奪《うば》う。

「んじゃ、あたしも」

そう言って同じく黒のシステム型ヘルメットの前面を跳ね上げた、褐色の中東の血が入った〈狭霧〉の厚めの唇が〈トマ〉の唇を奪う。

「さ、〈狭霧〉さんまでなにするんですか！」

「じゃ、行ってきますね」

「じゃあな」

微笑《ほほえ》みをシステムヘルメットのバイザーの下に隠すと、真っ赤になってマスクを戻した〈トマ〉を残し、〈時雨〉と〈狭霧〉は地下駐車場に降りていく。

ほんの数秒、〈トマ〉はその場に立ち尽くしていたが、反対側の出入り口で人々の動揺が広がっていく気配とパトカーのサイレン音が遠くに聞こえた途端、我に返った。

「……だ、大丈夫、まだ、まだＩ《イ》Ｎ《ン》Ｃ《コ》Ｏだって決まった訳じゃない」

言い聞かせて、〈トマ〉は駐輪場へ走り、背負っていたバッグからデジタル無線機とスマホを取り出した。

「火事だ！」「燃えてる！」「録《と》れ撮れ！」「映《ば》えるぅ！」

若者の多い渋谷では恐慌《きょうこう》を来《きた》すより、好奇心にあふれた若者たちが、スマホのカメラを回し、あるいは自撮り機能でもうもうと煙を上げるビルをバックに写真を撮ってＳＮＳへ投稿を始めている。

攻撃されたビルから立ち上る煙がこちらへも吹き付けてきた。

「うわ、なにこれケムイ」「ヤダ服汚れるぅ！」

化学物質の燃焼物を含んだ、ざらりとした煙に、マスク越しでも咳《せき》をする人たちが増えていくのを見て、〈トマ〉もプリーツスカートのポケットからハンカチを取りだして口に当てた。

医療用マスクではあるが、それでも、と思う程煙は濃い。

ぱらぱらと宙に舞った何かの書類用紙らしい紙が降ってきて地面に白く散っていく。

二〇〇一年の「〈911〉同時多発テロ」の映像で見た風景。

その中を〈トマ〉は走る。

彼には他のメンバーのような戦闘能力はない。

その分、情報収集能力で補《おぎな》っている。

躊躇《ちゅうちょ》しながら、ここへ来る途中に買った「トバシ」と呼ばれる使い捨てのスマホに電源を入れる——インターネットの深いところを知っている〈トマ〉にとってＩＮＣＯに目をつけられて一年、苦しみながらも生活から断ちきった電子機器とネットの海に再び接続するには、かなりの決意が必要だった。

☆

橋本の直感は当たって、三階階下の空きテナントから、濃厚な火薬の燃焼臭《ねんしょうしゅう》がし、半開きになったシャッターから中を窺《うかが》うと、床に放り出されたＭ４と、Ｍ１４１ ＢＤＭの発射ユニットが転がっていた。

どこの階層も、階段付近は人でごった返している。

「こいつは、下まで降りるのに二十分はかかるかもな」

溜息をついて、橋本は持って来たＡＫＳ74Ｕをバッグにしまい込み、代わりにデジタル無線機を取り出した……こういう時にスマホは役に立たない。

周波数は前もって打ち合わせしてあるのでそれに合わせる。香はとっくに無線機をスーツの内ポケットに入れ、有線型のイヤフォンマイクを装着している。

「各員状況送れ」

『〈ツネマサ〉、一人追跡、逃がしましたが、顔見知りでした。自衛隊員、三塚って人です。中東で一緒になったことがあります』

『〈時雨〉、〈狭霧〉と駐車場へ移動中』

『〈トマ〉、駐輪場ですけれど異常無し。その、ね、ネットにはまだ繋いでません――ごめんなさい』

「〈ツネマサ〉、あとで話を聞かせろ、他のものは状況変わり次第報《しら》せろ……〈トマ〉、怖いだろうが、頼む」

〈ツネマサ〉の報告が気になったが、橋本は〈トマ〉にだけ声をかけた。他の連中はメンタルもフィジカルも以前と変わらないが、〈トマ〉だけは上手《うま》く行っていない――なまじ電脳社会に精通しているために、ＩＮＣＯを敵に回していることを未《いま》だに飲み込めず、畏《おそ》れたままにいるのだ。

叱咤《しった》しても仕方がない。そして、くどいぐらいの慰《なぐさ》めや優しさも意味がない。

気にしているぞ、とことあるごとに伝えるしか手がないのだ。

こういうことは本人が立ち直るか、折れてしまうか判らないが、どちらか見極められるまでは、手駒として使うしか、指揮官のやる事はない。

『は、はいっ』

橋本は通話を切ると、革手袋を塡《は》めた手にスマホを動画撮影モードにしてシャッターの下から中に潜《もぐ》りこませた。

中に立ち入ると、それだけで現場を荒らす可能性がある——警察の捜査の邪魔をすれば、逆にこちらが犯人だと誤解されかねない。

急がねば、という、じりじりした思いが、背中を押そうとするのをぐっ、とこらえ、ゆっくりと、三十秒ほどかけて部屋の右から左を撮影し、さらにゆっくりと二十秒かけて天井付近にカメラを向け、また三十秒かけて天井を左から右へと見ていく——スマホのカメラの高画質化は著《いちじる》しいが、それでも「見落とし」を減らすためにはそれぐらい時間をかける必要がある。

頭を突っ込み、シャッター付近の天井や壁も撮影する。

さらに写真モードにして数枚を撮影。

（武器弾薬以外、遺留品は皆無か）

橋本は、スマホを背広の内ポケットに仕舞った。

「とりあえずここを出よう……香、お前は警官として現場にいることを報告しろ」

「はい」

頷いて香は、自分のスマホを取り出して電話をかける。

☆

指揮車両は、中にいるオペレーターが集中出来るように、明かりが落とされ、モニターと発光するキーボードの光が、中の人間の顔をうっすらと照らす。

その中、貢川大《くがわまさる》は「第一段階」の終了と、それによって起こる混乱を満足げに眺《なが》めていた。

仲間の一人から今回の「もう一つの仕事」の標的も、予想通りに現れた、と報告されて満足げに頷いた。

全て計画通り。

この言葉は常に甘美《かんび》に響く――軍事作戦に一度でも関われば、それがどれだけ素晴らしいことか理解出来る。

貢川はオペレーターの一人に、自分のヘッドセットの通信相手を切り替えさせた。

「報告。第一段階は無事終了、状況発生、目標現着。サブ任務の許可を申請《しんせい》、送れ」

『了解、許可する。サブ任務の完了を望む、終わり』

短い、年老いた永良の声には、感情が込められているようには聞こえない。

少々悔《くや》しくはあるが、それが指揮官の度量というもので、作戦が本当に終了したとき以外で、感情を露《あら》わにしてはいけない、と貢川は海外に出てから理解した。

この程度で、感情を露わにするような指揮官の下《もと》では、逆に不安になる。

オペレーターに言って、再び回線を元に戻す。

「許可が出た。狩れるだけ狩ってやれ」

全員一斉の送信に、了解を告げるスロートマイクの、オンオフ音が響く。

指揮車両には一年前から設置してあるバックドアを通じて、渋谷フクラスの監視カメラの映像が全て来ている。

貢川の正面にあるモニターには、今、地下駐車場にバイクに乗った女が二人、降りていく様子が映されていた。

☆

渋谷フクラスの地下駐車場入り口を降りていくと、物凄い勢いでトヨタのランドクルーザーZXが飛びだしていくのが見えた。

「あれだ！」

〈狭霧〉が叫ぶと同時に、〈時雨〉もバイクを急がせる。

タイヤがアスファルトを削って煙を上げる中、後を追う。

渋谷駅南口方面の出入り口を、ランドクルーザーは逆走し、国道246号線に割り込む。

消防車や救急車、パトカーに一般車両がごった返す中、あちこちをぶつけて、無理矢理に隙間《すきま》を作りながら走り抜けようとするランドクルーザーへ、追いつこうとアクセルを開《あ》けようとした〈時雨〉は、背筋に何かを感じた。

バイクを倒しながら車の間を遠回りにジグザグ走行する。

けたたましい9㎜マシンガンの発射音がして、のろのろ運転になっている周囲の自動車の窓ガラスに次々と弾丸が貫通した。

バックミラー越しに、カワサキのKLX250に乗った追撃者が八人、見えた。

『〈時雨〉！』

同じく本能で危険を察知し、〈時雨〉とは逆方向にジグザグに動いた〈狭霧〉が、背中を丸めてこちらに無線を飛ばす。

「罠ですね――全員に連絡、こちらへの襲撃者あり、罠かもしれません」

〈時雨〉は冷静に報告しながら、舌なめずりをした。

『了解、各個対応、周辺に気をつけろ』

橋本の指示は〈時雨〉の報告と指摘を一切疑問視していない。「まさか」などの言葉はなく、彼女の報告を即座に事実、として処理していた――〈時雨〉が橋本の下で働く事をいとわないのは彼のこういう部分が心地《ここち》よいからだ。

元死刑囚で、実際刑を「執行」されて一度死んだ〈時雨〉は、あらゆる意味でそれまでの一般常識から解放されている。

だからこの状況も楽しんでいた。

相手は小型軽量の250ccの利を生かして、渋滞《じゅうたい》状態にある車の上に登る。

「逃げますよ！」

〈時雨〉は決断してアクセルを開けた。

なるべく姿勢を低くし、大型バスの陰に隠れ、タクシーの間を縫って、輸送中の大型トラックを盾にする。

〈狭霧〉を気遣《きづか》う余裕はない。

また〈狭霧〉は、そんなに弱い仲間でもないと、〈時雨〉は理解している。

ガード下を駆け抜け、明治通《めいじどお》りとの交差点を、斜め右にあるバス停に向けて突っ切った。

半分の四台が追ってくる。

この騒動で出られないでいる、バスの正面を横切って、歩道に乗り上げると、ガード下、一旦歩道橋に登った。

カウルの底面が擦《こす》れて砕ける音を聞きながら、踊り場で、さらに上に登ることを選ばず、〈時雨〉は振り向きざまに、腰の後ろから、ラウゴ・アームズのエイリアンピストルを抜いて、追いかけてきたＫＬＸのライダーを撃った。

三点射《さんてんしゃ》を顔面に喰らって、歩道橋の階段を、登り終えようとしていたＫＬＸは、乗り手ごと、もんどり打って転がり落ちていく。

そして、入れ替わるように次々と、歩道橋の上に何かが跳《は》ねた。

見慣れた、米軍のM67破片手榴弾。

〈時雨〉のＣＢＲ６５０Ｒが歩道橋の階段を駆け上がり、２４６号線を半分まで渡った時点で爆発音が響いた。

真新しい歩道橋が、爆発で派手に揺れ、悲鳴が上がる中、〈時雨〉は通行人を撥《は》ねないように、巧《たく》みな動きで駆け抜け、明治通りに出ると、車線に戻り、城南《じょうなん》信用金庫を過ぎて現れる小道に飛びこみ、金王八幡宮《こんのうはちまんぐう》公園を通り過ぎつつ、前輪にカウンターを当てながら急ブレーキを行う。

後輪が滑りそうになるのを立て直しつつ、抜群のバランス感覚で見事に一八〇度回転した〈時雨〉の前に、残り二台のKLXが追いかけてくるのが見えた。

ラウゴ・アームズのエイリアンピストルを構える。

相手もここまで一直線になった時点で銃を構えた。

ストック付きのSMGらしい。

相互距離が三〇メートルになった瞬間、〈時雨〉は左右の敵に三発ずつを撃ち込んだ。

相手も引き金を引いた。

銃弾が〈時雨〉の周辺を通り過ぎ電柱や地面に炸裂《さくれつ》する。

一発が、ヘルメットを掠《かす》めた。

もう一発が、革ツナギの右肩の端を掠める。

だが、そこまでだった。

派手な転倒音と火花を散らし、二台のKLXは横倒しになって、絶命したライダーを乗せたまま滑走《かっそう》し、〈時雨〉の手前二メートルほどで止まった。

止まった瞬間、すかさず〈時雨〉はさらに二発ずつを相手のバイザーに撃ち込み、まだ数発の弾が残る弾倉を新しいものに取り替えてホルスターに戻すと、アクセルを開けた。

「こちら〈時雨〉、襲撃者仕留《しと》めました、皆さん気をつけて！」

☆

「せいっ！」

〈狭霧〉は、みるみるバックミラーに近づいてくるKLXに対し、決断して、目の前にあるクラウンマジェスタの車体後部に、身体全体を使ってヤマハ・テレネから飛び上がるようにして、その前輪を乗り上げさせた。

アクセルを開けながら、もう一度、鋭いかけ声をかけて、無理矢理テレネの後輪も乗せる。

バイクの重量でマジェスタのリアガラスが粉砕《ふんさい》され、屋根が凹《へこ》むが、こちらは命がかかっている。

「ごめんよ！」

言ってアクセルを開ける。

車の屋根、あるいはボンネット、後部トランクを踏み潰しながらテレネは渋滞の246号線を駆け抜けていく。

埼京線のガード下をくぐると、一瞬暗くなる視界、天井に乱反射した敵の銃声が轟《とどろ》き渡《わた》る。

踏みつけにする車は、壊れても保障が降りる、なるべく新車、それも高そうな車を選ぶ。

それでもＫＬＸは追いかけてくる。銃弾もあちこちで炸裂する。

道路を疾走《しっそう》する二台から、そして自分と同じ様に車の屋根を踏み砕きながら疾走してくる一台から——あと一台、どこに居るかわからないことに気づく。

それよりも、距離が縮まったら恐らく相手からの弾丸の命中率は一気に上がるだろう、という予測があった。

「くそったれ！」

システムヘルメットの中で唸《うな》る〈狭霧〉の前に、二台のバスが立《た》ち塞《ふさ》がる。

「こなくそ！」

〈狭霧〉は思い切ってハンドルを切った。

車の屋根から中央分離帯を飛んで、反対車線に前輪から着地。あとは前輪を中心に全身の筋肉を使って無理矢理ヤマハ・テレネを反転させた。

後輪が中央分離帯ギリギリで着地した瞬間、〈狭霧〉は革ジャンの内側からキンバーＫ６Ｓ・３５７マグナムリボルバーを引き抜いた。

左手で構え、アクセルを開ける。すれ違いざま、向こうの車線で慌ててこちらを追いかけようとするＫＬＸのライダー三人に向けて一瞬で六発を撃ち込んだ。

〈狭霧〉と同じく車の屋根に乗っていた一人はヘルメットの真横、こめかみに銃弾を喰らって落車し、これからタクシーの屋根に上ろうとしていた一人は脇腹に二発、最後の一発は〈狭霧〉の後を追って反対車線に飛ぶ瞬間のライダーの首を撃ち抜いた。

ライダーの首に入った、蜘蛛の巣のタトゥーの真ん中に穴が開いているのが一瞬、〈狭霧〉の目に映る。

その陰から、これまで見えていなかった最後の一人が現れた。

だが、これで弾切れである。再装塡の時間は無い。

「ちっ！」

〈狭霧〉は、弾丸を撃ち尽くした、熱い銃身と弾倉のキンバーを、革ジャンの内側、胸の上に装着した、カイデックス樹脂製のブレストホルスターに戻し、アクセルを開けた。

〈狭霧〉と同じ様に中央分離帯を飛んで、首にタトゥーの入ったライダーのそばに着地したライダーは、しかしタイヤを滑らせてしまい、転倒したが、倒れたままでこちらに向けてサブマシンガンを撃ちまくるが、〈狭霧〉はそれよりも早く、冷凍コンテナの陰に隠れた。

銃弾が金属に当たるとき独特の音と、火花を背にアクセルを開けた。

バックミラーに、撃ちまくるライダーの背後に、甲高い急ブレーキをかけながらトラックが迫り、そのバンパーの下に飲み込まれるのが見えた。

反対車線には、多少の空きがある。

テレネはその間を縫って、渋谷教会の横の路に入った。

すぐに角を曲がって一方通行を逆走し、青山学院を目指す。

追跡してくるものはいない。

「〈狭霧〉、〈時雨〉、追撃を喰らった。あたしの方も処理完了――やっぱり敵はあたしたちを知ってると思う」

〈狭霧〉はそれだけ言って、無線を切った。

☆

橋本が非常階段を降りて一階までたどり着くのに、予想通り二十分近くかかった。

エントランスにたどり着くと、人々はホッとしたが、橋本と香は、急いで建物を出ようとする。

その群衆の中からの小さな殺気に、機敏に反応できたのは、〈狭霧〉と〈時雨〉の報告があったからだ。

右斜め後ろ。

　素早く身を翻し、突っ込んでくる若者の腕に、己の腕を蛇のように絡《から》めてねじ上げつつ、相手の足を払う。

　刃《やいば》を上に構えたスパイダルコの大型ナイフが床に落ちた。

　香のほうでは掌底《しょうてい》を打つ小さくて鋭《するど》い音。

　香に顎《あご》の裏を突き上げられた、別の若者がもんどり打って倒れた。

　すかさず香は、その手首を踏みつけてガーバーのダイバーナイフを取り上げる。

「警備員！」

　橋本の鋭い声に、弾かれたように警備員が飛んでくる。

　なおも暴れようとする若者の腕を、更に捻って橋本はごきり、と肩の関節を外した。

　苦鳴をあげる若者を、警備員の足下に突き倒すようにして、

「後は任せます」

　それだけ言って橋本は足早に歩き出す。

「警察庁の比村と言います、捜査中につき、警察にこのふたりの引き渡しを」

　同じ様に相手の肩の関節を外し、手錠をかけた香が警察バッジを見せながら、警備員に引き渡すのを後ろに聞きながら、橋本は腰の後ろのマカロフのグリップを握り締めつつ、フクラスの正面出入り口を出た。

非常ベルの甲高い音が、ここまで聞こえてくる。

JALNAC《ジャルナック》ビルからの煙は止まらない。

それを右手に見つつ、橋本は道玄坂の、渋谷スクランブルスクエア近くの路地の駐車場を目指した。

橋本は歩きながら、無線のスイッチをONにした。

「総員に通達、『分離〇四《マルヨン》』を開始する、くり返す、『分離〇四』を開始する、通信終了」

通信を切って橋本は足を速める。

『……れは、これを「ウロボロス・リベリオン」と呼称します』

渋谷では有名な画材屋のビルの前にある横断歩道を渡り、路地に入ろうとした途端、信じられない単語が聞こえて思わず橋本は脚を止めた。

今回、栗原が「記憶」したデータの表紙に書かれていた文字。

いくつかのスマホから流れている音声だ。

『……のように雇用制度を消滅させ、日本経済を破壊したJALNACの経営者、芦沢敏行とその取り巻き議員たちを、我々は粉砕《ふんさい》しました』

明らかに、電子変換で波長を変えた声が、あちこちのスマホから流れている。

一番近いのは、サラリーマン風の三十代が、ぽかんと手にしている大型のスマホだ。

肩越しに覗き込むと、画面自体は「呟《つぶや》き系」に分類される、ショートSNSのものだ。そこのアカウントの動画。画面の端に「LIVE」の表示。

燃えさかるJALNACビルの画像は間違いなく、いま橋本の背後《はいご》で起こるリアルタイムのものだ。

「我々はバブル経済が弾《はじ》けて後《のち》、三十年以上、民主主義を怠《なま》けてしまいました……結果、政財界はトリクルダウンを建前に、新自由主義を推し進め、賃金の増加率を世界最低水準にとどめおき、己《おのれ》の身内だけが儲《もう》かり、株価指数だけを根拠に、空前の好景気という数字のみの空虚なものとしてしまいました。結果はアメリカと同じです。日本を真に豊かにしていた中間層は減り、国内の富を一部の人間に集めてピラミッドの裾《すそ》野を狭《せば》めた」

画面が切り替わり、つるりとした、つや消し黒のプラスチックの表面に、横向きに自分の尾を咥えた蛇を金で浮き彫りにした仮面を装着した、背広姿の人物が、淡々とした声で語りかけてきた。

後頭部から首にかけては、ニット地で覆われていて、髪型も年齢も、よく分からないようにされている。

『人々は貧困に喘《あえ》ぎ、それ故《ゆえ》に臆病《おくびょう》になり、改革を怖れるように仕向けられてきました。もう、変わるべき時が来ているのは、これまでの疫病騒動や東欧の紛争で明らかなのに、です——三十年かけて彼等は選挙システムを民主主義から切り離し、社会主義国のような単なる権力の追認装置に仕上げてしまいました。このままでは座して死を待つのみです。故に我々はここに、「ウロボロス・リベリオン」を決行することとしました——ですが、これは始まりに過ぎない』

背筋の伸びた、かなり長身と思われる人物は、電子変換されてもなお、慈愛《じあい》に満ちているると判るようなしゃべり方で、画面のこちらを見つめた。

『困窮《こんきゅう》し、貧困と失業に怯《おび》える皆さん、あなたたちが権力者に、政府に怯えるのは力がないからです。我々は力を与え、自ら血を流し、手を汚すことと決めました……話し合いの時期は終わり、行動の時代が来たのです。我々に同調する人がいれば、ウェブを注視していてください、あなたたちはチャンスを摑み、日本国内は再び好景気になる……そのために邪魔になるものを全て、我々が排除する……二十四時間以内に、次の行動をご報告できると思っています』

やがて、背広の人物は静止画になった。

手の中の自分のスマホを見つめているサラリーマンの肩越しにその動画を見ていた橋本だったが、舌打ちしたい思いで、再び歩き始めた。

「制服警官に引き渡しました。これは警視庁の事件ですね」

その間に追いついた香が横に並んで告げる。

「ああ、そうしてもらおう。これはちょっと初動が遅すぎた。俺らの手に余る事件だ」

「でも、何故《なぜ》我々を？」

橋本と香だけではなく、〈時雨〉や〈狭霧〉が『待ち伏せされていた』と報告したという以上、あの砲撃犯たちが、ＫＵＤＡＮの出現を予測していたことは、間違いがない。

「誰が誰を襲うか、俺たちも含め、ランダムに選んだんじゃないだろう。あれは明白な目的意識のある殺意だった」

出来れば、橋本たちを刺そうとした、あのふたりのうち、片方だけでも連れて戻り、尋《じん》問《もん》したいところだったが、人目がありすぎた。恐らく、建物の監視カメラにも橋本たちは映っているから、下手《へた》な行動は避けたかったところもある。

「ＩＮＣＯが絡んでいて、俺たちを排除しようとしている。そしてそれはこのビル砲撃事件に繋がってる」

「砲撃……ですよね、たしかに」

妙なところで香は納得したように頷いた。

無理もない、これまで日本国内テロで時限爆弾や、一年前の安価な密造拳銃による乱射、ライフルによる狙撃事件はあったが、ロケットランチャーによる砲撃など、計画こそあれ、実行されたことはないからだ。

地に足のついた、警視庁の警部補の香からすれば、事実の咀嚼《そしゃく》に珍しく時間が掛かっても仕方のないところだった。

「ところで、先輩……分離〇四って何ですか？」

「分離〇四」と先ほど無線で告げたことをまだ香には話をしていなかった。

「潜伏《せんぷく》しろということだ、〈時雨〉たちは東京を離れて、独自に情報収集、今から、最低でも四十八時間は連絡を取らない」

橋本はコンビニを通り過ぎた。目指す駐車場は、なだらかな坂を登ったこの先にある、二台で満車となるような小さな暗い駐車場だ。

あと三十メートル、というところで折悪《おりあ》しく、新品の白のヴェルファイアが一台、道幅一杯にやってくるのが見えた。

老齢者マークをつけていて、我の強そうな顔をした老人が、車体を傷つけまいとカタツムリのような速度。

「……ったく」

橋本は、香と共に壁に背中を貼り付くようにしながらも、気が急《せ》いて鍵を取りだし、キーレスエントリーを押した。

エンジンもかける……瞬間。

轟音《ごうおん》と共に紅蓮《ぐれん》の炎の塊《かたまり》がヴェルファイアを横転させ炎の柱が立ち上った。

とっさに香の上に被さるように地面に伏せた橋本の背中を、衝撃波と熱気が打った。

橋本たちが背にしていたコンクリートの壁に亀裂《きれつ》が走る。

身を起こし、慌てて飛びだした橋本が見たものは、隣に停めてあった軽自動車の残骸《ざんがい》と、シャーシすらねじ曲がったヴィッツの残骸の燃えさかる姿だった。

第三章　潜伏都落

☆

多摩丘陵《たまきゅうりょう》自然公園近くに広がる、住宅街に朝が来た。

基本的に新築の少ない、昭和半ばから、平成初期に建てられた家が多い地区だが、老朽化と住人の世代交代もあってか、新築も、そこそこに増えてきている。

車二台が入るガレージの上に、庭と住宅を乗せる形の築五年も経《た》たぬ家。

〈ツネマサ〉は、夫婦の寝室で目を醒《さ》ました。

この一年間、鍛錬を怠《おこた》らなかった身体《からだ》は、自衛隊時代と同じく引き締まり、腹筋は彫り込まれたように深く刻まれている。

仰向《あおむ》けに寝ている〈ツネマサ〉の腹筋を、たおやかな女の手が撫《な》でていた。

真っ白い肌に、腰までの長い髪。切れ長の一重《ひとえ》も清楚で上品な日本美人だが、どことなく淫猥《いんわい》な雰囲気が、肉厚の唇の辺りにある。

中学から大学まで、ソフトボールに打ち込んだという。そのせいか胸はささやかだが尻肉がむっちりとついていた。手足も長い。

年齢は三十代半ば。〈ツネマサ〉よりやや年上だ。

真魚優樹菜《まなゆきな》という。

「いきなり押しかけて悪いな、優樹菜」

「いいのよ、ツネちゃん」

ベッドの上、半身を起こした優樹菜は、前髪にひと房乱れ髪を垂らしたまま、艶《つや》やかに微笑《ほほえ》んだ。

満たされた女の顔で。

☆

ここのベッドで月の半分、〈ツネマサ〉が目を醒ますようになって一年近くになる。

最初は一回だけの関係のつもりだった。

仲間の〈時雨《しぐれ》〉に対して、恋心を抱きながらも言い出せない純情さと、鍛え上げた身体から湧き起こる肉欲の狭間《はざま》で、〈ツネマサ〉は出会い系アプリに手を出した。

黙っていれば〈ツネマサ〉の外見は悪くない。何よりも、鍛え上げた肉体に惹《ひ》かれる女性は多い。

〈時雨〉の前では不器用にしか振る舞えない〈ツネマサ〉だが、それ以外の女性は「〈時雨〉ではない」という理由でそれなりにクレバーに振る舞うことができた。

KUDAN《クダン》から入ってきた金も大きかったから、金払いも悪くない。

一年前に活動を休止しても、一人頭四千万、偽のマイナンバーカードを始めとした偽装書類一式に半分は取られたが、一千万あれば三年暮らして少し余裕が出る。

そんなわけで、〈ツネマサ〉には、セフレ程度の関係を結んだ女性は、そこそこにいたのだが、優樹菜は特別だった。

最初のデートで、トントン拍子に話が進み、〈ツネマサ〉は出会ってから二時間後にはラブホテルで彼女の身体を貪《むさぼ》っていた。

だが、彼女は人妻だった。

外務省の官僚の妻である。

夫は去年から三年間の海外研修に出ていて、彼女は国内に残った。

その前に子供を流産して、夫婦仲が拗《こじ》れていた、と聞いたのは肉体関係を結んで暫《しばら》くしてのことだ。

さらに、海外で夫が女を作ったと知って、自棄《やけ》になって出会い系に登録したのだそうだ。

〈ツネマサ〉は、出会い系サイトの女と肉体関係を結んだら、三回以上は会わない。

優樹菜は特例だった。

似ていたのだ。〈時雨〉に。

長い黒髪、白い肌、胸のサイズこそ小さいが、今も「尻トレ」と言われる下半身引き締めトレーニングを欠かさない腰から下の肉感が素晴らしい。

それだけではない、身体の相性が良すぎた。

初めてセックスしたとき、〈ツネマサ〉は、こんなに自由自在に自分の手指や性器で、たやすく絶頂を与えられる女性がいるのか、と驚いた。

それ以上に、夫以外の男性を知らなかった優樹菜は、〈ツネマサ〉に抱かれることで、初めて肉体的な絶頂を知った。それもたったひと晩で十回以上。

最後は失神し、失禁するほどに。

目が醒めたとき、身体は綺麗《きれい》で、シーツも替えられていた。

優樹菜はすぐに、自分が失神した後のことを理解した。

〈ツネマサ〉は嫌な顔ひとつせず、優樹菜の粗相の後始末をし、綺麗なシーツに彼女を寝かせ、身体まで洗ってくれていたのだ。

〈ツネマサ〉からすれば当然のことである。

だれも自分の排泄物まみれで目覚めたくはない。まして女性だ——それが、優樹菜を恋に落とさせた。

逞《たくま》しいセックスと細かな気遣い……夫にはどれもなかった。

以来、〈ツネマサ〉と優樹菜は、愛人関係を続けている。

近所には、自分の弟だと告げている。

就職難で東京に出てきて、しばらく一緒に暮らすことになった、と。

〈ツネマサ〉は元自衛隊員らしい付き合いの良さと、KUDANの修羅場《しゅらば》をくぐった者ならではの度胸で、町内会の催し物にも積極的に参加し、ドブさらいまで、嫌な顔をひとつせずにやった——結果、最初の数週間は疑いの目を向けていた近所も、本当に優樹菜の弟だと信じている。

そして月の半分は群馬の山奥を駆け回る生活をし、溜まった精力を月の半分昼夜関係なく優樹菜に注ぐ。

昨日も、渋谷から押しかけてきた〈ツネマサ〉は、「自分の仕事の元上司」だと橋本《はしもと》を紹介し、一階の客間に泊まらせた上で、優樹菜を抱いている。

☆

「でも、上司の人がいるところでセックスなんてしてよかったの？」

溜息《ためいき》のような声を出しながら、優樹菜は〈ツネマサ〉の胸板の上に頬《ほお》を乗せた。

「ああ、向こうも今頃はしてるさ」

優樹菜の髪を優しく撫でながら〈ツネマサ〉は答える。この指に絡みつく優樹菜の髪のしなやかさが〈ツネマサ〉は好きだ。

今や、もう優樹菜は〈時雨〉の代わりではない。

「じゃあ、あの、一緒に来てる部下の人って」

顔をあげた優樹菜が、何かを悟ったような顔をすると、

「俺たちと同じ関係……いや、あっちはもうカミさんとは別れてるみたいだから、ちょっと違うか」

「そうなんだ……」

ふふふ、と楽しげに優樹菜は笑った。

「じゃあ、もっかい、しない？」

言いながら、右手がシーツの下で朝の硬直をしている〈ツネマサ〉の分身に触れる。

「好きだな、優樹菜は」

「ツネちゃんがこういう女にしたの……よ」

頬が赤く染まり、目が潤む。

「そういうことなら、声……我慢しなくていいよね？」

「してたっけ？」

「もう、ツネちゃんの意地悪！」

一瞬ぷうっと頬を膨らませ、優樹菜は次の瞬間、微笑みに切り替えながら〈ツネマサ〉の唇を舌を伸ばしながら貪り始めた。

「ねえ、こんどはアナル、して……ツネちゃんのぶっといので、アナルに……アナルにぶちこんでぇ」

「すっかり好きだよな、アナル」

「ツネちゃんが、ツネちゃんがわるいのぉ……わたし、アナルなんて知らなかったのにぃ……知らなかったのにぃ……子作り関係ないアナルなんてぇ」

「はいはい、オレが悪いよ」

笑いながら〈ツネマサ〉は身を起こし、隆々と勃起したペニスを、くるりとベッドの上で反転して、真っ白く丸い優樹菜の尻肉を割った。

出会ってすぐ、アナルセックスの話をしたとき、やや引いていたとは思えないほど、尻肉の奥、陰毛をクリトリス上のひとつまみを残して、脱毛し整えた女性器の上に息づくすぼまりは、すっかり第二の性器として口を開きかけていた――どうやら、〈ツネマサ〉を起こしながら、自らの指でほぐしていたのは間違いない。

昨日は指一本触れなかったために、欲求が溜まっていたのだろう。

それでも万が一を考え、サイドテーブルに置かれたローションをペニスに塗りたくり、〈ツネマサ〉は、人妻の尻穴にペニスを押し込んだ。

ペニスの質量に、直腸の中の僅《わず》かな空気が押し出される、ぐにゅるぶ、という湿った破裂音とともに、〈ツネマサ〉が飲み込まれていくと、

「んぉおおおおおおほおおおおおん！」

優樹菜は、上品そのものな作りの顔を、快楽に蕩《とろ》けさせ、ベッドシーツを握り締めた。

〈ツネマサ〉は遠慮なく、最初から腰を荒く使って人妻を責め立てる。

「これ、これえええ！　ツネちゃんのおペニス様ぁ！　ぐりぐり、ぐりりぃいいいってくるうう！」

さっきまでの、囁《ささや》くようなソプラノから一転して、涎《よだれ》を垂れ流し、下品で野太い声を出して、優樹菜は肛悦にズブズブと墜ちていく。

☆

頭の上にある寝室で、〈ツネマサ〉たちが「朝の運動」を始めたことを感じ取りつつ、橋本はシャワールームに入った。

ボディソープの匂いがつくのは困るので、普通の手洗い用固形石鹸《せっけん》を使って身体を洗い、頭も洗う。身体中から香《かおり》の体臭がするので、特に念入りに男性器を洗った。

つい一時間前まで、香を責め立てていたが、身体も頭もシャッキリしている。

半年ぶりのセックスは、我ながら荒々しいものだった。

渋谷フクラスの出入り口と、自動車の爆弾で二度も命を狙われた。そのせいもあるのだろう。

その後、警察に関わらないように、と東へ移動し、徒歩で同じく移動していた〈ツネマサ〉と偶然合流したあと、西へ向かって、この家に着いた。

途中でスーツケースを香と自分の分を購入し、着替えなども放り込んだ。

表向きは「〈ツネマサ〉の前の職場の上司で、渋谷の爆弾騒ぎでホテルがキャンセルになったから助けて欲しい」ということにしてある。

新築の高級住宅に住んでいるだけあって、内心はともかく、女は笑顔と共に橋本を歓迎し、橋本は僅かばかりではあるが、ホテル代を包んで渡し、押し戻しという小芝居を演じた。

小芝居は演じたが、実際ここは快適で、金を払いたいと思ったからである。

正直、〈ツネマサ〉のむさ苦しいアパートに寝泊まりすることも覚悟していたので、これは意外な事だった。

家の主《あるじ》である女と、〈ツネマサ〉が懇《ねんご》ろなんだろう、とボンヤリ思っていたが、食事を終えた後、さりげなく二人とも席を外し、扉も閉めずにセックスを始めたのには驚いた。〈ツネマサ〉は元自衛隊員の上に、今も身体を鍛えている。軍人の性欲の強さは世界の常識と言っていい。

（にしてもこの状況でおっぱじめるかね……軽い露出願望でもあるのか）

もっとも、女のほうも、だからこそ橋本たちを歓迎したのかも知れない。

その声を聞いて、苦笑していると、香が目を潤ませながら、パンツスーツの下を脱いだ。

細い、マイクロビキニの青い股布《クロッチ》は濡れそぼっていて、あふれた愛液が引き締まった太《ふと》腿《もも》を伝っている。

「お、お願いします、先輩……ご、ご主人様ぁ」

甘えて鼻にかかった声を出す香は、今にも死にそうなほど、セックスに飢えているのは判《わか》っていたし、橋本も今日は、栗原《くりはら》との話し合いが一段落したら、と思っていた。

股間は、痛いぐらいにいきり立っている。

「いいだろう」と許可をするると、香は牝犬の顔で橋本の股間に顔をうずめ、中からいきり立ったペニスを口だけを使い取り出すと、屹立《きつりつ》したそれを、愛しそうに舐《な》め始《はじ》めた。

香はヴァギナの処女より、アナルの処女を先に失っている。

だから、今回もアナルから犯した。

香が、この家に来たときから、ほとんど食事を取らなかったのは、前日から絶食して直腸を綺麗にしていたらしい。

さらに〈ツネマサ〉たちが二階に上がった時点で、こうなることを予期、あるいは決意して、トイレでローションをたっぷり充塡《じゅうてん》していた。

なので、香のアナルはすんなりと橋本を飲み込んだ。膣とは違う、つるりとした直腸の感触と、ローションのぬめぬめした滑《ぬめ》りをペニスから久々に感じて、橋本はますますいきり立つ。

今、上から聞こえてくる獣の声に勝るとも劣らない声を、香は客室のベッドで声をあげた。

次は床の上、ソファの上……ここを建てて、今は海外にいる浮気妻の夫は、どうやら昔アマチュアバンドのドラマーだったらしく、練習用の部屋の他、防音施工を家全体に施していて、声が漏れる心配はない。

つい二時間前まで、橋本は五回ほど香の直腸とヴァギナに射精したが、それまでに香は十回も泡を吹き、白目を剝《む》いて失神した。

絶頂した回数は両手両足の指でも勘定できないだろう。

香は寂しかったこと、毎晩一人で股間とアナルをどう慰《なぐさ》めていたか、橋本にどうして欲しかったかを責め立てられながら、涙を流しつつ告白した。

浮気を考えたこともあると言い、尻を叩いて罰を与えて欲しい、罵《ののし》って欲しいと懇願した。

橋本はその願いを叶えた。

すべて。

今、香は、床の上で、真っ赤になった尻を高くつきだし、アナルとヴァギナに電池の切れたバイブレーター――呆《あき》れたことに武器を入れているバッグにこれらも山のように詰めこまれていた――を突っ込んだまま、ぐったりと寝息を立てているが、悲鳴を封じる為のボールギャグ（これは香自身が用意していた）を口にくわえた寝顔は穏やかで満足しきっている。

とになっている。


（残った連中も上手く逃げ延びてくれてるといいんだが）

「分離○四《マルヨン》」は四十八時間の間、橋本と仲間たち、どちらも連絡を取らないまま過ごすことになっている。

連絡の取り方も特殊な方法になるから、実際の消息が摑《つか》めるのはさらにかかるだろう。

橋本は石鹸の泡を冷たいシャワーで洗い流した。

本来なら熱いシャワーでと行きたいがここは人の家だ。シャワーの熱を冷ますまで裸やバスローブ姿でうろつくわけにもいかない。

身体をバスタオルで拭いて、丁寧に畳んで洗濯機の中に入れる……昔所帯を持っていた時からの癖だ。

用意しておいた服を脱衣所で着替え、マカロフの納まったホルスターは迷ったが外して、拳銃自体は背広の内ポケットに入れておく。

ここは堅気の家だ。銃がちらつくことで〈ツネマサ〉が色々問われるのは避けたい。

部屋に戻ると、香は幸せそうな顔のまま、今度は胎児のように丸まっていた。

「起きろ、ポンコツ」

言って、橋本は、床に転がっていた潤滑ジェルを垂らして、ゆっくりと性具を香の中から引き抜いてやった。

「あ……ぅあ……は、はい、お早うございます」

いつもはスイッチが切り替わるように覚醒する香だが、今日はトロンとした寝ぼけ顔だ。

「早くシャワー入ってこい。後片付けもやっておけよ」

「はい……」

ふらふらと立ち上がる。

どこか幸せそうに微笑んでいるのは、Mとしての喜びなのだろう。

橋本は一瞬、介添えしてやったほうがいいか、とも思ったが、尻の赤い手形を見て、あれにシャワーが当たればすぐに正気に戻るだろうと考え直す。

ソファーに座って、充電完了したスマホを、コードから外した。

案の定、シャワールームから、香の悲鳴が聞こえたが、無視する。

今は、情報収集が最優先だ。

〈ツネマサ〉の話では現場から逃げ出したのは永良武人《ながらたけと》の副官、三塚《みつか》という男だったという。他に三塚の目撃情報はないかと調べたが、奇妙な話が飛びこんで来た。

「渋谷テロ、目撃映像なし」「監視カメラハッキング」

どうやら、あのビルの砲撃事件の直後から三十分、渋谷駅を中心に半径五キロ圏内のほとんどの監視カメラは停止、SNSにアップされた写真も全て、ハッキングによって消去されたらしい――その中には、橋本たちの画像も入っているだろう。

たったひとつ――「ウロボロス・リベリオン」を名乗った連中のＳＮＳに投稿された動画を除いて。

アカウントはすぐに凍結されたが、その間にコピーされた動画が繰り返し、あちこちで流れているという。

警察は現在、民間に当時のスマホなどによる写真の提供を呼びかけている。

（やはりＩＮＣＯ《インコ》が絡んでいるということか）

ダークウェブにおける最大のスポンサーであるＩＮＣＯであれば、それを可能とするハッカーを雇うことぐらいは簡単にできる。

だが、ここまで広範囲のハッキングを行うのはＴＶドラマや映画のようにあっという間に、とは行かない筈《はず》だ。

（何年がかりでやってることか）

そのための技術、装置、それにかかる人的費用――ちょっとした国家予算が動いたのは間違いない――それどころか、政府内の協力者を、疑う必要もあるかもしれなかった。

☆

東京都内でもＶＩＰ専用と言われる、高級ホテルの一室で、栗原正之《まさゆき》警視監はおろしたてのルイジ・ボレッリのシャツの襟《えり》を直し、運ばれてきたルームサービスの、シャリアピンステーキの前に座った。

湯気と共に立ち上る肉の香ばしい匂いを、思いっきり吸い込んで堪能《たんのう》する。

自分の意志で、ここに来たわけではない。

昨日、国内最大手の人材派遣会社、日本労働派遣交渉社ことＪＡＬＮＡＣ《ジャルナック》の本社ビルが砲撃されて、栗原は早々に避難したが、地下駐車場で屈強な男たちに囲まれた。

「お車は我々が責任を持ってお預かりします」

栗原は状況を判断し、優雅に頷《うなず》いた。

用意された車はレクサスＬＳ。

「レクサスですか」

栗原の口から不満が漏れたのはこの時だけだ。

かくて、乗ってきたアストンマーチン・ラゴンダごと、栗原はこのホテルの一室に拉致《らち》された。

財布とスマートフォン、スマートウォッチを含めた通信機器類は取り上げられた。

「ホテルから出ていくことと、外部への連絡以外は何をしても結構です。欲しいものがありましたらいつでも内線99を」

そう言って、屈強な男たちのリーダーらしい男がホテル備え付けの電話機を外し、代わりにプッシュ式のボタンだけの無線電話を置いていった。

「家族への連絡を頼みます。私を誘拐して身代金を要求するのでなければ、適当に誤魔化して下さい」

栗原は静かにそう告げた他は、ここの名物料理のひとつであるカレーを注文し、夜食にパンケーキ、そして朝からシャリアピンステーキを注文している。

昨日、栗原を拉致した屈強な男たちの一人がノックの後に鍵を開けて入ってきた。

「お電話が参ります」

「そうですか」

栗原がそちらを見ようともせずに頷くと、ベッドサイドにあるのとは別の無線電話と、タブレットを立て置いて去った。

シャリアピンステーキを半分ほど栗原が平らげたところで電話が鳴り、連動しているらしいタブレットの画面がついた。

六十代頭の、洒落《しゃれ》たフレームの眼鏡をかけた壮漢が映る。

警察の礼服上衣両肩の肩章には、金属の日章四個が、一行に配置されていた。

『やあ、栗原君』

「お早うございます、警視総監。記者会見、お疲れ様です……食事中のご無礼をお許し下さい」

まるで目下にするように、栗原は食事を続けながら応じ、タブレットの向こうにいる人物は、こめかみのあたりの皮膚を軽く痙攣《けいれん》させたが、それでも、余裕の笑みを浮かべてみせた。

『驚かないのかね』

「私を、ここに連れてきた人たちの何人かを、総監のおそばで見たことがありまして」

『さすがだねえ君は』

「これは、どういうことですか？」

『君には、そこで国家の存亡に関わる書類の審査をして貰いたいのだが、致命的なミスが見つかって、今作り直している最中なんだ……できあがり次第、すぐにそちらに送るから待っていてくれたまえ』

にやり、と含みを持った笑みを浮かべて言う「上司」に対し、栗原は涼しい顔をして、

「飲食費はそちら持ちですよね。でしたら大歓迎です。妻からの心づくしではありますが、あの忌々《いまいま》しい、スマートウォッチとカロリー管理アプリから解放されて、私は幸せなんですから」

『……まあ、もしもご不満だというのであれば、いつでも出ていって構わない』

栗原の言葉を強がりだと思った相手は、ますます余裕の笑みを浮かべた。

「出て行ったら私、多分『不幸な事故』に遭って世を去るんでしょうね？」

『判らないねえ』

「幸い、今月このホテルではベルギーフェアの真っ最中だそうで。ベルギーの食に欠かせないムール&フリッツに、シメイチーズとアンディーブのグラタン……それにベルギービールを楽しみにしているので、その心配はご無用です」

なおも、栗原が虚勢を張っていると信じている相手は、言葉尻に押し被せるように言葉を紡ぐ。

『判ってくれたまえ、これは国家再生のための苦しみだ。といっても大したことじゃない、古い角質を取り去るアレだ……アレ……そう、ピーリングだよピーリング』

「ピーリングで済めばいいですが、下手な素人《しろうと》がやる美容整形は、医療事故に繋《つな》がりますよ」

シャリアピンステーキの、最後の一切れを味わいながら噛《か》みしめる栗原に、タブレットの向こうの人物は、やや不気味なものを見る目つきになった。

栗原が本気で、何も動じていないことに気がついたからだ。

絶大な権力によって、虜囚の憂《う》き目《め》に遭っているのに、気にもしない。

同じ警察によって監禁されれば、大抵の上級官僚は、それだけで自分のおかれた状況を察して、絶望するのに。

「警視総監、私、警察が医者の真似事なんて、しないほうがいい、と思いますよ」

ちらり、と栗原は初めて、タブレットのレンズに冷たい視線を送った。

☆

〈トマ〉は、途轍《とてつ》もなく柔らかく、甘い汗と革の匂いの中で目を醒ました。

エンジン音。適度に心地よい揺れに、酷《ひど》く暗く、狭い場所。

(どこだっけ……?)

のろのろと、頭を回転させて思い出す。

今の〈トマ〉は、渋谷での女子高生姿から、タイトスカートを穿《は》いたＯＬ風に装いを変えている。

　昨日の渋谷のビル砲撃事件。なんとか必死に、周囲の情報をネットで検索し、ノートPCでさらに深い情報を、と思った途端、〈時雨〉と〈狭霧《さぎり》〉が襲撃され、さらに橋本から「分離〇四」の指示が来た。

　一人で渋谷駅に放り出され、どうしようか、と狼狽《うろた》えていたら〈狭霧〉が戻ってきてくれて、その場でバイクを棄《す》て、電車で新宿まで移動、その後、かねてから〈時雨〉とも打ち合わせていたタイミングで合流するため、真夜中まで、ファミレスなどを転々として時間を潰し、福島までの、高速夜行バスのチケットを買って乗り込んだ。

　座席ごとに、薄いパーテーションで仕切られた個室型のバスで、一人〈トマ〉は悩んだ。

　ＩＮＣＯが絡んでいるのは間違いない。一時ハッカーとして活躍して、そこを警視庁経由で、警察庁の公安サイバーセキュリティ部門にスカウトされた経歴を持つ〈トマ〉としては、その強大さは、嫌と言うほどよく知っている。

　人を一人、消すぐらいは簡単に行えるし、実際、以前出会ったＩＮＣＯは借金に追い詰められた人間を整形手術で老人に変え、遠隔操作で自分自身だと思い込ませて陰謀を巡らせる邪悪さまで持っていた。

　勝てるわけがない――そう結論づけた〈トマ〉にとって、最良の選択は逃げること、ウェブの知り合いからも、インターネット自体からも、逃げ続けることしかない。

この一年、なんとかそこから遠ざかって生きてきたのに、再び戻らざるを得なくなったことが、判ってはいても恐ろしくて、何もできない。

じっとしてると、すぐ後ろのコンパートメントから〈狭霧〉が来た。

話し合っている内に「面倒くさいからお前の席で横ンなっていいか？」と〈狭霧〉が言いだし、なんとなくひとつシートの上で二人抱き合って寝てしまったらしい。

「…………」

恥ずかしい思いで〈トマ〉は〈狭霧〉のタンクトップの胸から離れた。

といっても、ふたりの間にはとっくに、肉体関係がある。

〈トマ〉と〈時雨〉の収入は、その爛《ただ》れたセックスを配信するものを基本にしているのだが、最近は配信の手配と、カメラマンを〈狭霧〉に任せている。

大柄で身体に、いくつかタトゥーも入っている〈狭霧〉は、身許の特定を恐れて配信には参加しないが、配信が終わった後は、なおも身体が疼《うず》く二人の間に交じって楽しむのが常だ。

とはいえ、それは「配信」だから、で。

普段の〈トマ〉たち三人は、半同居関係だがどちらかといえば、二人の姉と弟、という関係に近い。〈時雨〉は積極的に普段でも〈トマ〉を貪ったりするが、〈狭霧〉は配信以外では滅多に〈トマ〉を求めたりはしない。

むしろ〈トマ〉がプライベートでは、優しいセックスの相手として〈狭霧〉を求めることが多いくらいだ。

それだけに、こういう風に子供のように抱っこされて、というのは恥ずかしい。

〈狭霧〉はすぐに目を醒ました。

「あ……悪い、お前の寝床とっちゃったな」

「あ、いえ……」

どうやら〈狭霧〉は〈トマ〉を抱きしめて寝た意識はないらしい。

「あー、なんかよく寝た」

「そ、そうですか」

「で、これからどうする？」

「以前からの計画通り、足柄《あしがら》さんのところに行きましょう」

「ま、それしかねーよなぁ」

言いながら〈狭霧〉は席の隅に放り出した革ジャンの内ポケットから大判のウェットティッシュを取って顔を拭いてゴミ箱に捨てる。

「合流のための駅は三つありますから、〈時雨〉さんとも合流出来ますし」

「〈時雨〉の姐《あね》さんは無事だと思うけど、〈ボス〉たち、大丈夫かねえ」

「そこは明日以後にならないと判らないですよ……四十八時間は連絡禁止ですし」

「だったな……それまで情報収集して、色々俺らなりに対策立てないとな……なんかあるかい？」

「あ、いえ……」

まだ、ＰＣはおろかスマホすらろくに触っていないとは言い出せなくて、〈トマ〉は躊《ちゅう》躇《ちょ》した。

それだけで、〈狭霧〉は色々察してくれたらしい。ほろ苦い笑みの、優しい顔でこちらを見る。

「出来るなら俺が代わってやりたいけど、こればっかりは配信とは違うからなあ」

動画配信とカメラワークはよほど芸術的なもの、高度なものを狙わない限り、手順さえ憶《おぼ》えれば誰にでも出来る。

まして〈狭霧〉は普段から、バイクや工事関係の道具を扱っていて、機械操作や、修理の人間にとって大事な理屈――機械が正しく機能しない場合は、故障よりも先に、自分の操作ミスを疑う――を理解していたので、配信のほうのノウハウも、修得に時間は掛からなかった。

だが、ハッキングの技術や、ダークウェブに潜るときの細かな技術は、そう簡単に伝授できるものではなく、身につけていく時間が必要なものだ。

「なあ、〈トマ〉。怖いんだったらまず外注してみたらどうだ？」

「外注？」

「お前、一年もウェブから離れてるんだろ？　躊躇《ためら》いがあンのは、そのための技術ギャップもあるからだと思うんだ。だったら今現役でバリバリやってる奴に外注して、ちょっと様子を探るのと同時に、何がどう新しくなってるか訊《き》いてみたら？」

きょとん、と〈トマ〉は〈狭霧〉を見た。

自分がひと晩、悩んでたどり着けなかった答えを、あっさり彼女が出した。

「そ、そうだね、うん、そうだなんで思いつかなかったんだろ」

「人間動転すると手足が縮こまるもんだよ、俺もよくやる……で、だれか外注できそうなの、いるかい？」

「え……あ、はい」

いい考えだと、〈狭霧〉の提案を飲み込んだものの、実行となると、いささか〈トマ〉は気が重い。

ひとり、即座に思いつく相手は、いる。

「でもちょっと……気が重いなあ」

「嫌なやつなのか？」

「ハッカーとしての腕は一流だし、プレッパーズだから無線とか他の技術知識も高いんですけど……」

「嫌なやつ、なんだな？」

こくん、と〈トマ〉は頷いた。

☆

橋本は、京王線を乗り継いで昼前に新宿《しんじゅく》に着くと、その足で歌舞伎町《かぶきちょう》周辺にまだ辛《かろ》うじて生息している「トバシ」の携帯電話を手に入れた。

時代がスマホに移り変わりつつあるため、在庫がなく、少々高い値段をふっかけられたがそれを何とか、通常の値段まで値切り、歌舞伎町を出るとアルタ前で電話をかける。

雑踏の中は、自分に対する追跡者を意外に見つけやすい。

三回鳴らし、すぐに切ると二回鳴らし、更に一回鳴らして切る。

数秒待つと相手から電話がかかってきた。

『生きてたか？』

人なつっこそうな声が聞こえて来た。実際当人も人なつっこいが、それ故《ゆえ》に公安の「ゼロ」として潜入捜査がつとまる。

電話の相手は公安の潜入捜査官「植木《うえき》」という。

植木は本名ではないが、橋本の前に現れたとき、職人風の男を装ってそう名乗ったし、橋本もそれ以上詮索《せんさく》しないので、以来、その名前で呼んでいる。

潜入捜査官は、潜入捜査を数回行うごとに半年から一年、デスクワークに廻《まわ》される。これは別に冷遇しているわけではなく、潜入捜査官の精神の安定のためだ。

そして今、植木は警察庁の、デスクワークに廻されているはずだ。

「ああ、なんとかな……で、植木屋、そっちはどうだ？」

『おかしい』

キッパリと植木は言い切った。

『あんな事件があったんだ、普通なら上を下への大騒ぎになってる……いや、実際現場はどこもそうなんだが上層部《うえ》が妙に冷静だ』

こんな事件があれば、情報が錯綜《さくそう》し、上層部に属する人間の命令は、最初、矛盾に満ちたものになり、指揮系統の奪い合いも起こるが、今回はそれがないという。

『なんつーか、こう、確かに記者会見の資料や、官邸への報告書作成、会議の予定やらでドタバタはしてるんだが、お偉方はどうも粛々と、って感じでな』

「あの教団の毒ガステロから三十年だ、体制が出来上がってる……わけはないな」

橋本は溜息をついた。喉元過ぎれば熱さ忘れる、はこの国の根底に横たわっている最大の正常化バイアスだ。

『それよりもお前、田中雪次郎《たなかゆきじろう》、って名前に心当たりあるか？』

「ああ」

それは、長野で橋本が名乗っている偽名だ。

『重要参考人手配、されてるぞ』

「なに？」

『お前の車、爆破されただろ』

「あれなら俺は、ただの被害者だろう？」

『爆発の巻き添え食らったバンがあっただろ？　あれの運転手、七年前のレイプ事件引き起こした元区議会議員だよ』

「ああ。たしか首相のお友達で、逮捕状が停止された」

運転席でハンドルを握っていた初老の頑迷そうな顔の老人に、見覚えがあったことを思い出しつつ、橋本は頷いた。

あの事件は区議会議員が、元ニュースキャスターということでテレビを始めとしたマスコミが取り上げずに有耶無耶《うやむや》になったが、当時警察関係者にとっては、衝撃的な出来事だった。

警察全体に「総理の忖度《そんたく》をそこまでしていいのか」という衝撃が走ったのを橋本は憶えている——今の警視総監が、それを命じたことも思い出す。

『あともう一つ、不思議なことがあってな。この時点で上層部は自衛隊を疑っていない』

「なんだと？」

橋本は首を捻《ひね》った。公安にはマル自、と言われる自衛隊専門の監視部門がある。思想の左右に関係なく、全ての自衛官の、思想動向をチェックしている——昭和の226事件からこちら、軍部のクーデターとそれによる政治家の暗殺は日本の警察と政府組織にとって永遠の悪夢のひとつだ。

それだけに、こんな状況が発生すれば真っ先に自衛隊に疑いの目が向けられる。

『それどころか、防衛省の情報局と内閣官房で話し合いがされてて、この状況が一週間以上続いたら自衛隊が出張る可能性もある、って話だ』

「内調は？」

『さてそれだ。全然ピクリとも動いてる気配がねえ』

橋本は黙り込んだ。

「一体、何が動いて……」

橋本が言葉を言い終わらぬ間に、空気が振動した。

盛大な爆発音が響いてくるのと同時に、微かな振動が足の裏から伝わる。

それは四秒ほど続いた。

周囲で「何だ？」という問いが人々の口から次々に発せられる中、橋本は振動が伝わってきた方角を見た。

都道430号線の彼方《かなた》、新宿通り突き当たりの、さらに向こうから、巨大な煙が立ち上っている。

「あの方向にあるっていえば新宿御苑と……国立競技場か？」

直感で、これもまた「ウロボロス・リベリオン」の仕業と確信した。

『今の音はなんだ？』

橋本の電話から聞こえただけではなく、向こうの植木のいる所からでも聞こえたらしい。

「国立競技場のあるあたりから煙が上がってる、そっちからは見えないか？」

警察庁のあるあたりから見れば西側にあたる。

『……どうやらそうらしいな。スマンが切るぞ』

「ああ、この騒動、あとで色々教えてくれ」

『判った……あとな、栗原警視監《さん》、一週間出向作業だそうだ。つまり、連絡が取れない場所にいる。おまえさんも気をつけろ』

問い返す暇はなく、電話が切れた。

☆

爆発の音は、さすがに多摩までは聞こえなかったが、すぐに政府速報がスマホに流れた。

テレビでも緊急番組に切り替わる。

十数分もしないうちに、視聴者提供の動画と、近くを映していた監視カメラの画像で、国立競技場のあちらこちらが一斉に爆発し、崩落していく様子が報道で流れ始める。

「これ、爆破解体じゃない……」

〈ツネマサ〉の愛人宅に残っていた比村《ひむら》香は、思わず呟《つぶや》いた。

昨晩の橋本との行為で、尻が痛くて座れないので立ったままだ。

「ですよ……ね」

後に残るは、正真正銘瓦礫《がれき》の山で、建物らしいものは柱一本残されていない。

キャスターはこわばった表情で、「ウロボロス・リベリオン」の犯行声明が出たことを報《しら》せた。

ＳＮＳ運営によって凍結されたアカウントとは、別のアカウントが生まれ、真っ正面から高画質で撮影された、国立競技場爆破の様子が犯行から数分後に流れ始めたという。

政府の緊急記者会見が、二時間後に行われると告げて一旦番組は終わった。

「〈ケイ〉さん。〈ボス〉の居場所、わかりますか？」

〈ツネマサ〉は香の暗号名を呼んだ。すでに決意した顔になっている。

「これもう、不味《まず》いところまで来てますよね」

「多分」

「優樹菜」

〈ツネマサ〉は、ポカンとしている自分の愛人の両肩に手を置いて、言い聞かせる。

「実家が確か、岡山《おかやま》だよな？」

「え、ええ」

「暫《しばら》くそこに避難しろ。これは相当マズイことが起こってる。東京、いや、関東にいちゃ危ないかもしれない。現金とクレカと宝石類、全部持ってけ。あと旦那にも警告しろ」

「ツネちゃん、あなた……何やってる人なの？」

いつになく真剣な〈ツネマサ〉の顔に、笑うよりも違和感と、不安をおぼえたらしい女が、腕にすがりながら訊《たず》ねる。

「俺は昨日、渋谷でビルが砲撃される現場にいたんだ」

〈ツネマサ〉は言葉を選びながら言った。

「あの連中はヤバい。本当にクーデターとか、叛乱《はんらん》とか起こしかねない。ああいう連中が狙《ねら》うのはそうなったときは高級住宅街に住んでる連中になる。俺は治安の悪い海外にもいた、だから判る」

優樹菜の目が驚愕《きょうがく》から、不安へ、不安から恐怖に感情を動かすのが香には判った。

「俺の言うことを信じてくれ。これが取り越し苦労で終わるんだったら、今度会うときはお前の望み通りのセックスをしてやる。何度でも、何度でもだ。ハプニングバーで露出プレイもしてやる」

「ツネちゃん……」

優樹菜の目が、感動と興奮で潤み、〈ツネマサ〉のTシャツに包まれた、分厚い胸板に抱きついた。

香はポカンとその風景を見る——どうやらこの人妻は、自分と同じぐらいの貞操観念と、セックスへの欲求を、あからさまにしているタイプらしい。

（……というか、この人にはそこまでわかってやれるのに、なんで〈ツネマサ〉って、

〈時雨〉に関しては女神様扱いなのかしら？）

　同じKUDANのメンバーである〈時雨〉を、〈ツネマサ〉は一方的な憧れの眼差しで見ていて、面と向かっては、ろくに会話も出来ないほどだ。

　ところが実際には〈時雨〉は〈トマ〉や〈狭霧〉と肉体関係があって、その行為の配信で大金を稼いでいるような奔放さがある。

（まるっきり、この優樹菜さんと同じ……いや、あっちのほうが凄いか）

　何しろ、香も欲求不満が溜まりすぎて、おかしくなりかけた時、〈時雨〉たちに抱かれたことがある。

（なんでそうなるの？）

　つくづく香は男の純情の矛盾……というより〈ツネマサ〉の、女心の読めなさの不思議に首を傾《かし》げていた。

　と香のスマホが鳴った。三回鳴って、一回、さらに二回鳴って切れる――新しいトバシの携帯を手に入れたときの橋本の連絡方法。

　番号に折り返す。

『移動しろ、面倒ごとはどうやらもっと大きくなる。早めに今回の「地図」を手に入れたい、暫くホテル住まいになる、〈ツネマサ〉にも準備させておけ、恋人には適当に言って関東から避難させておくように』

「了解です」

目の前で〈ツネマサ〉がまさにそういうことをしているのだが、あえて説明するほど今は余裕のある状況ではない。

「で、ホテルって、どこですか?」

多少の期待を香はしていた。

橋本が使うホテルだ、恐らく防音はしっかりしてる。今日明日、どうなるか判らない状況なら「おねだり」は赦《ゆる》されるだろう。

(昨日より凄いこと、してもらえるかも)

胸をときめかせて橋本の返事を待っていたが、

『赤坂《あかさか》の「タイクーン」だ』

と言われてガッカリした。

そこは中国情報局第八局の徐《シエ・》文劼《ウエンカイ》が社長に納まっている、中国側の「セイフハウス」のひとつだ。

とてもではないが、香の望む「プレイ」はおろか普通のセックスもできない。

ここにも、女心が読めない男がいた。

☆

壁に掛けられた、一〇〇インチの有機ＥＬモニターが爆破解体される国立競技場の映像と、深刻な顔で判りきった情報をくり返すしかないキャスターを交互に映している。

一年前、歌舞伎座において「ポーター」と呼ばれた女は、あれからずっと宿泊を続けているホテルのロビーで、不安な表情を浮かべてモニターを注視する人々を余所《よそ》に、手に持った小さな端末でダークウェブのあるチャットルームにアクセスしていた。

シンプルなワンピースに似合う「ポーター」の薄い伊達《だて》眼鏡は特殊な偏光レンズになっており、これで画面を見ない限り、横から覗き込んでも何も見えない。

チャットルームには必ず何人か常駐している。そして今の時間、彼女が嫌いな人物はいない。

まだ学校に通っている時間だからだ。

『大好評ね』

英語でそう打ち込む。

『今回の競技場爆破実況の儲《もう》けは二十億ドルを越えたよ、動画課金ではここ数年で一番だ』

『次の段階に関してオッズが変更されてる――我々の儲けは少なくなるな』

『だがここは活気づく。ロシアのウクライナ侵攻騒動以来、あまり盛り上がってなかったからね』

昨日の渋谷の政商と呼ばれた人物の経営する派遣会社の本社ビル砲撃については、ダークウェブでは三分前から実況が開始されており、かなりの視聴者数を稼いでいるがどうやらそれを今日は越えたらしい。

『でも、そろそろ飽きられるのではなくて？』

「ポーター」の書き込みに、

『確かに、次の「興業」をさっさと打つ必要があるな』

『確かに』

と同意の書き込みが続く。

気がつけばチャットルームの人数は増えていた、といっても「ポーター」を含めて六人。

『客は気まぐれだ。金持ちはみなそうだが』

『その後のプランについては？』

『現状、実行率は八十パーセント。問題なく次段階に移行する』

それから細々とした「次段階」の話が続き「ポーター」は黙って画面を見つめた。

『ところで、今回の「サブミッション」はどうなったの？』

そろそろ話題の潮目が変わる時期、というタイミングで書き込む。

『あれは揃《そろ》ってしくじったそうだ』

『「ローグ」は全額スッたよ』

「ローグ」とは歌舞伎座に両親に連れられてきた「ポーター」と同じＩＮＣＯだ。

ＩＮＣＯは犯罪を企画する。

それは小規模であれば、その場にいるような臨場感ある映像を、大規模で派手であるなど「映《ば》える」ことを優先する。

それは自分の直接利害からは、遠く離れたものであることが原則だ――近ければ、そこから、自分たちの正体に迫ってくる司法機関が出てくる。

とはいえ、絶対禁止という訳ではない。

彼らとて、自分に迫る司法や、表向きの商売の利害を調整するために犯罪を企画する、あるいは「サブミッション」として追加することができる。

その場合、利害の生じるＩＮＣＯ個人が胴元となり、小さな賭《か》けを主催するが、成功しても利益の十分の一しか受け取れず、失敗すれば丸損となる。

『対象人数6《SIX》に対して成功ゼロではねえ』

『でも彼はまだ続けるそうだよ。追加投資で三倍だそうだ』

その書き込みに「ポーター」は眉をひそめた。

『危険ではなくて？』

『彼の両親が離婚の危機を迎えてる上、彼自身も受験を控えてナーバスになってるんだろう……「とにかく早めに奴らの残酷な死が見たい」とさ』

「ポーター」は暫く考え込み、それから、チャットルームの時間表示を見た。

先ほどの書き込みから四十秒。発言者はいない。

文字を打ち込み、さらに三秒待って送信する。

『クールじゃない上にガキなの？』

「lmao」「lmfao」と爆笑を意味する古いネットスラングが次々と並んだ。

lmaoとは、laughing my ass off《ケツが取れるほど笑う》の意味、lmfaoのほうはさらにそれを強調したlaughing my fucking ass off《ケツが外れるぐらいの大爆笑》を意味する。

どうやら自分がこの場の空気を代弁しつつ、流れをこちらに引き寄せられた、と「ポーター」は安堵《あんど》した。

もともと「サブミッション」が彼女は嫌いだ。ＩＮＣＯは現代における「フィクサー」

としてもっと大きなことをするべきだ、という美意識がある。

　まして、自分のいる国の中で、非合法機関を「不快だ」という理由で追い詰めるなど、愚の骨頂といえる。

　確かに一番年若くはあるが、ＩＮＣＯとしての自覚に足りず、そして、ここいらで厳しい「忠告」が必要だろう、と皆が思い始めていることを、「ポーター」は確認したのだ。

『提案があるんだけど』

　と彼女はこの数日……いや、一年前から考えていた事を言語化して、打ち込み始めた。

☆

　動画は、各種ＳＮＳで、それまで登録だけして、他者の投稿を覗くためだけの捨てアカウント、あるいは与党関与の政治的投稿専用アカウントからの拡散で始まった。

　ほとんどが「乗っ取り」されていると判るのは、後日のことであるが、とにかく、動画自体がネットにおいて「期待されていた」ものだけに瞬《また》く間《ま》にカウンターは再生数、数十万、数百万を刻み、拡散が始まった。

　例のウロボロスの仮面を被った人物は、今度は国立競技場が爆破解体されていく映像を背後に、拳を握り締めることなく、淡々と、穏やかに語り掛ける。

『いま、我々が破壊したのは利益誘導のみに狂奔した世界大会、失敗国政の象徴です――前回のJALNAC《ジャルナック》ビルは、あの会議室にいた芦沢敏行《あしざわとしゆき》以下、彼と癒着していた議員、そして彼の考えを具現化するためには何でも行う取り巻きたちを、まとめて始末するために、ああいう手段を執りましたが、今回は警備員も排除しての実行なので、死傷者はナシで済ませることが出来ました――ですが、政府や経済界は、今や堕落しきっています。我々は彼らの血をもって民主主義を取りもどさねばならない。我々やあなたたちの血を流してきた彼らに、購《あがな》って貰いたいと思っています」

彼はじっ、とこちらを見つめるような、そぶりをする。

『我々は、この戦いを、「ウロボロス・リベリオン」と名付けました。神話伝承のウロボロスのように、己を喰らい一度無になって、この国をやり直したいと願うからです。これはクーデターではない。そんな規律の取れた、上品なものではない。フランスの市民革命のような、踏みつけられた人々が立ち上がるための革命です。政治家たちの襟を正させるための戦いを望んでいるのです』

優しい、とも言える口調。それはテロリストにありがちな、内面の狂気を抑えているのではなく、囁くような、溜息のような、しかし人の心に染みいる、何かがあった。

『武器はあります、「ウロボロス・リベリオン」の旗の下、集って欲しい。身分がバレないように、記録されないように、公安のネットワークは我々が黙らせましょう……すでに渋谷で我々は実証をしました。安心して君たちは蜂起すればいいのです』

多くの視聴者は、彼の言うことに惹かれ始めていた。

ネットの人間は「熱狂的に」あるいは「情熱を込めて訴える」人間を嫌う。

まるでその心理を読んだように仮面の男は声を荒らげない。

『我々やあなたたちは、これまでこの国の政府や金持ちたちに傷つけられ、追い詰められた。

賃金は上がらず、何かを買えば罰金のように消費税が課され、それは公約説明と違い、福祉保障の充実ではなく、企業の法人税減税の補塡《ほてん》にほとんどが使われている。

さらなる保険税切り詰めのために、病院のベッドが減らされた結果、疫病蔓延《えきびょうまんえん》に病院は耐えられなくなって、大勢の犠牲を出した。

そのくせ、国会議員が疫病に罹患《りかん》すれば、優先的に治療を受けられる。

――あの時、自宅療養で、誰にも看取《みと》られず死んだ人たち、今でも後遺症を引きずる人たちがどれくらいいるのでしょう？』

仮面の男から画面は切り替わる。新聞記事のクローズアップ。厚生労働省発表の、先の疫病による感染者と数死亡者数のグラフ。疫病を切り抜けたものの、肺の機能低下などによる後遺症に悩まされる人々の記事。

仮面の男の声が続く。

『我々は法律を信じないのではない、尊ばないのではない。尊ばない政府の人間を糺《ただ》したい。それにはもう、話し合いや裁判では不可能でしょう。

選挙によっても無駄となりました。

一年前、安価な密造拳銃が関東から広がったとき、どれだけの人が銃を手に、己の苦悩を吐き出したか……彼らのほとんどはやむにやまれず銃を手にした人たちです。

だが、バラバラでは意味がない。

我々はあなたたちにも蜂起して欲しい、闘《たたか》えと言うのではない、我々のやる事を見守って欲しい、声援を送って欲しい。そして我々の贈り物を受け取って欲しい』

仮面の男は深々と一礼し、顔をあげ、真っ直ぐこちらを見るように、この動画を締めくくる言葉を口にした。

『この次の我々の行動で、あなたたちが我々を信じてくれることを願っています。我々の願いを聞き届けてくれることを願っているのです――武器を取ってください、使わなくてもいい。それだけで権力者はあなたたちを怖れるようになる』

そして画面が暗くなり、動画は終わった。

☆

「送信終了しました」

巨大な倉庫の中で、永良武人は自分の行う計画の第二段階の終了を聞いた。

昼夜も判らぬ、窓のない空調管理された倉庫には、彼の部下と机に椅子、今後の作戦に必要なPC機材のパイロットランプ、液晶と持ち込まれた撮影用照明の輝きだけが、わずかに倉庫内を照らしていた。

「お疲れ様、報告を頼むよ」

そう言って、永良は腰を下ろしたオカムラ製のコンッテサを軽くリクライニングさせる。

仮面の男と同じ背広の懐《ふところ》から、財布を取り出して、開く。

免許証などが本来入るべき空間には、娘夫婦と孫娘が、仲良く並んで笑っている写真があった。背景には震災による津波で流される前の我が家がある。

デジタルで送信されたものをプリントアウトしたものだ。もう二十年近く昔の画像だから画質も粗い。

娘夫婦も若く、孫娘はまだ小学校に上がったばかりの頃。

「海外で警備の仕事をしている」という永良の嘘《うそ》を信じ、「御守り」として撮影して送ってきた——あの頃まだ、スマホは影も形もなく、永良は苦労してこれをプリントアウトした。

孫娘が自殺するまで、この写真の上に孫娘の大学入学時の写真を入れ、その次は入社直後の、緊張した、しかし嬉しさを隠せない広告会社の玄関前の写真が入っていた。

溜息をつきながら、永良はそれを暫く眺めた。

☆

永良が溜息をついて今は亡き家族の写真を眺めるのを、通信処理とモニターに映し出される「作業工程」のチェックをしている風を装って放置していた貢川《くがわ》大《まさる》は、

「隊長、一度お眠りになられたほうが」

内心の侮蔑《ぶべつ》を抑え込みつつ、進言した。

「ありがとう、貢川君。そうしよう」

永良が答えて立ち上がろうとした時、倉庫の扉が解錠され、ジーンズにTシャツ、髪の毛を後ろで乱暴にまとめ、赤に染めた女が、大股で入ってくる。

足音はさせていない。静音性能の高いコンバットブーツを履いているせいもあるが、この一年、永良たちに鍛えられたためだ。

石動《いするぎ》カズミ。二十四歳の帰国子女でもある。

「Ｔａｋｕ《タク》班副班長・石動、報告に出頭しました」

背筋を真っ直ぐ伸ばして敬礼する姿は、その前、売春組織を仕切っていたとは思えないほど立派な軍人に見える。

「Ｔａｋｕが死亡したというのは本当か」

貢川が訊ねる。

「はい、バイクで目標を追跡中、射殺されました。死体確認もしました」

「スポンサーからのオーダーは果たされていない。君を副班長から班長に昇格させる。班を再編して任務を継続せよ」

「はい、副隊長。ですが人員が足りません。今回我が班十五名のうち八名を失いました」

「手数が足りなければ金をばらまけ。お前の昔の知り合いや、そこいら辺のチンピラを金で雇えばいい」

警察庁が外に「飼っている」非合法部隊の殲滅《せんめつ》は、「ウロボロス・リベリオン」という本筋の任務には絡まない。あくまでもスポンサーであるＩＮＣＯから来た「オマケの任務」だ。

相手の人数は総勢で六名、公安の「ゼロ」や内閣調査室、あるいは自衛隊のレンジャーならともかく、ろくに銃も撃てない、軟弱な日本の警察官を殺せなかったのは、カズミたちの未熟さ故だ。

(やはりチーマー上がりや半グレは役に立たん)

今にも唾を吐きかけたい思いで、貢川はカズミを睨《にら》んだ。

女が軍隊に居るということ自体が間違いだと貢川は考えている。

女は子を産み、妻となり母となるべきで、戦場という神聖な場所に出てくるなどそもそもおかしい。戦場に来るなら、それは肉体を使って兵士に奉仕するためであるべきだ、と歪《いびっ》で偏見に満ちた前時代的価値観だが、彼にとって動かない美学でもある。

永良は「街中では男だけでは目立つ」という理由で彼女たちを訓練した。

貢川は渋々納得はしたが、やはり永良はあの頃からおかしくなっていたのだと思う。

「はい、では資金をお願いいたします」

生意気にも、カズミはそうこちらを真っ直ぐに見返して言った。

「馬鹿者、お前たちの失態に対して何故《なぜ》我々が資金を与えねばならん!」

カズミたちと、自分たちは別物なのだ、という意識が貢川にそう言わせた。

「我々は同じ部隊です、我々の失態は充分に叱責も処罰も受けますが、任務遂行のためには資金が必要なのは事実です」

「お前たちの身体で稼げば良かろう」

失笑と共に言い放った貢川の前で、カズミは拳を固めた。

(女に何が出来る)

格闘戦を多少教わったからといって、自分を殺すどころか、一発殴ることもカズミには出来ないと、貢川は確信している。

「やめたまえ、副隊長」

椅子に座ったまま、永良が顔を上げて穏やかな仲裁をした。

「金庫を開けろ。どうせ本番が始まればどれだけ札束を積んでいても無駄になる。軍隊は経済効果を考えていては何もできない組織だぞ……一千ほど都合してあげなさい」

「……は」

反対したかったが、それをしてしまうのは「今」ではない。

だから表面上はこれまで通り「厳しい副官と物わかりのいい上官」という部下を動かしやすいいつもの芝居に付き合ってやることにした。

「ありがたくあります！」

そう言って、カズミは貢川を見ながら敬礼したが、その敬礼が、背後にいる永良に向けられているのは言うまでもない。

内心のむかつきを抑えつつ、貢川はそばに居た部下に、自分の首から下がっている鍵を渡し、奥にある金庫を開けさせた。

言われたとおりの金額をコンビニ袋に詰め込み、カズミに手渡す。

最敬礼して、カズミは踵《きびす》を返した。

立ち去りながら一瞬、永良に黙礼し、永良がそれを返すのを見て、貢川は本気で吐きたくなった。

(俺が惚《ほ》れ込《こ》んだあんたはそんな奴じゃない)

叫びたいのを奥歯で嚙み潰す。

カズミが去って扉が閉じると、

「では、ひと休みしよう」

永良はいかにも老人らしい難儀そうな動きで椅子から立ち上がる。

歩く姿も、部下が見れば驚くようなもたつきがある。七十五歳にしてはそれでも驚くほど矍鑠《かくしゃく》とはしているのだが。

(これが「猛将」のなれの果てか)

失望がある。

十五年前、初めてロシアのＰＭＣ、ワグネルに入って中東の小国で地獄のような戦いを繰り広げた後、永良の率いるアメリカの某PMCからなる警備部隊と交戦したとき、「自衛隊が扱い兼ねた猛将」という評判は本当なのだと理解した。

　合同軍事演習では、米海兵隊を相手に連戦連勝だったというのは、通常戦場にいる人間としては「ただのごっこ遊びの勝負の問題」と思ったが、前線指揮官としても判断が速く的確で、そして陣頭に立って戦う男だった。

　貢川の部隊は惨敗を喫し、自分たちを打ち負かした、あの日本人は誰なのかと貢川は伝手《つ》《て》を辿《たど》って調べあげ、その強さ、優秀さに惚れ込んでワグネルを抜け、永良の元に参じた。

　貢川自身は十代の頃から自分を、戦国時代に生まれておけば良かった男、と定義している。

　だから、優れた武将と軍人は同じだと思っていた。

　実際、永良は優れていたし、武人のような趣《おもむき》もあった。

　彼との戦場は常に学ぶところがあり、驚くような奇策も、スタンダードな戦略、戦術も駆使するこだわりの無さに感服していた。

　副官は三塚が務めていたが、部隊の副隊長は自分だと任じられたときは、嬉しさの余り泣き出しそうになったほどだ。

　そして、実家が破産し、その後始末をしに帰国したとき、後ろ盾がなくなった貢川は親族もふくめあちこちから、酷く嘲笑され、つまはじきにされた。

曰《いわ》く、戦争マニアのオタク崩れ。曰く、実家を当てに世界を旅して戦争ごっこをしていたボンボン……本当の戦場を貢川が駆け抜けてきたことなど、誰も信じなかったし、貢川も任務契約上の守秘義務があって喋《しゃべ》ることは出来ない。

数々の戦場を駆け抜けてきた貢川も、日本に帰れば、自己破産をして両親の借金を解消するしか他にない、世間知らずの子供扱いされざるを得ない。

美しい日本、
同時に平和に溺《おぼ》れきった祖国日本に、いつか戦場の風を吹かせたいと願うようになった。

だから今回の計画に永良が賛同し、自分たちが参加すると知った時は驚きつつ、興奮したのだが。

去って行く老将の背中を見ながら、貢川は歪《ゆが》んだ笑みを一瞬浮かべた。

☆

福島駅で高速バスを降り、暫く駅周辺で時間を潰した〈トマ〉と〈狭霧〉は開店時間の来たS《エス》-PAL《パル》福島に入った。

〈トマ〉はOL姿のまま、〈狭霧〉も昨日から着換えていないので、とりあえず旅行鞄と衣類を購入する……〈トマ〉は男物と女物の下着をそれぞれ買ったが、店員は不審な顔ひとつせず会計を終える。

そして一階の、フランス国旗をあしらったカフェ併設のパン屋で食事を取った。

ここからならJRの改札口のすぐそばなので、〈時雨〉が来れば判る。

堅めのミニフランスパンにセミドライソーセージとゆで卵のスライスしたものを野菜と一緒に挟んだサンドウィッチを〈狭霧〉は二つ。海老のマカロニグラタンが入ったパンを〈トマ〉はコーヒーセットと共に注文する。

「〈時雨〉さん無事かなあ？」

軽食を取った後、福島店限定といわれて買った「ずんだシェイク」を飲みながら、珍しく〈狭霧〉が気弱なことを口にした。

「そこは……大丈夫だと思います」

自分が不思議に〈時雨〉の心配をしていないことに〈トマ〉は驚いていた。

くぐった修羅場の数も〈狭霧〉よりは多いし、〈時雨〉が肉体関係の上では自分の「ご主人様」であるとはいえ、何故か〈トマ〉は自分や他のメンバーが死ぬことはあっても、〈時雨〉が死ぬ姿だけは想像できない。

（僕なんかよりずっと強いしなあ）

〈時雨〉は一度死んだことがあると、いつだったか寝物語に語ってくれたことがある。

それ以来、怖いものはなくなり、自分に素直になれて、何でも出来る様になったとも。

実際そうなのだろうと思う。

戦闘の際も生活の場面でも、〈時雨〉が迷ったり、戸惑ったりすることは殆《ほとん》どない。

せいぜい、道ばたで捨て猫を見て拾うべきかどうか、ぐらいだ。

それすらも数秒で「でも私たちには生き物を飼う資格はないですね」と結論し、さらりと忘れる。

いつまでも小さなことを思い悩み、ＩＮＣＯに対して恐怖心を抱えて動けない〈トマ〉とは真逆で、だからこそ「この人には勝てない」と思っている。

「そうか？　そうだよな、〈時雨〉さんだものな」

うん、うん、と〈狭霧〉は鍛え上げた太い腕を、大きくせり出した胸の前で組んで頷く。

「……で、どうする？　例の『協力して欲しいけど嫌なやつ』に連絡するのか？」

「そう……ですね」

〈トマ〉は少し考え、決意した。

トバシのスマホを片手に、暗号が書き込まれたメモ帳を、ジーンズの尻ポケットから取り出して、メッセージを送る。

内容は「元気してる？　〈トマ〉だけど助けて欲しい」だが、実際には「１３４２６１００３９１０３４９１０９０７１５７」という数字。

今を去ること数十年前、「コギャル」と呼ばれるファッション集団が全盛期だった頃、携帯電話もなく、ポケベルと呼ばれる、小さな液晶画面に数字が出るだけの装置でメッセージをやりとりするために、数字を文字に見立てる通信方法が生まれた。

これはそのやり方だ――相手は無線や、こういう技術を好むところがあるハッカーで、だから以前の事件で、ＩＮＣＯの裏を掻《か》くために、無線技術の協力を頼んだこともある。

きっと通じる、と思って送信して、すぐに返信が来た。

「４６２７６１３４２４９７６２０５３０７３１」

翻訳すると「本物なら、あたしの誕生日を答えなさい」。

一瞬〈トマ〉は考え込み、これが引っかけだと気がついた。

相手の口癖を思い出して書き込む。

「９３２１０１０１８７１５００１０６１７１５６（君に誕生日はない、生まれてもいないから）」

数秒して、電話が鳴った。

『まだ生きてたの？　ＦＵＣＫＭＥＢＯＹ《ファックミーボーイ》４０４』

〈トマ〉の動画配信における名前を、尖《とが》った声の少女は口にした。

「久しぶり、〈ユア〉」

苦笑しながら〈トマ〉は答えた。相手もこちらと同じく、ハンドルネームしか名乗らないし、本名を消している。

〈トマ〉がパソコンをいじりだした頃からの付き合いで、いいところのお嬢様らしいのと、黒のレースと棺桶《かんおけ》に代表される、ゴスファッションを愛していること、さらに言えば〈トマ〉の動画関係の副業をチェックしていて、〈時雨〉と、ちらりと映った〈狭霧〉のファンだという事実ぐらいしか知らない。ハッカー同士の付き合いはその程度でも充分だ。

『で、何の用?』

「君の腕とサーバーを借りたい。昨日起こったビル砲撃事件あるだろ? アレに関する色々を調べたいんだ」

『あんたご自慢のマシンはどうしたのよ?』

「INCOに狙われるようになってから全部処分した……だから、僕は今何もツールがない。オマケにINCOに目をつけられている。見つかれば殺される、でも仕事はしなきゃいけない。一日二千万なら出せる」

横で〈狭霧〉がシェイクを吹き出しそうになった。

「二日間、キミのほうからの情報収集と、サーバーの貸し出し、頼めないかな？　それだけあれば僕も勘が戻って何とかやれると思う」

昔から〈トマ〉は蓄財をしている。ハッカー時代もそうだし、動画配信だけではなく、それで利殖も行っていた。

『ハァ？』

相手の声のテンションが高くなった。

『間抜け過ぎないあんた？　ＩＮＣＯが怖いから自分の手を汚したくない？　よくそんなことが言えるわね？』

「君はＩＮＣＯの怖さを知らないんだ」

『逃げ回ってもどうしようもない相手でしょうが。だったら戦いなさいよ！　ハッカーでしょう？　それともアメリカのグリーンバンクで生涯過ごすつもりなの？』

〈ユア〉が口にしたのはアメリカ、ウェストヴァージニア州にある無線テクノロジー禁止令がある街のことだ。世界最大の電波望遠鏡を保有するため、町には一切のネットテクノロジーが存在しない。

実際、ＩＮＣＯに追われた者は、そこに逃げ込むしかない、とも言われている。

『一生英語よ？　アメリカの税制で、アメリカのノリで、しかもアメリカ永住権《グリーンカード》持ってないとダメなのよ？　そういうの無理でしょ？』

「それは、そうだけど……」

〈トマ〉が黙り込むと、相手は溜息の後、

『いいわよ、一日二千で雇われてあげる。ただし一日だけよ。面倒くさいのはあたしも一緒なんだからね？　これと前回のでもう貸し借りはナシ、ＯＫ？』

「判った、ありがとう」

『そ、それと……』

〈ユア〉が口ごもった。

『し……〈時雨〉お姉様と〈狭霧〉お姉様とのお茶会、セッティングしてよ』

「え……お茶会、でいいの？」

『だ、だってほら、ホントはエッチしたいけど。こういうのはホラ……段階を踏まないと、嫌われるじゃない？』

先ほどまでの居丈高《いたけだか》な態度とは、打ってかわった〈ユア〉の態度に、〈トマ〉は苦笑しつつ、

「オーケイ、判った。きっと喜んで応じてくれると思う」

と答えた――〈狭霧〉はともかく、〈時雨〉は、段階なんぞ気にせず、あっさり〈ユア〉

を「食べてしまう」可能性があることは口にしない。

夢見る乙女に、おっかない現実を報せる前に、自分の望みを叶えて貰う、程度の知恵は〈トマ〉にもあった。

それから今後のやりとりについての方法と、さらに前段階の話をざっとして、電話を切る。

「……その娘《こ》さ」

「ずんだシェイク」を飲み終えて、手持ち無沙汰げだった〈狭霧〉が、通話が終わった途端、〈トマ〉の耳に囁いた。

「〈時雨〉さんがどれくらい肉食なのか知ってるのか？」

「多分知らないと思う――」

「きっと会えば、４Ｐになっちゃうんだろうなあ」

しみじみと〈狭霧〉が呟いていると、

「はい、お婆ちゃん、ここがエスパルですって」

「ああ、改札から続いていたんですねえ。ご親切にありがとうございます」

ＪＲの改札をくぐって、地味なワンピース姿の〈時雨〉が、老婆の手を引いてやってきた。

「本当にすみませんねえ。この辺は初めてで」

頭を下げる老婆の懐で電話が鳴った。

「ええっと、どうするんだったかしら……」

と戸惑う老婆の手から「いいですか？」と断った上で〈時雨〉はスマホを受け取り、通話ボタンをスライドさせて、手渡した。

孫らしい人物と嬉しそうに会話し、自分が今どこにいるかを告げて、老婆は電話を終え、何度も〈時雨〉に頭を下げながら去って行った。

ニコニコと手を振って、老婆がエレベーターに乗るのを見届ける〈時雨〉の姿は、「親切な娘さん」という言葉にぴったりな清楚で可憐《かれん》で、思わず〈狭霧〉と〈トマ〉は顔を見合わせた。

「お待たせしました」

〈時雨〉はどうやら入ってきた時からカフェの中にいる〈トマ〉たちに気付いていたらしく、小走りに駆け寄ってきた。

「ちょっと尾行の確認に手間取っちゃって」

「あ、いえ……その……」

そういえば、〈時雨〉のスカート姿を見るのは〈トマ〉にとっても久々だった。

「どうしたんですか？　〈トマ〉君」

「いえ……」

なぜかドギマギする〈トマ〉の耳元に、〈時雨〉は唇を寄せて囁く。

「あ、ひょっとして昨日、怖くて〈狭霧〉とセックスしたんでしょ？……それとも、私のスカート姿を見て、興奮してます？」

「い、いやあの〈時雨〉さん、あたしらその昨日はなにも……」

「いいですよ、ふたりとも」

ぎゅうっと〈時雨〉は〈トマ〉と〈狭霧〉の頭を背伸びして、まとめて抱きしめるようにして、それぞれの耳元に囁いた……老婆に道案内した親切で清楚な娘と、淫乱とも言える性分が、この女の中には、矛盾なく同居している。

「夜まで時間があります、ラブホで思う存分しましょ？　昨日、あんなに怖い目にあったんですものね——生きてること、確かめましょ？」

言われた瞬間、〈狭霧〉も〈トマ〉も、顔を赤く染めた。それぞれの股間が、〈時雨〉の言葉と共に、発情して、思わずふたりとも足をぎゅっと閉じてしまう。

第四章　深夜崩壊

☆

職員の退庁時刻の過ぎた、東京都庁の北展望室と南展望室にそろって大小様々な荷物が運びこまれた。

世界の環境を考えるための展示物である。大きなものは専用のコロ付きの台車で、夕暮れ時のエレベーターを何往復もして運ばれた。

「でも、北と南両方で、って珍しいわね」

「ですよねえ」

北展望室の受付で、女性警備員ふたりが搬入に立ち会いながら囁《ささや》き声を交わし合う。

北展望室は元々、パーティ会場としての貸し出しを想定されたところなのでかなり広々としているが、南展望室は土産物屋などが立ち並ぶので狭くなる。

「なんか、国会議員の瀬櫛《せぐし》先生肝いりらしいですよ……ほら」

搬入される荷物の中にはポスターがあり、壁にあるポスターホルダーに、目鼻立ちの整った、いかにも切れ者の二世議員、という風貌の瀬櫛の写真に「ＳＤＧｓは今こそＳＤＧｓ！」の意味不明な文字が躍っている。

そして、都庁南北の展望室の中心部に、直径三メートルはある巨大な地球儀が設置され、そこに地球環境の変貌をシミュレートした画像が十年を一分とした形で一〇〇年分が映し出される、というプロジェクションマッピングをメインの話題にしようとしていることが、ポスターに書かれている。

さらに巨大なアクリルケースには世界の海に漂着したプラスチックごみを固めたアートや、化学物質で汚染された土、この十数年でアラスカの氷河がどれくらい減少したかを示すジオラマなどがある。

どれもかなり大きい。

「ああ、あの、元総理の息子さん……そういやＳＤＧｓ大使とかいう変なのやってたっけ」

「なんか今度『コンビニの無駄な商品を排除して店舗自体を小型化してＳＤＧｓに貢献！』、とか言ってましたよね」

「そういやコンビニ弁当の箸《はし》やスプーンも廃止されるんだっけ……あたしらどーすりゃいいのかしら。国会議員の先生ってコンビニご飯なんか食べないいんだろうなあ」

「今与党の若手って軒並み潰れてるから、ここいらでまた評判取りたいんじゃないですかね」

「でも、こんな時期にこんな催し物やっても、ねえ」

「ホントに……どこもかしこも渋谷の砲撃事件と、今日の国立競技場爆破で大騒ぎで……明日からまた閉鎖するかも知れないいんでしょ、ここ」

「まあ、一年前から決まってるイベントだから、今さら中止も出来ないいんでしょ」

作業員たちはテキパキと作業を進め、その中心に置かれる地球儀を納めた、巨大な木箱が梱包《こんぽう》を解かれ、中から巨大な地球儀が現れた。

その周囲を囲むように、各種パネルが置かれ、何枚かが差し込む夕日に鏡のように光る。

「すみませんが、これに搬入作業に立ち会った、お二人のサインいただけますか」

四角い顔をした、いかにも生真面目《きまじめ》そうな、鍛えた身体《からだ》つきの作業員の一人が、警備員にペンとバインダーに挟んだ用紙を差し出す。

「あ、はいはい」

女性警備員ふたりは、言われるままに確認のサインをした。

☆

中華人民共和国国家安全部の中でも対外国スパイの追跡、偵察、逮捕などを行う第八局に所属する徐 文劾《シェ・ウェンカイ》が「経営している」ことになっているビジネスホテル「タイクーン」は最近改装されたばかりだ。

呆《あき》れる話だが、「タイクーン」は赤坂見附《あかさかみつけ》の交番の、裏手にある。

地上十二階建て、地下一階大浴場、サウナ付きという物件だ。

昨今流行《はや》りの、ビジネスホテルとしても、ラブホテルとしても使える「朝昼夜・ひと休みコース」の内容と代金が書き込まれたポスターが張られた自動ドアをくぐり、橋本《はしもと》はフロントに、

「個室を三部屋お願いします。お約束通り、支配人のウエダさんに会いに来ました、橋本です」

と告げた。

後ろからはウィッグにマスク、サングラスという姿の、香《かおり》と〈ツネマサ〉がついてきている。

香は目立たないワンピース、〈ツネマサ〉は橋本同様の背広姿だ。

夕方の陽射しが、自動ドアの向こうに赤い色を投げ、これからまた蒸し暑い夜が来る、と予告している。

「お待ち下さい」

フロントマンは慌てず、怪訝《けげん》な表情もせずにバックヤードに引っ込んだ。

すぐにフロントカウンターに、オールバックに眼鏡、背広に蝶《ちょう》ネクタイという嫌味な姿の徐が現れる。

「いやあ、橋本さんお懐かしい。さあ、どうぞどうぞ」

とカウンターの脇にある従業員用のドアを開ける。

「しかし、いい度胸だな。交番の裏手に、中国の情報機関の出先を作るなんてな」

香と〈ツネマサ〉は、ホテルの人間に荷物を預け、橋本の後ろをついてくる。

「麻布《あざぶ》のロシア大使館の真向かいに、監視のためのスタジオを確保してるＣＩＡよりは奥ゆかしいと思いますよ」

カウンター奥のドアをくぐると、普通のリネン室や客の荷物を預かるクロークの奥に階段があって、二階に上がると支配人室の扉があった。

贅沢《ぜいたく》なことに二階丸ごとが支配人室らしい。開けると左右の壁両面が巨大な液晶モニターで、屋上からのものらしい赤坂周辺の高所からの画像が映し出されている。

「中産階級はものを持ち、貧乏人と金持ちは共に空間を保有する、か」

橋本の言葉に応えず、徐は奥にある机の前、イタリア製革張りのソファを勧めた。

「コーヒーを四つ、お願いします」

机の上の古風なインターフォンでそう命じると、「さて」と徐は軽く手を叩いて握りしめる。

「いつもなら橋本さんの強引さに文句の一つも言う所ですが」

「で、今度の一件、おたくの国はどれくらい関わってる？」

ＩＮＣＯ《インコ》のことは口にしなかった。とっくに徐は知っているかも知れないし、知らなかったとしても、教えてやる義理はない。

友好的な関係を、個人で作ってはいるが、結局、他国の情報機関の人間だ。

「いきなりですね」

徐は苦笑を浮かべたまま首を横に振った。

「ウチの国が関わってたら多分、この程度じゃすみませんし、こんなに早く事態《こと》は動きませんよ、多分あと五年かけて国会議事堂に群衆がなだれ込むようにしますね——六十年安保騒動のように」

「むしろ香港のように、じゃないのか？」

橋本は、本気とも、嘘《うそ》ともつかない徐の顔を見つめた。付き合いが出来て十年以上、未《いま》だにこの中国情報局第八局の男の表情は読めないが、嘘か本当かの区別はつく。

「で、どれくらい関わってるんだ?」

同じ質問をくり返す。

「お前さんの事だ。嘘は言っていないが本当のことも言っていない、だろ?」

数秒間、じっと見ていると、やがて徐は溜息《ためいき》をついた。

「我が愛すべき祖国は動いていません。今は東南海の問題で手一杯ですよ……ですが、あなたたちが決して刃《やいば》を向けたがらない、クマに乗りたがる大統領の国は別です」

「……ロシアか」

「ウクライナからこっち、色々あの国も面倒くさい事になってますし、おべっかを使った国が手の平を返したときの、KGBの陰険さは大統領になったからって変わることはないでしょう? 残念ながらわが祖国にも、この国が酷《ひど》い目に遭うと快哉を叫ぶ連中は多いですし」

「要するに、お前の国に、恩義を売りたい連中ってことか」

「でしょうね。ただ、やり方が手ぬるすぎますが……革命行為には、念入りに培《つちか》った狂乱と速度が必要なのは御存知かと」

　橋本は答えない。

「じゃあ、取引だ。関係ないなら俺たちに協力しろ。武器と情報が欲しい」

「代償は？」

「俺たちに貸しができるぞ。あと上手く行けばウチの政府にも」

　徐の肩をすくめた。

「我々の図太さを非難できませんよ、あなた——大体我が国は、あなたたちにとって最大の仮想敵国でしょう、今や」

「俺はもう公安でもないし、公安時代だってロシア担当だった。第一、『立ってるものは親でも使え』というのがウチの国の諺《ことわざ》にはあるんだ」

「落花有意《落ちる花に情あれど》　流水无情《流水に意なし》……そのようですね。そういえば貴方《あなた》の国の、他の人からも私、いいように使われてるようです」

　インド紫檀《したん》で出来た机の抽斗《ひきだし》から、徐は奇妙なものを取り出した。

　真ん中が不自然に膨らんだ、半袖ワイシャツを模した折り紙だ。

　かなり大きい。

「とある筋から預かりました——ただし、橋本さん宛じゃありません。〈ツネマサ〉さんに、ですが」

「オレ？」

〈ツネマサ〉が自分を指差して驚いた。

「こんな可愛《かわい》いものを送ってくる知り合いなんていませんよ」

可愛いと言うには大きい折り紙だが、〈ツネマサ〉の感性ではそうなるらしい。

「折り紙にした理由は、我々が中身をのぞき見しないための軽い用心でしょう。折り紙は一度解いたらどんなに整えても元には戻りませんからね」

「新しいのを作って中に放り込めばいいんじゃないのか？」

「〈ツネマサ〉さんのところに、画像が送られていて、何らかの符丁が決められた折り方であれば、我々が開けたことはバレてしまいます」

「で、誰がお前に預けた？」

「複数名の借りがある人と、貸しがある人を通じて、としか言いようがないですね。貴方以外にも大事にしたい友だちがいるので」

徐は〈ツネマサ〉にその折り紙を渡した。

「一体、誰から……」

〈ツネマサ〉は折り紙を解いた。

名刺サイズのスマホが入っている。

〈ツネマサ〉はますます首を捻《ひね》った。

「電源入れて、画面で指紋認証するやつですね」

香が、興味津々という表情で覗《のぞ》き込《こ》んできた。

「指紋って……オレこんなものに認証した記憶は……」

「自衛隊時代に身分証に押しただろ」

「あ……」

自衛官も含め、世界中の軍人は、その身分証と一緒に指紋登録は必須だ。

そしてもう一つ、小さく折りたたまれた紙片……一筆箋《いっぴっせん》と呼ばれる短冊のような便箋を上下に畳んだものだ……が入っている。

〈ツネマサ〉が広げてみると「乞御信頼、永良武人《ながらたけひと》」とある。

「〈ツネマサ〉、どういうことだ？」

「お、俺が知りたいっすよ！」

狼狽《ろうばい》して、〈ツネマサ〉は一筆箋を矯《た》めつ眇《すが》めつしながら、橋本を見た。

「本人の文字か？」

「た、多分………」

橋本は少し考えた。

「よし、〈ツネマサ〉、そのスマホ、起動させてみろ」

「え……？」

「何かの罠でも、ここならしのげる」

「ちょっと、橋本さん……」

嫌な顔をする徐を無視する。今の所、彼らも今回の事件の「容疑者」に違いはない。

何か起こるとしても、ここなら少なくとも、他の仲間たちや協力者への迷惑にはなるまいと判断した。

「……わかりました」

決意して、〈ツネマサ〉が頷《うなず》く。

「〈ケイ〉、動画撮影の準備だ」

橋本は、比村《ひむら》香のKUDAN《クダン》内での呼び名を口にし、香は頷いて自分のスマホを取り出した。

〈ツネマサ〉の左右に橋本と香は立って、スマホを構えた。

「待って下さい、我々も」

そう言って徐が声を背後のホテルマン姿の部下たちに声をかける。

〈ツネマサ〉の周囲に三脚が立てられ、様々な角度から徐の部下がデジタルカメラをセッティングする……それだけでなく、今時珍しい磁気テープを使ったビデオカメラまで用意した。

「デジタルだけでは、何が起こるか判《わか》りませんからね」

と徐が求められもしてないのに自慢げに説明した。

「物持ちのいいこった」

次の瞬間、橋本と香はそれぞれの腰と脇の下からマカロフとSIG P230を抜いて撃鉄をあげた。

打ち合わせをしていたわけではない。この辺は長年のコンビ故《ゆえ》の呼吸だ。

「録音録画はここまでだ」

ホテルマンたちも全員隠し持っていた、ワルサーPPK／Sを引き抜いて構える――中国軍の制式銃である92式手槍ではないのは、恐らく徐の趣味だろう。

「酷いじゃないですか、私の所にあったものを、私は手をつけずにあなたたちにお渡ししたんですよ、中身を知る権利ぐらいある」

徐だけが銃を構えず呆れた顔で橋本を見た。

「悪いな、これは日本人の問題なんだ。それも大問題だ。あとであんたに教えていい部分があれば教える」

「日本人の愛国心ですか。あなたがまだそれを持ってるとは意外です」

「大抵の日本人とちがって、政府を愛してるわけじゃないが、無政府主義者《アナーキスト》じゃないんでな。こう見えても元役人なんでね」

橋本は言いながら〈ツネマサ〉に頷いた。

〈ツネマサ〉は頷いてスマホをポケットに入れる。

「放下槍《銃を下げなさい》」

徐が周囲に命じる。

「但是《しかし》徐同志《徐同志》、是放棄了《それでは任務の放棄になります》！」

「這是《これは》一個高度政治化的決定《高度に政治的な判断です》、跟我來《従いなさい》」

徐は血気にはやる若い部下に冷たい一瞥《いちべつ》をくれて、最後まで構えていた銃を下げさせると、

「いいでしょう。これで一つ、貸しということで」

そう言って出入り口を示した。

部下たちが一斉に退《しりぞ》く。

「それでいい」

橋本は、それでも銃を構えたまま、外へ出た。

ドアが閉まる。

「你为什么让他们走？《貴方は何故、彼らを見逃したのか》　这不是对祖国的背叛吗？《これは祖国への裏切りではないのか》」

非難するような口調で訊《たず》ねる若い部下に、静かに微笑《ほほえ》みながら徐は答えた。

「这个国家已经在走向毁灭的路上。《この国はもう滅びの道を歩いている》我们应该做的不是让他们因为我们的最后一招而恨我们、《我々がやるべきことは、最後の一手を指して恨まれることではなく》而是在他们在毁灭中挣扎的时候、《彼らが滅びの中でもがくときに》给他们抛出一条绳子、让他们成为我们的兄弟《縄を投げて助け同胞とすることにある》」

部下は、はっとした表情を浮かべ深々と徐に頭を下げた。

☆

東京、港区。東新橋にその不夜城はある。

真っ赤な円の中、「KURETWO《クレツー》」のロゴが収まっているシンボルマークが、ビルの上部に煌々《こうこう》と輝いている、その建物は、広告業に興味があれば誰でも知っている建物だ。

日本最大とも言われる広告代理店。紅林《くればやし》通信宣伝社。通称・紅通《クレツー》。

風になびくカーテンのような、複雑な断面構造を持つ、地上四十八階、地下五階建ての建物は三〇〇年構造とよばれる防風と耐震構造を備え、材質にもこだわって作られている。

疫病《えきびょう》によるテレワークの増加により、完成後、僅《わず》か二年で本社を維持する必要がなくなったとして、売却も検討されているが、とりあえずこの建物とその中身が、この国の宣伝事業を一手に引き受けている、と言っても過言ではない。

同時に、その就業形態の歪《いびつ》さも有名だ。

残業を「無能の証拠」であるとし、一切禁止としながらも、課長職以下の社員には「希望者は残業を許可するが、その際、給料から電気料金を含めた、社屋使用料を支払ってその無能を購《あがな》う」制度「残業権利購入権」を導入し、さらにパワハラ体質が濃厚で、ここ数年、自殺者を次々と出して非難を浴びている。

それでもなお、その市場把握能力の高さと業績には、傷一つつかない。

その日も、紅通ビルの明かりは絶えず、煌々と灯《とも》されている。

今日は役員室にも明かりが灯っていた……JALNAC《ジャルナック》砲撃による芦沢敏行《あしざわとしゆき》の死去、国立競技場の爆破解体によって、彼らが手がける広告業界は、大混乱に陥っていたからである。

日本最大の人材派遣会社の広告枠が、丸ごと消滅し、国立競技場の消滅はスポーツイベントの開催や、他のイベントのスケジュールに多大な影響を及ぼし、さらに、「ウロボロス・リベリオン」を名乗る連中の、社会的影響によって、今後のマーケティング——特に政治家関係のイメージ調整、与党の基礎戦略データなどの修正——課題が一気に山積みになったからだ。

「今日も徹夜だなぁ」

「仕方ないさ、世の中が動いてるんだ。マーケティングはここでサボるわけにはいかないよ」

「見ろよ、ボンボン組まで真面目に出社してる」

「珍しく会長も夜中まで会議だってよ」

ビルのあちこちで、そんな会話が交わされていた。

☆

「最終工程その1」を終えたと、永良のいる倉庫に、秘書官とも言える三塚《みつか》が、生真面目そのものの顔を出した。

「コーヒーを買ってきました」

そう言って、冷たいペットボトルのコーヒーを二十本ほど放り込んだ、古びたコンビニ袋を永良の机の上に置く。

貢川《くがわ》は四角四面の三塚にしては珍しい、と怪訝に思った。

（なにか、勘づかれたのでは？）

が、この男が基本、永良の命令に従うことしかしない男だと思い直し、出る前に、そういえば、永良が飲み物を買ってきて欲しい、と指示をしていたことを思い出す。

（くそ、我ながら気が立ってる）

その思いを何とか表に出さないようにして、二人のやりとりを眺めた。

「紅茶も、と思ったんですが切れてまして」

申し訳なさそうに三塚が言う。

どうやら、自販機で買ってきたらしい。

東京都庁の女性警備員二人に、サインを頼んだ作業員そのままの格好である。

「では今夜中に工程その2を終えて、ですね」

永良は、貢川と共に書類の確認をし、三塚に微細な計画変更による、直接指示を与えた。

「では、失礼します」

二人に平等に視線を向け、見事な敬礼をして三塚は踵《きびす》を返した。

「いよいよですね、隊長」

貢川の言葉に、永良は頷いた。

「これが終われば、君の計画も、そろそろ本格化、ですね」

薄く微笑む永良の表情に、貢川は一瞬、思考が白くなったが、

「例のご両親の墓を建てるという」

「ああ、あれですか」

苦く、貢川は笑った。自分の計画が上手く行けば、この日本そのものが戦国時代よろしく戦乱と疑心暗鬼に明け暮れる。平和ボケを取り払うことができる。

今、この倉庫を出て見える街の明かりは消える。

荒廃し、銃火が絶えなくなった日本が両親の新しい墓であり、自分の道標だ。

「情報来ました」

ＰＣに貼り付いていた部下の一人が声をあげた。

「サブミッションの標的三名を、赤坂のホテル『タイクーン』で確認、残り三名も福島駅近くのホテルで確認しました」

「Ｔａｋｕ《タク》班の生き残り連中に投げてやれ、現場判断でどちらからやるか、どうやってやるかはお任せだ」

貢川は、投げやりを隠そうともしない声で、指示を出す。

「赤坂はダメだよ、貢川君」

永良が珍しく口を出してきた。

「ホテル『タイクーン』は、中国の第八局の出先機関だ」

ぎょっとする貢川に、

「今、あそこと揉《も》めると、碌《ろく》なことにならない。福島のほうへ向かわせなさい」

穏やかに言って、永良は机の上で肘を突いて手を組んだ。

「そ、そんなところが東京にあるんですか……」

貢川は国内のことに関しては疎い。まさか日本最大の敵のスパイ組織が赤坂にアジトを構えているとは思わなかった。

十代の頃の愛国心が疼《うず》いたが、今はその時ではないと抑え込む。

「了解です……Ｔａｋｕ班は福島へ行くように指示……隊長、監督官として三塚を行かせてもよろしいですか？」

「構わないよ。三塚君がいてくれるほうが何かと都合はいいだろう」

こちらとしても永良の腹心で融通の利かない三塚が遠くにいてくれるほうがありがたい。

貢川は通信係に連絡をして、三塚をＴａｋｕ班のカズミと合流、現場指揮をして突入させろと連絡を入れる。

「Ｔａｋｕ班はサブミッションの完遂《かんすい》に全力を集中、終わるまで戻ってくるな」

これぐらいは普段の自分でも言う。

三塚だけでなく、Ｔａｋｕ班の練度の低さと女性が頭を取っているという時点で信頼度は低い――それに彼女たちは自分よりも永良への忠誠度が高い。

「計画」には邪魔だ。

ちらりと永良を見たが、老人は手元のモニターに映し出されている作業の進捗《しんちょく》具合を示すチャート表を眺めている。

各部署にいる人間の報告、あるいはスマホからの入力をこの倉庫のオペレーター連中が手動、あるいは自動入力処理を行ってリアルタイムで変化する状況に対応するものだ。

永良はこの手のテクノロジーを受け入れることに躊躇《ちゅうちょ》がない――かつて貢川が心酔したのはその柔軟さも合わせてのことだった。

完全にこちらを信じ切っていて、いつものように考えているのだろう。

安堵《あんど》と共に、貢川はスポンサーの一人である宇豪《うごう》に連絡を入れるために、普段は電波遮断用の金属の箱――ファラデーケージに入れた自分のスマホを取り出そうとした。

「貢川君、Ｔａｋｕ班は」

不意に永良が口を開いた。

「あのまま、今回の最終作戦への投入は避けたいと思います。完遂を強調せず、日限を決めてそれまで関東に戻らないように指示を」

こちらも向かず、手元を見つめての言葉に、一瞬、貢川は自分の計画が何もかもバレているのではないか、と冷や汗が流れていくのを感じたが、すぐに思い直した。

この老指揮官は、温情を新兵に向ける時にそういう格好をする。

いつもの自分なら……永良に失望する前の自分なら、どうしただろう。

思い出す。

「相変わらず隊長は、新兵には優しいですね……無理矢理にでも任務を達成させねば、使い物には永久になりませんよ」

「達成できるかどうか、よりも生き延びる場数の問題です。あのサブミッションの対象者は、どうやらかなり手強《てごわ》い」

一瞬戸惑い、昔の自分を思い出して提言する。

「本隊を動員しますか？」

「いや、いいでしょう。スポンサーは殲滅《せんめつ》をお望みだろうが、我々は最終作戦の成功が第一義だ。本隊を動員することで成功確率が下がることは、到底許されることではない」

「は」

（永良さん……やはり貴方は老いた）

冷えた目で永良を見つめる貢川の視線に気付かず、

「紅茶は無しですか」

満足そうに永良は袋の中からブラックのペットボトルを取りだした。

「では宇豪さんたちに連絡を……彼らの出番を報《しら》せませんと」

「頼むよ」

貢川は永良に背を向けてスマホを取り出した。

☆

完全防音、盗聴機の類《たぐ》いも十分前にチェックを終えたばかりの密室で、元経団連重鎮の宇豪敏久《としひさ》と国会議員の瀬櫛刊京《おみのり》は、インドネシアのウォーターヒヤシンスで編むように作られた台座の上にガラスを置いた、応接テーブルの上、スマホのスピーカー音声に耳を傾けた。

『最終計画の第三段階までは終了しました。決行日の予定変更は現状では無しです』

貢川という、今回の計画における副隊長の報告に、宇豪は満面の笑みを浮かべ、それから無理矢理渋面を作った。

「そうかね。では粛々と頼むよ。粛々と」

『了解です。では十二時間後にご報告を』

通話が終了すると、宇豪の対面に座っていた瀬櫛が、「父の形見」と持ち歩くことで有名になった古い革鞄の中からワインを取り出し、栓を開け始めた。

瀬櫛の父が好んだという、ドメーヌ・ド・ラ・ロマネコンティ・グラン・エシェゾーあたりだろうかと思っていたがラベルには「生命《ラ・ヴィ》」の文字が書かれている。

「中国製か」

宇豪は唇を歪《ゆが》めた。

「ははは、我々の計画が上手く行けば、中国ぐらいまたひと飲みに出来る、という験担《げんかつ》ぎですよ！」

爽やかな笑顔でそう言いながら、ワインオープナーを使い、宇豪の孫ほどの年齢の瀬櫛は中国産ワインとして、海外のコンクールで優勝した赤ワインの中身を、同じく鞄から取り出したワイングラスに注いで宇豪の前に置いた。

「では」

宇豪は瀬櫛にあわせ、渋々ワイングラスをかかげた。

（どうも親父に似て素行が軽い）

そんな言葉を胸の中に飲み込む。目の前の青年の父親が、現役で総理大臣をしていたころ、自分が使い走りの扱いだったことを思い出して、腸《はらわた》が煮えくりかえりそうになるが、それを収めるようにワイングラスを干した。

飲むと、骨格は少し弱いが、確かに諸外国のワインコンクールで賞を取るだけのことはある味わいだった。

「これで、我々は明後日《あさって》には国を救う英断を下した大人物です！」

よく選挙ポスターで見せる空っぽの笑顔を、瀬櫛は浮かべた。

長年「笑顔」を売りにしすぎたために、もう心の底からの笑顔と販売用の笑顔の区別がつかなくなってきているのだろう。

その程度の頭の軽い二代目だが、その分神輿《みこし》としては担ぎやすい。

（ともあれ）

宇豪は二杯目を瀬櫛に注がせながら、内心に膨れあがる幼い頃からの夢が叶いつつあることに身震いした。

（これで私も、歴史に名を残す）

☆

橋本は、赤坂を離れ、タクシーを数台乗り継いで、尾行対策を施した後、神田《かんだ》の駅近くにある、古いビジネスホテルに飛びこんだ。

西口から、ひたすら真っ直ぐ歩いていくと、いつの間にかつくというホテル。

駅まで走れば一分という好立地だが、一部の部屋を除いてバストイレ別。その代わりこの不況もあって安い。

香は二十階に、橋本と〈ツネマサ〉は七階にそれぞれ部屋を取った。

橋本はバストイレ付きの新婚ルーム。香と一緒ではないのは敵に寝込みを狙われたときの戦力分散と……香の性欲は、こんな時に暴走することが多いので、その抑止だ。

色々複雑怪奇なことが起こりすぎ、地下の大浴場でサウナを使い、汗と余計な思考の滓《かす》を流しに行きたい気分だが、我慢する。

橋本の部屋にふたりを集めて、交互にシャワーを使わせる。

清潔でサービスも料金分なみだが、ホテヘル嬢や出会い系サイトにも「手頃な待ち合わせ場所」として載っているような、セキュリティの甘いホテルなので、特に文句も言ってこない。

まず香にシャワーを使わせ、〈ツネマサ〉から預かったミニスマホを机の上に置いた。

安っぽい絨毯《じゅうたん》が敷かれ、平成の初めに塗られたままのようなコンクリートの壁の部屋に、尻肉にお湯を当てて苦悶する香の声が聞こえる。

どこか嬉しそうなのがドのつくMたる香らしい。

とりあえず、この中身を見る前に、現在の状況を確認する必要がある。

フロントで借りた、レンタル用ノートパソコンと、フロントで買った今日の新聞を使って、橋本はざっと報道されている「事実」を確認した。

あれから二十四時間が過ぎ、あのビル砲撃で死亡した「政商」芦沢敏行とその取り巻きのスキャンダル……セクハラから横領、最近亡くなった某政治家への裏金などが、膨大にネットに流れ、新聞、マスコミ各社もその報道を始め、やられた側のほうを非難する風説が大きく膨れあがっていた。

（革新系はともかく、政府擁護《ようご》の立場を強く取る保守派の論説員までが『これは天誅だ』とここまで露骨に言い出す、か）

橋本は辟易《へきえき》した顔で溜息をついた。

少し前なら子供向けの漫画に出てくるような「雑」な反応を示す政治家やマスコミの「識者」がやけに増えた。

これから先どうなるか、どうすれば世の中が、社会がベストになるか、ではなく、どう自分が儲《もう》かるか、自分の知り合いに金が流れて感謝して貰ったり、誉《ほ》めて貰えるか、にしか主眼がない。

「本当に雑になった」

シャワーを出た香が、バスローブ姿で髪の水分を、ホテル備え付けのバスタオルに吸わ

せながら、

「今の世の中、ｗｅｂでもマスメディアでも、大声で強い言葉、単純で雑な言葉を使ったほうが伝わりやすいですからね。それに今の首相と芦沢会長は関係が冷えてましたから、ちょうどいいトカゲの尻尾《しっぽ》切りというところもあるかと」

相変わらず座らない（というより座れない）まま、注釈を入れる。

「国立競技場は世界大会失敗のシンボルだしな……そういや、この前これから先の膨大な管理費用が問題になってた。アレが消えてスカッとするのは政治の左右に関係ないとこだろう」

保守系の議員の中でも、若手議員を中心とした若手派閥や、新保守系と言われる野党政党の議員たちから続々と「ウロボロス・リベリオン」に同調する者が出てきている。

ＳＮＳ、テレビ、ラジオの書きおこし等を見ているだけでも、橋本たちはゲンナリした表情にならざるを得ない。

国立競技場は人死には出ていないが、ビル砲撃に関しては芦沢と重役を筆頭に一〇〇名近い死傷者が出ているのに、「天誅」という言葉が一人歩きして「赦《ゆる》してやるべき」という空気が醸造されている。

自分たちがこれまで必死になって守ってきた「大規模武装犯罪」が、いざ起こってみると世間が諸手《もろて》を挙げて受け容れる……だけではなく、政治中枢の連中まで、同じ反応を示しているのだ。

「心の底じゃみんな、この世界をぶっ壊したいと思い始めてる、ってことか……まあ、疫病対策はグダグダ、汚職問題も大して追及されない、挙げ句の果てが、総選挙後は疫病対策に金がかかった、ってことで大増税決定とくれば、金持ち以外は死ねと言ってるようなモンだからな……そのお友達や象徴がぶっ壊され、自分たちは、右往左往する連中を眺めているだけですむなら、結構なもんだろう」

「〈ボス〉……」

さすがに自棄《やけ》気味の橋本に、慮《おもんばか》って香が言葉をかけるが、

「俺はもう警官じゃない。クソにはクソと言って良いんだ」

このことが気持ちの切り替えだ、と示す為、橋本は笑って手を振る。

ややあって、〈ツネマサ〉が外の買い出し……といってもこの辺にはコンビニぐらいしかないので質素なものだが……から帰ってきた。

新婚用のツインルームなので、応接セットがある。

テーブルの上にパソコンを置いて、同時に、ここへ来る途中百円ショップで購入してきた、スマホ用の三脚を箱から出して組み立て、それから食事になった。

「……問題は、この金の出所がＩＮＣＯで、しかもロシアが絡んでるってことだ」

「ロシア……あれ、信じるんですか？」

〈ツネマサ〉が呆れた顔になった。徐とは顔見知りだが、中国情報局の人間というのはやはり信用がおけない。

「放火魔が隣の家に火を付けるなら、自分の所に被害が及ばないようにして、真っ先に消火に駆けつける、ってのが普通だ。中国が日本に火を付けるならもう少し念入りに準備するだろうし、糸を引いているなら真っ先に吹き飛ばすのは首相官邸と国会議事堂と証券取引所だ。今回の所は、どれも派手な印象はあるが実害が及ぶまで時間が掛かりすぎる」

ふと、橋本は黙り込んだ。

「どうしたんですか？」

〈ツネマサ〉が深刻な顔をしたまま無言になった橋本に首を傾《かし》げる。

「あの——それ、ロシアが裏で糸引いていても同じでは？」

香が、橋本の胸中を読んで、口にした。

「ああ、今気がついた」

橋本は、恐ろしく苦いものを、ムリに飲み込もうとする顔になった。

「物資はロシア、金はＩＮＣＯだが、話は別の所から持ち込まれたものかも知れないな」

ある予感があった。

それは〈ツネマサ〉にあの小型スマホを送り付けた人物が永良である、ということで不思議な確信に変わりつつある。

（もしもこれが的中したら、俺たちの仕事じゃ本当になくなる）

栗原《くりはら》警視監を見捨てて、逃げるほうが優先されるかも知れない、という腹は既にくってあった。

食事を終え、ゴミを袋に入れてから、ホテルの廊下の隅に出しておく――そのほうが、翌朝の清掃員にはありがたいことを、ここを何度も使ったことのある橋本は知っている。

別れた妻と、何度目かの別居状態になったとき、ここに半年以上、住んだこともあった。

「さ、そろそろ始めるぞ」

橋本は、華奢《きゃしゃ》な三脚にスマホを苦労して固定し、〈ツネマサ〉に命じた。

テーブルの上には、すでにあのスマホがある。

データ内容が一度だけ再生されるもの、あるいはそうでない場合でも、映像、動画として記録しておけばいい。

幸い、今のスマホのカメラは、動画の画素数もコマ数も、九十年代の高品位映画カメラ並のものがある。

「〈ツネマサ〉は息を呑み、意を決して小型スマホの上下にあるボタンを押し、指紋認証画面を呼び出すと、親指を置いた。

認証が確認されたことを示す電子音が鳴る。

「が、画面でました――うわ、アプリが全然入ってない――一つだけッス」

「これは……プレゼン資料用のアプリですねえ。動画もテキストも図式も入る奴です」

撮影するスマホの画面越しに、〈ツネマサ〉の持っている小型スマホの中を見ながら香が言う。

「タップしてみろ」

「え……っと」

〈ツネマサ〉は、周囲の撮影に邪魔にならぬよう、小さな画面に苦労して、小指の先でアプリのアイコンをタップする。

一つのファイルがあった。

タイトルは「ウロボロス・リベリオン」。

☆

福島駅を中心に、馬肉ソースカツ丼をはじめとした、ちょっとした福島名産品Ｂ級グルメの食べ歩きをして、〈時雨《しぐれ》〉、〈トマ〉、〈狭霧《さぎり》〉の三人はホテルに入り、そのカロリーを消費する激しい「運動」をした後、夕方・六時五十分発の東北北海道新幹線、やまびこ一五一号に乗って、仙台駅で東北北海道新幹線はやぶさ四十一号・新青森行に乗り換え、岩手県の盛岡駅に到着した。

仙台駅のホームに三人が降り立ったときには、すでに日がとっぷりと暮れて夜八時半を過ぎている。

〈時雨〉は髪を短くアップにして、キャスケット帽の中にまとめ、〈狭霧〉の革ジャンを借りてのジーンズ姿、〈狭霧〉は、髪の毛を丁寧にオールバック風にしてパンツスーツ。〈トマ〉は、〈時雨〉が最初に福島駅に着けてきた、ワンピースのスカートの丈などをピンなどでアレンジして短くしたものに、大きめの帽子に伊達《だて》眼鏡、こればかりは現地で買ったハイヒールという姿である。盛岡駅に着くと、三人は、今週から実験的に作られた有料トイレに、三人分の料金を支払って中に入った。

かつて新宿駅に、数年間だけ存在したものと同じく、有料トイレは使用料金なりに明るく、エアコンも効いていて、数時間おきに清掃され、備品の補充も早い。

匂いと空気に関しては、疫病の流行の影響で、最新型の空気清浄機が各個室と通路に設置されていて「中の空気は三分二十秒で排気します」の表示に並んで「このトイレは二時間置きに清掃されます」の表示があった。

清掃が終わったばかりらしく、次の清掃時間は二時間後とあった。

三人とも個室に入ると、〈時雨〉は、

「見せて」

と静かに命じ、〈トマ〉はスカートをめくりあげた。

下着はなく、ガーターベルトだけが〈トマ〉の下半身を覆っている。

鼻から下を全て医療脱毛した〈トマ〉の下半身、これまでの荒淫により、今や勃起すると、小学生の腕ほどありそうな肉棒は、無理矢理ガーターベルトと、髪留めの大きな輪ゴム数本を繋《つな》いだモノ数本で下に向けて太腿《ふともも》に固定され、コンドームが被せられていた。

コンドームの中身は大分白いもので満たされて、今にも破けそうだ。

そして、配信やプライベートでも〈時雨〉たちに犯され続け、男とは思えぬむっちりとした牝のカーブを描くようになった尻の奥からは、コンドームに入ったバイブレーターのコードと受信装置が見える。

「だいぶ出ましたね」

微笑みながら〈時雨〉が〈トマ〉にキスをし、〈狭霧〉が〈トマ〉のコンドームを外す。

「私の匂いがついたワンピース、そんなに興奮しました?」

「……はい」

掠《かす》れた小声で、〈トマ〉は真っ赤な顔で頷いた。

ラブホテルでもたっぷり絞られたのに、ここまでの道中、〈時雨〉と〈狭霧〉が交互に隣に座り、リモコンで〈トマ〉を責め続けていたのだ。

トイレ以外、コンドームもゴムバンドの拘束も解かれていないし、自らペニスをいじることは禁止されていた。

「おかげで……怖く、なかった……です」

その快楽の中、〈トマ〉は必死にノートPCを操り、〈ユア〉の棄《す》てサーバーを借りて、一年ぶりにネットの海へ潜り、情報収集の冒険に挑んでいた。

結果、快楽が恐怖を圧した。

「〈狭霧〉、ご褒美あげてくださいな」

〈時雨〉の命じるまま、〈狭霧〉は黒いパンツスーツの下を脱いで、逞《たくま》しく筋肉のついた尻肉を〈トマ〉に差し出した。

〈トマ〉の身長に合わせて屈みながら、〈狭霧〉はブルーのTバックの股布《クロッチ》をずらす。

無毛の丘から、すでに牝の液体が滴《したた》り落ちるほどの発情の匂いが立ち上る。

「声をあげちゃだめですよ。それと、ひとを待たせてはいけませんから、一回ずつ」

自らも頬《ほお》を染めつつ、〈時雨〉が〈トマ〉に囁いた。

「……はい」

〈トマ〉はガーターベルトとゴムバンドから解放されたペニスを、〈狭霧〉の中に押し込んだ。

〈狭霧〉の背中がびくん、とのけぞり自分で自分の口を掌《てのひら》で塞ぐ。

〈トマ〉はゆっくりと、外の人間に聞こえないように〈狭霧〉を責め立て始めたが、これまで数時間、さんざん焦らされたせいもあって、ほんの数分で〈トマ〉は果てた。

食いしばった〈トマ〉の歯の隙間から、快楽のうめきが漏れる。

〈狭霧〉の身体がびくん、と震え、鍛え上げた尻肉がわななく。

「あ……熱いの、来た……」

〈狭霧〉のうっとりした声と共に、ふたりの接合部から、精液があふれるのを、すかさずトイレットペーパーで〈時雨〉は受け止めた。

後ろから〈狭霧〉に、しがみついて震える〈トマ〉の頬に、〈時雨〉は、そっと唇を押し当てた。

「みんなで、これからも頑張りましょうね？」

そして、〈狭霧〉の耳たぶを甘く噛《か》む。

蕩《とろ》けた子猫のような声を上げそうになる〈狭霧〉の唇を自分のそれで塞ぎながら、〈時雨〉はジーンズを膝《ひざ》まで下ろした。

引き締まった太腿と三人揃《そろ》って医療脱毛した無毛の丘が開かれる。

あれだけ激しい性交をくり返しているのに、〈時雨〉のなかは、今でも初々《ういうい》しいピンク色のままだ。

「さあ、来て」

清楚な微笑みは、それだけに酷く淫らに見えた。

☆

テクノロジーの進歩に、石動《いするぎ》カズミは驚いていた。

テレビドラマなどで、変装した人間の歩き方や骨格から個人を特定できるとは知っていたが、現実にはその処理を行うには、膨大な時間が掛かると聞いていた。

プログラムの問題もあれば、それを行うPCの能力の限界というものもある、と。

どうやら、世の中にはそれをTVドラマのように、あっという間にやれる連中、あるいはソフトウェアとマシンが存在するらしい。

「サブミッション」の標的三人は何度も、しかも結構巧妙に姿を変えているのに、数時間遅れでその動向が、カズミたちの元に送られてくる。

情報を元に、カズミたちは東京駅から、夕方六時五十分発のこまち四十一号に乗り込み、盛岡駅を目指した。

さらに標的のこれまでの動向から、どこへ向かっているかも判明していた——これは資料からの推察だ。

「永良隊長《さん》の読みは必ず当たる」

とはカズミたちを監督する役回りで寄越された三塚の言葉だ。

永良の読みが間違いないこと、その読みの時間軸が「一手、二手」どころではなく、将棋の名人宜《よろ》しく数百手先まで見通すような部分があることを、カズミたちは知っている。

永良と、この三塚、としか名乗らず名も不明という、四角四面を絵に描いたような真面目な男が、カズミは嫌いではない。

永良の部下たちのほとんどは、生粋《きっすい》の軍人で男だ。

カズミを含めたＴａｋｕ班は一年間の訓練を受けたものの、全員元はずぶの素人《しろうと》で、半分は女性——当然、色々な意味で軽視される。

永良と三塚は、全てにおいてカズミたちも含め、全員を公正に見ていた。

だから、今回三塚が「監督役」として来たことも、不満はない。むしろ、あれだけいい加減で増上慢な所のあったＴａｋｕ班とはいえ、リーダーを失って、指揮系統を再編せねばならない自分たちにしてみれば、ありがたい話でもあった。

Ｔａｋｕ班はリーダーのＴａｋｕが死んだ後も名前はそのままだが、永良の命令通り、カズミが班長となっている。

永良の部隊は、そんなに多くない。カズミたちの班を入れても一個中隊――二五〇名程度だ。

うち八名が標的ふたりを追って死亡している。

平日、最終手前なのでガラガラの新幹線の自由席に座り、一路東北を目指しながら、カズミたちは緊張しつつも、この任務をやり遂げることへの責任感に震えている。

三塚を通じて、永良から最終作戦が終わるまで、東京に戻るなという命令も伝えられている――それは悔しい。

「三塚さん、本当にアタシ……いえ、自分たちは戻らなくていいんでしょうか？」

「永良さんの命令は絶対だ。自分も東京には戻らない。お前たちと行動を共にする」

カズミの隣の席に座った三塚は、あっさりと答えた。この男は迷うということがない。

永良の判断と命令に、全幅の信頼を置いている。

たとえ永良が「今からコンビニへ行って、裸になって自殺しろ」と言われても、それに意味があるのだと納得して実行するような男だ。

暫《しばら》く三塚は黙っていたが、不意に、

「お前たちが、仲間はずれにされたような気分になるのは判る」

この男にしては珍しく、言葉を紡いだ。

「だが、お前たちがいるのは軍隊だ。それぞれに与えられた役目を果たし、命令を実行するのが最初に求められることだ、頼む」

三塚はこちらを見て軽くだが、頭を下げた。

「――判りました」

列車は、〈時雨〉たちが乗っているはやぶさ四十一号より五分遅れで駅に到着した。

☆

〈時雨〉、〈トマ〉、〈狭霧〉の三人が、有料女子トイレを出て、盛岡八幡宮側にある、指定された大きな駐車場にいくと、ダークブルーのトヨタ・ハイエーススーパーGLが一台、エンジンを暖めたまま停まっていた。

運転手席のドアが開く。

白いタオルを豆絞りにして頭に巻き、Tシャツに着古したジーンズ姿の、真っ黒に日に焼けた筋骨隆々の男がひょいと軽い足取りで地面に降りたって手をあげた。

「よう、来たな。時間通り結構結構」

一瞬、三人に緊張が走ったが、一番最初に相手の正体に気付いたのは〈トマ〉だった。

「あの……ひょっとして、足柄《あしがら》……さん？」

自ら女装するだけあって、〈トマ〉は他人の目鼻の形を記憶して化粧していても合致させることに関しては並外れている。

「え？　足柄？　あのデブの？」

キョトンとする〈狭霧〉に、かつての大兵肥満から、どう見てもベテラン漁師にしか見えない姿に変貌したヤクザの足柄がケラケラと笑った。

「おうよ、見違えたか、惚《ほ》れたか？」

そう言ってケタケタ笑う声は、間違いなく足柄だった。

「あら……ずいぶんと変わられたんですねえ」

素直に〈時雨〉は感心している。

「まあ、乗れや。ちと磯臭いが我慢してくれ」

そう言って運転席のスイッチで、後部のスライドドアを開ける。

三人は素直に乗り込んだ。

「あ、これ」

〈トマ〉が引きずっていたキャリーバッグの一部を開け、PCの下に置いてあった、三〇〇万の札束の入った封筒を足柄に渡す。

「はい、確かにホテル代頂戴しましたぜ、けけけ」

一八〇センチ超えの〈狭霧〉でさえ、のんびり手足を伸ばせる後部座席は、真新しいのに確かに、ほんのり潮の匂いがした。

☆

ハイエースは、北上川を東へ横切る。

岩手の東端、宮古市《みやこし》の張川という辺鄙《へんぴ》な場所に、足柄の今の家がある。

高速道路から、山の中、古い道をひたすら走る三時間の旅だ。

やがて、人家の姿も絶え、果てのない闇の山道がはじまるまでに、〈時雨〉たちは自分たちの現状を話した。

「なるほどなあ。昼間に国立競技場が爆破解体されたとか言ってたがありゃホントに全部繋がってたんだなあ」

懐かしいことでも語る口調で、足柄は東京の様子や、ビル爆撃事件の様子を訊《き》いている。

「だがよ、ありゃ多分、もう一件起こるぜ」

「何が、ですか?」

「爆破解体だよ。二年ぐらい前に変な噂《うわさ》を聞いたことがあってなぁ」

「変な噂?」

「聞きてえか?　ありゃ俺が改良型のステアーAUGとG3を手に入れた頃だから……」

長くなりそうな話だった。

「ところで、あんたいったいこんなところでなにやってそんな健康体手に入れたんだよ?」

「密漁だ、海鼠《ナマコ》のな」

〈狭霧〉の問いに、足柄は即答した。

「十年ぐらい前から中国相手にアホみたいに値段が吊り上がってるんだよ……最近、ここにいる俺の身内の縄張りに、発電所の計画が立ったまま放置されてるとこがあってな、そこが隠れた海鼠の漁場になってんだわ、そこで毎晩採ってる。海鼠はいいぞ、乾燥させるとコンパクトなのに、金勘定は海から上がった時の重さでやる——今、北海道で、全然海鼠が採れなくなったお陰で、キロ三万で取引だ」

「え?　だってお前の家のそば川だろ?」

〈狭霧〉は、前もって足柄の家の周辺風景を、マップアプリで知っている。

「密漁ってのはこっそりやるんだよ、だから近くの石軽川からこっそり船出すんだ」

「で、毎晩どれくらい採るんだよ？」

「三〇〇キロは軽いな」

三人は後部座席で顔を見合わせた。

「そんなに儲《もう》かるんですの？」

〈時雨〉は本気で驚いている。キロ三万円が三百キロとなれば一日九〇〇万。

「日本の魚市場流通の三割、シーズンとジャンルによっては六割以上が密漁無しじゃ成り立たねえご時世だ。ここに来てそろそろ一年だが、金は儲かる身体は動かす、で気がつきゃ痩《や》せてて医者に誉められる有様だ、いやあ結構結構」

と足柄はハンドルを握りながら高笑いする。

「一年前、お前さんたちと一緒に、船の上でドンパチしたときには全財産パアで、どうなるかと思ったが、だいぶ取り返したぜ。けけけけけ」

「でも、密漁ってライト無しでやるから危険なんでしょう？」

〈トマ〉が聞く。

「まあ、デカく儲けたきゃ、危険は憑きもの、祟りものってな」

おかしな自作の常套句《じょうとうく》めいたものを口にしつつ、足柄は涼しい顔だ。

「東京から連れてきた連中のうち、メイド喫茶の店主やらせてた奴ぁ、シンナーで身体が弱ってたから潜水病でポックリいったが、他は元気よ。元メイドやってた連中なんか今のほうが稼いでらぁ」

やくざの足柄は、元々秋葉原が根城だった。半グレとヤクザの中継ぎのようなことをしつつ、メイド喫茶の表看板で、実際には電子マネーのマインニングで稼いでいたが、技術者を失い、全財産を突っ込んで橋本たちの任務に相乗りして復讐を果たし、東京を去った。

東北に引っ込んだと聞いて、てっきり引退同然と思っていたが、どうやら東京にいたとき以上に羽振りがいいようだった。

「このハイエース、エンジンいじってるだろ？」

〈狭霧〉がエンジン音に気付いて言うと、

「おうよ、色々他にもいじってるぜぇ」

オモチャを自慢したくて仕方がない子供の口調で、ダッシュボードからアメリカ軍の暗視装置を取り出して被った。

「例えばこういう風な改造も、な」

言って、ハンドル横に新設されたスイッチを押す。

ヘッドライトも、メーター類の明かりも、全てが一斉に消えて、車は真っ暗な闇の中に溶け込んだ。

「ハイエース密漁仕様だ……張り込んでる警察とか、尾行してきてる馬鹿がよく分かる」

「なるほど」

〈時雨〉が満足げに、闇の中で頷く。

車の中、唯一の光源になっているバックミラー。

後ろから追いかけてくる車のヘッドライトが映っている。

「充分な間隔取ってるとは言え、こんな山ン中まで来りゃ、馬鹿でも判る——で、どうするね？　お嬢さん方」

答えは闇の中、カラシニコフ系のチャージングハンドルを作動させる音だった。

「そういうカスタムをなさっているなら、そちらからハッチバックを開けることも出来ますよね？」

〈時雨〉の冷えた声が社内に響く。

バックミラーの中、追跡車両はスピードをあげた。

「おうよ」

足柄がコンソールパネルのボタンを操作する。

通常は手動でなければ開かないハッチバックが、モーター作動の油圧ポンプで開いていく。

〈時雨〉たちが移動した。

「闇夜の鉄砲は上狙いがちだ、やや下狙えよ」

「わかってるって！」

足柄の軽口に、〈狭霧〉が答える。

「シート倒して」

〈時雨〉が言いながらリアシートを倒す。

「〈トマ〉君はイヤープラグしたら、床に伏せて」

「は、はいっ！」

向こうのハイビームランプが一瞬、ハイエースの中を照らし、背もたれを倒したシートの上に腹ばいになってＡＫＳ74Ｕ《カラシニコフ》を構えた〈時雨〉と〈狭霧〉を映し出す。

「おおっと」

暗視装置をつけた足柄も、ダッシュボードからイヤープラグを取り出して耳に詰めた。

一気に追跡車両——レンタカーの、型落ちしたランドクルーザー・ブラドが銀色の車体を一気に詰めてきた。

「撃って！」

〈時雨〉の声と同時に、二人のＡＫが火を噴いた。

ランドクルーザーのフロントパネルに火花が散った。前輪タイヤが銃弾と高速度による負荷が重なってバーストして切り裂かれる。

車がつんのめるように縦に回転した。

がしゃんと道路に軽く跳ねる横をもう一台がすり抜けてくる。

こちらは黒のブラド。

左右の窓から乗り出した連中がＭ４を構える。

「閉めるぞ！」

足柄の声よりも早くハッチバックが下り始める中、銃弾が飛んでくる。

ハッチバックが火花をあげる。バックのガラスに亀裂が入るが銃弾は飛んでこない――防弾ガラスと鋼板が仕込まれている。

相手が追い抜きにかかった。

「すまん、横は鋼板も防弾もねえ！」

足柄の言葉に、躊躇なく、〈時雨〉と〈狭霧〉はＡＫＳ74Ｕをハイエースの横っ腹に向けて引き金を引いた。

ドアの鋼板と右側の窓ガラスをあっさり貫いた5・45ミリ弾は、その向こう側を走るブラドの車体を、さらに貫いた。

ブラドが車体をぶつけてくる。

がしんとハイエースは揺れ、蛇行して道から外れそうになったが、足柄の必死のハンドリングで道に戻る。

「こっちから行くぞ！」

足柄の声が上がる前に、まだ数発残っている弾倉を〈時雨〉と〈狭霧〉は取り替えた。

ハイエースがブラドに近づいていく。

ブラドの、穴だらけになったドアを蹴破《けやぶ》り、助手席の死体が転がり出てハイエースに轢《ひ》かれながら後方へ転がっていく中、後部座席から、派手な赤い髪の女が助手席に移動して身を乗り出し、M4の銃身をつきだすようにして構える。

彼女が引き金を引くより先に、僅かに〈時雨〉たちの引き金が早く落ちた。

AKの銃弾が女と、先ほど転がっていった助手席の奴が盾となって難を逃れた、四角い顔の運転手を貫き、ブラドは大きく蛇行しながらガードレールを突き破り、暗闇の中へ落ちていった。

バウンドする音は、数秒経《た》ってから聞こえた。

「ありゃ、崖下に落ちたな」

足柄が呟《つぶや》いた。

「しっかし、ハイエースは買い換えか……お前等といると退屈しねぇが、金がかかるな」

からからと足柄が笑った。

スイッチを入れて、ライト類に灯を入れる。

「しっかし、日本を守ってるお前らがカラシニコフ使ってて、ロシアから銃手に入れたあいつらがアメリカのM４ってのは運命の皮肉って奴だな」

「ロシア？　っていうか、どこまで知ってるんですか、足柄さん」

それまでノートPCを頭に被るようにして震えていた〈トマ〉がようやく落ち着いて座席のガラスを払って座りながら訊ねた。

「さっき言いかけたんだが、今回のドタバタな、俺が鉄砲密輸の手引きしたらしいんだわ」

「は？」

「三年前だったかな？　経済界の重鎮、ってあたりからロシア経由でアフガニスタンのM４やら拳銃やらを大量に輸入したい、って話があってな。その時は中国政府と対立している香港の学生たちに送る、って話だったんで、俺ぁ引き受けたわけよ。香港で中国がやってるこたぁ、ニュースで見てても反吐《へど》が出るぐれぇ嫌だったしな」

上機嫌で足柄は話し続ける。

「お、そうだそういやその時にな、『ホセ・パディージャ』を輸入しろって言われたよ」

「なんですか、それ？」

「ＤＪのホセ・パディージャのことか？　去年亡くなった」

〈狭霧〉が首を捻る。

「まあ、どういう人ですの？」

「えーと、チルアウト系っていうか……まあ、まったりできる曲を作るＤＪだったんですよ。だいぶ年でしたけれど」

「じゃあ何か、そういう人に由来する武器なんでしょうかね？」

〈トマ〉が首を捻りながら憶測を口にした。

「わからねえ。わからねえから『そっちは別の奴に頼め』って断ったが……結局物《ブツ》が国内から香港に渡った気配がねえ。で、今回のあちこちの騒動だ。どうもありゃあ、俺が輸入した奴だな」

わははは、とこれだけは昔と変わらない笑い声をあげて、足柄は何度も頷いた。

「よし、俺も噛ませろ。この事件。なんか面白そうな匂いがする」

「死んでも知りませんよ」

これまでの行動と気性からして、足柄には、言っても無駄だと理解しながら、それでも〈トマ〉がことわりを入れるが、

「まあ、気にすんな、この所あぶく銭で身体は締まったが心が緩んだ。やっぱヤクザは命の取り合いの現場にいてこそのヤクザよ」

☆

川の中に車ごと沈みながら、銃弾を受け、断崖を転がり落ちて満身創痍《まんしんそうい》のカズミは、ほんの数十秒前の自分の判断を後悔していた。

先行する車の明かりが全て消え、相手に自分たちが気付かれた、と理解したとき、新たに雇った連中が暴走した。

東京から落ち延びてきた半グレで、中国マフィア相手の荒事にも長《た》けているから雇ったのだが、いざというときのこらえ性がなく、そのまま襲撃しようとして、出鼻をくじかれた。

ランドクルーザーが前輪をバーストさせられて縦にひっくり返ったのを躱《かわ》した瞬間、三塚が止めるのも構わず、カズミは、運転手に「行け」と命じて戦闘にもつれ込んでしまった。

最初の銃撃で死んだ運転手をどけて、三塚が後部座席から運転席に座った途端、攻撃し

ようとした助手席の仲間がハイエースの横っ腹を貫いてきた銃弾で死んだ。

後部座席からでは話にならない、とアドレナリンが出るままに任せて、カズミは助手席に移り、相手に銃を向けた瞬間、黒髪の女と眼があった。

女は艶《あで》やかに微笑んでいた。

ゾッとするぐらい冷静で、笑みさえ浮かべる余裕がある相手。

だめだ、勝てない——と思った瞬間、身体中を銃弾が引き裂いた。

自分たちは、結局アマチュアのままだった。

止めようとしてくれた三塚に、命令違反をせめて謝りたい、と首を横に向けようとした瞬間、頭を吹き飛ばされた三塚の死体を見ることなく、カズミの意識は途切れた。

☆

深夜手前。

ふと嫌な予感がして、橋本は目を醒《さ》ました。

香も〈ツネマサ〉も個室を取っているので一人部屋である。

安っぽい消臭剤の匂いのする、禁煙ルームだ。

枕の下に置いたマカロフを手に、サイドテーブルの上に置いたＰＣを立ち上げる。

ネットを改めてチェックした。

(明日は朝イチで植木《うえき》に連絡を取らないとな)

あらためてそんなことを考える。

どうにも、今回の事件、クーデターが手に余るとはいえ、引っかかるところがある。

むしろ手に余ると突き放せるからこそ、違和感が激しい。

今回の一件に関して、何が何でも自分たちで解決しろ、というのが栗原からの命令であればここまで違和感を感じることなく、必死に対応したのかも知れない。

硬い、クッションの薄い木の椅子に座り、ボンヤリとネットを見て回る。

SNSではない。各種報道と政府のホームページにおける発表のチェックだ。

ネットの専門家の意見は本物、偽物にかかわらず、事件の重大さがあればあるほど、具体性に欠け、冷静さにも欠けている。

そこがSNSの利点であり、有害な部分だ。

二十分ほどかけて、「公式」な記録をチェックする。

政府関係の発表は、確かに植木の言うとおり、狼狽しているというより、妙に落ち着いて、あえて「何も言わない」という選択肢を採っているように思えた。

「……おかしい」

今の日本の政権関係者がここまで腹が据わっている、とは橋本には思えなかった。

疫病の時のドタバタで露呈したが、今政権中枢にいるほとんどの人間が、「世の中には権力ではどうしようもない、突発事態や自然災害が存在し、それに対応するには責任を取る覚悟が必要だ」ということを忘れたがっている。

疫病騒動と東欧の長期紛争で、そこがカッチリ育てられた——などということがないのは、選挙に与党が、何とか協力野党との合わせ技で勝利したとき「我々は間違ってなかった」「これからは我々こそが正義だ」と幹事長レベルの人間が発言して非難を浴び——それでもノラクラと、世間の追及をかわして何の処分もしなかったことで明らかだ。

今回も一応、非常警戒態勢を敷いているものの、外出自粛、パトロール強化というおざなりの状態にあって、臨時国会も開く気もないらしい。

何かが、おかしい——だが、〈ツネマサ〉に送られてきた永良武人の「ウロボロス・リベリオン」に関するファイルが全て本当のことだったとしたら。

送られてきたものの内容は嘘でも妄想でもない、と橋本は確信している。

これまでロシアがらみで軍事作戦資料や、クーデターを画策する資料は読み込んでいる。

全て海外……特に状勢不穏な東欧や東南アジア、アフリカを舞台にしているものだが、それを日本に直したら、と想像していたとおりのものになっていた。

そして永良武人には「前科」がある。

永良たちが中東から移動し、アフリカ某所で平和維持活動をしていたときのことだ。

その地域で「聖人」とまで称《たた》えられた日本人がいた。

治水工事の技術者であり、教師でもある人物で、定年退職して中東に渡った途端、その才能を発揮していった。

だが、その地域において、彼が親しくした有力者は、アメリカにとって都合の悪い人物だった。

「聖人」はアメリカの雇った民間軍事会社《PMC》によって、地域の要人たちもろとも誘拐され、その際、自衛隊員数名が犠牲になった。

彼等を救いに、永良は部隊を動かした。

地の利はあった。ＰＭＣたちと違い、彼等は二年、その土地にいた。

しかし、敵は二個中隊、永良が率いていたのは、一個小隊に、現地住民十数名の義勇兵だった――それでも、勝った。

ＰＭＣは全滅させられ、味方には一人の犠牲も出ず、「聖人」は要人たち共々、無事に奪還された。

結果、日本の外交は、その国において大いに進んだが、政府は永良の責任を問うた。

とはいえ、ＣＩＡの極秘作戦、倒した相手もＰＭＣである。

表だって裁くことは出来ない。

ただ、永良は日本に呼び戻され、最初の襲撃で失った部下たちの管理責任を問われ、依願退職に追い込まれただけだ。

その時の永良のやり方は電撃戦と呼ぶに相応《ふさわ》しい、迅速で相手に対応する隙を与えないものだったという。

問題視されたのは、そこの点もあった。

彼はいつか、こういう事態を想定して、ずっと準備を続けている危険思想の持ち主ではないか――彼が、国内に戻らず、海外の要人警護を主とした任務とする別のＰＭＣに就職したと聞いた時、日本の公安、自衛隊関係者は、軒並み胸をなで下ろしたそうだ。

平和な日本において、アメリカ人の言う「核兵器発射に躊躇なくゴーサインを出せる」という意味の、「赤い大きなボタンを拳で押せるガッツのある軍人《ビッグ・レッド・プッシャー》」は脅威でしかないからだ。

アメリカは、退役後の彼を監視、隙あらば何度も味方に引き入れようとし、あるいは暗殺しようとしたともいうが、そのことごとくを、永良は切り抜けて、数年前、宇豪敏久の護衛役として日本に戻ってきた。

ＣＩＡも公安も、彼に対して、その時動かなかったのは宇豪敏久という人物の影響力もあったが、「無害化された」という判断が下されたためだ。

その理由は、永良は三年前、孫娘を自殺で失った後、半年間の彷徨《ほうこう》の末、カソリックの洗礼を受けてクリスチャンになったから、というのは橋本にとって苦笑しかない。

キリスト教に入信したから「無害化」したという判断はいかにもアメリカ、ＣＩＡらしい。

橋本はその頃、すでにロシア方面の仕事に就いていたので、この辺を知ったのは植木を通じてのことだ。

ＣＩＡの判断が、もし間違っていたら。

永良武人は、未だに「ガッツのある軍人」であり、何らかの決意を持って「世直し」を企んだとしたら。

橋本の直感や、憶測も、完全に裏付けられる。

(だが、完璧な物証が揃ったときが危ない)

やや、戸惑いながらそう思いつつ、ＰＣを閉じた橋本の足下から、地響きが伝わってきて、爆発音がほぼ同時に聞こえた。

かなり強い。そして近い。

橋本は部屋を飛びだした。

悪い予感が膨れあがってくる。

たたき起こそうとした香と〈ツネマサ〉も遅れて飛びだしてくる。

「外へ！」

橋本は衣服と銃の詰まったカートを抱え、非常階段を使って七階の部屋から一階へと駆け下りた。

☆

深夜零時に、それは起きた。

画期的な耐震・免震構造を持つ紅通ビル全体が、突然の地響きに震えた。

不夜城のビルの中、理不尽な残業罰金を払ってでも、仕事を続けねばならない社員、残業を続けるように命じつつ、自らも深夜会議に勤しむ役員クラスの社員に社長、会長たち。

全てがその地響きを感じた——正確には地響きではない。

連続爆発と、それに伴う衝撃波の起こす振動波が、縦横無尽かつ一瞬でビルの中を駆け抜けたのだ。

社員たちが、驚き狼狽《うろた》える暇もなく、次々と柱が砕ける不気味な音が連鎖し、あり得ないはずのビルの崩壊が始まった。

ガラスが砕け散り、床がウエハースのように砕け、粉砕されたコンクリートと、ガラスの粉がもうもうと立ちこめ、轟音《ごうおん》が人々の悲鳴をかき消す中、ビルの中にあるもの全てが下へ、下へ、下へとなだれ落ちていく、

国立競技場の時と同じく、達磨《だるま》落としのように下から上にビルは崩れ、ほんの一分程度で全てが瓦礫《がれき》の山と化した。

周囲にあった中小企業のビルはほとんどが閉鎖、売却が始まっており、人はほとんどおらず、被害は、その近くにあった某劇団の常設劇場の窓ガラス、ぐらいのもので終わったが、紅通ビル内の死者、行方不明者は三千人近くとなった。

第五章　尾飲蛇《ウロボロス・リベリオン》の革命

☆

当然、紅通《クレッツー》の爆破事件は大騒動になった。

深夜で、さらに今回は、現地にいた人間が偶然映したもの、監視カメラの映像、崩壊するビルの中の人間とテレワーク会議をしていた人間を録画したもの、などが大量に出回り、この世紀の事件の内情をドラマチックに、派手に、情報を提供した。

マスコミ各社は当初、さすがにこれは、世の非難の声が噴き上がるだろうと予測していた。

前日の国立競技場爆破は死者ゼロ、その前のビル砲撃の場合は「許せない連中の巻き添え」だったのに、今回は一気に三千人近い死者と行方不明者である。

だが、僅《わず》かな間に、連続して起こった派手な光景、しかも世間から「絶対悪」の一つとして、以前よりあげつらわれていた広告代理店である。

SNSにおいて、頭に#《ハッシュタグ》をつけた流行語として「#紅通死すべし」「#天誅したい相手」などの言葉が勝手に増えだし「#ウロボロス・リベリオン」もまたトレンドとなった。

次々と過去の紅通の「悪行」を報じた、マスコミの記事の写真、当事者の証言、現在係争中の裁判の関係者の話などがSNSでは引用再掲され、それらに「いいね」という評価が膨れあがっていく。

若者向け、中高年向けのSNSで起こったことを、テレビのワイドショーは翌朝、戸惑いの余り「ネットでの反応は」という両論併記のフリをして、そのまま放送した——作り手側にも多少、同意の思いをもつ者が増えていた。

結果、お茶の間にいる高齢者まで「アレは天誅ではないか、当然の行為ではないか」という「気分」が醸造されていき、井戸端会議で、親族の通話で「あのナントカベリオンって連中は大した奴らじゃないのか」という会話が交わされる。

……それらを、司法関係者が、行政関係者が知り、現場は戸惑った。

だが、政府筋は冷静とも言える態度で、早朝五時の記者会見で、「あれはあくまでも、卑劣、非道な大規模テロであり、日本は警察の総力をあげて犯人逮捕に努める」とくり返した。

一方、政府の対応を「ぬるすぎる」と糾弾したのは東京都知事であった。元から、今期で都知事を辞任し、国会に戻って首相選に出るとも言われた人物である。以前より計画していた与野党の議員、経団連の役員を招いた超党派会議を都庁で行い、政府与党の信を問うための決議を行い、広く世論に訴えると息巻いた。

☆

神田のホテルから出た橋本《はしもと》は、近くの神田児童公園で、植木《うえき》と落ち合うことにした。

「忙しいんだぞ。日曜出勤で気も立ってる——第一、あのファイルはなんだ」

開口一番、植木は告げた。制帽も含めた警棒やベルトなどの装備類は、手にしたボストンバッグに入れているらしく、警官の夏服の上から、薄いサマージャケットを羽織っていた。

目つきが、だいぶ悪くなっていて、目の下には隈《くま》がある。

昨日、橋本は〈ツネマサ〉あての「ウロボロス・リベリオン」計画書を撮影した動画を植木に送っている。

「そういえば、今日は日曜日か」

橋本は笑う――宮仕えを辞めてから、どうも曜日感覚がない。

「警視庁に俺たちまでレンタルされることが決まってな。これから国会議事堂か議員会館か、それとも与党の本部に行くかでくじ引きだ……俺としては、出来れば楽そうな国会議事堂に行きたい」

「警備部の人員だけじゃ、確かに足りないからな。お疲れ様」

言いながら橋本は、公園の隅にある屋根付きのベンチに腰を下ろす。

通りすがりのホームレスらしい老人が、何度も舌打ちしながら公園脇を過ぎていくのが見えた。一瞬、視線をこちらにやったのは、彼の朝の定位置を橋本が奪ったからかもしれない。

無視して、会話を続ける。

「本庁は国会と議員と与党本部に、臨時移転先の千葉の幕張か――東京都庁はどうだ？」

「あっちはもう機動隊が出張《でば》ってる。一〇〇人ぐらいだろう。さらに新宿自体にも二〇〇人配備中だ」

「特殊急襲部隊（県警特殊部隊）やＳＩＴ（警視庁特殊事件捜査係）は？」

「あれは虎の子だ、とりあえず閣僚保護で東京の事務所と自宅、各政党の本部に分散だ――皇宮警察も、アサルトライフルでの武装警備の許可が下りたよ。89式じゃなくてアメリカさんのMK556だそうだ――あそこは最近、H&Kと仲がいいからな」

そこまで話をして、大きな溜息《ためいき》を植木はついた。本題に入る合図だ。

「なあ、橋本さんよ。昨日送ってきたあのファイル、冗談じゃないんだな？」

「少なくとも、俺にとっては冗談じゃない」

溜息をついて、植木は背広の内ポケットから、禁煙パイプを取り出して口にくわえた。

しばらくの沈黙が、早朝の小さな公園に落ちる。

「あれ、どこまで信じられるんだ？」

「さあてな、基本は不確定情報だと思え……だが、昨夜の紅通までは当たっていただろ？」

橋本は淡々と答え、猫の額ほどの小さな地面を突《つつ》いている雀を見た。

「他に判《わか》ったことは？」

「科警研の映像解析班の報告じゃ、競技場と広告代理店は攻撃による崩落じゃない。どっちも完全な爆破解体だ――一つ判ったことがある」

「なんだ？」

「どっちもな、設計段階で、爆破解体用の爆発物を納めるためのスペースが設けられてるんだ。海外じゃ最近よくあるだろ？」

「おい、日本の建物は頑丈過ぎて爆破解体に向かないし、そもそも、街中で爆破解体は違

「三年後に、それを通す法案が提出される噂《うわさ》があるんだよ……噂と言うより先々代の総理からの申し送り事項だから、もう計画だが」

植木は種を明かした。

「水道も含めて、日本のインフラは、そろそろ総取っ替えの時期だからだな……それに爆薬の性能も向上してる。首都直下型地震の危険性も高い。どうせ壊れるなら、最初からそのためのスペースを、耐震・免震法を違反しない程度に、コミコミで建築しておこうって所は、最近増えてるんだよ——爆破解体は一瞬、通常の解体工事は、工作機械の出す排気ガスでCo2が上がるとさ。SDGs様々だ」

「水道の民営化の次は、爆破解体で、炭素と経費の節約、ってわけか」

今や政府のやり方の中心は「どさくさに紛れて」だ。

昭和の時代はまだ、全部ちゃんと改革する点を見せて強行する、だったが、今はまともな説明もせず、他に派手な議案を出して、それに世間の耳目を集めている間にこういうことをするりと通すのが与野党のお約束だ。

与党も野党も、トップの人間の関心は、派手に世間の耳目を集めることにのみ集中していて、こういう「現状の効果は判らないが、海外では主流になると予想されている」とされるものは、しれっと通る。

問題は途中で、欠陥や、改修箇所が海外で指摘されたことでさえ、「動き出したから」という理由で何も変えられず、止まらないということだ。

と考えて、橋本は、ほろ苦い笑みを浮かべた。

「で、どちらの建物も、そのスペースに爆発物を仕込まれた可能性が高い。今科警研が総掛かりで残骸《ざんがい》調べてるが、おそらくこれが本筋だな」

植木は言いながらボストンバッグを開いて、布製の可愛《かわい》らしいマイバッグを取り出した。

「娘が作ってくれたんだ」

恥ずかしそうに植木が言う。娘がいるのは初耳だった。

中身はどうやら、コンビニで買ったサンドウィッチと牛乳らしい。

「で、上は次はどこだと思ってる？」

可愛らしいマイバッグについては触れず、橋本は話を続けることにした。

「東京スカイツリー、国会議事堂、議員会館に、今のとこ無事なクレッツー以外の広告代理店の本社、テレビ局——ようするに、今の日本を代表する権力と権威の象徴だ。警視庁、警察庁自体だって、標的になりうる——しかし、本当に特定できないのかよ『最終目標』は」

「そこまで丁寧には、教えてくれなかったよ」

　橋本は溜息をついた。

〈ツネマサ〉に託された資料には、この計画の発注者と関係者、日程はほとんど存在していたが、「最終計画」の部分は、まるっきり白紙だった。

「そもそも、計画書類のほとんどの作成日付は、一年半前だ。日程も数日ズレてる——どこかで、大胆な変更があることを予想してるんだろう」

「しかし、なんでそんなモンを〈ツネマサ〉のアンちゃんに託すんだ？」

　植木は以前、橋本やＫＵＤＡＮ《クダン》と共に行動をしたことがある。その中で会話をしたのは〈ツネマサ〉だけだ。

「知らんよ。何しろ防衛省が、才能を持てあまして放逐《ほうちく》せざるを得なかった人材だ。何考えてるかさっぱり判らん」

「まさか隠し子、とかじゃないだろうな？」

　植木は言いながら、サンドウィッチの包装を解き、牛乳パックの蓋《ふた》にストローを刺す。

　沈黙が落ち、植木は橋本に対して横を向き、がらんとした公園を眺めつつ、食事を始める。

　黙々と、植木が食事をする音が暫《しばら》くして、途絶えた。

「あの資料、どうしたらいい？」

不意に食べるのを止《や》めた植木は、サンドウィッチを持って、横を向いたまま、呟くように橋本に訊《たず》ねた――目の下の隈はその悩み故《ゆえ》だろう。

「俺はもう警官じゃない」

「だが、あんなもの上層部《うえ》に出したら、部長クラスまでは喜ぶかもしれんが、最終的には握り潰されて俺は出所を探られて身の破滅だ……国家機密と呼ばれるモノにいくつかお目にかかったことがあるが、あれは特大級でマズい。せめて最後の計画の場所だけでも判れば……」

言いかけて、さすがに植木は口をつぐんだ。

「いや、それでも上層部は握り潰すだろうな」

「だろうな」

植木が、何かを悟った沈黙が、落ちた。

「……しかし、ここまでウチの国の政府が、阿呆だとは思わなかったよ……これ、お前さんを騙《だま》すために作られたフェイク資料、って可能性はないか？」

「そうあって欲しいと願っている。あんたもだろう？」

橋本は、さりげなく言葉を選んだ。

実際の資料には、「協力者」の欄に、テレビや新聞の政治系ニュースでよく見る名前がずらずらと並んでいた。

植木は、自分と違って組織の内側にいる、しかも容易く上の意向で殺される場所へ行かされる存在だ。

今現在も、どこからか盗聴されていれば終わり……内閣調査室が首相のゴマスリ機関、党内派閥や野党のあら探しに組織の力のほとんどを割《さ》くようになったとはいえ、その技術は今も健在だし、「まともな職員」も多い。

諜報機関における「まとも」というのは、己の良心と、職種における使命と、業務遂行を完全分断できる、という意味だ。

当然、「業務遂行」の中には「真実」と呼ばれる、事実の積層によって見える真相の「消去」も含まれる。

「そう思ったから、そっちに送って検証を頼んだんだ」

植木と橋本は、なんとなく顔を見合わせ、力ない笑みを浮かべた。

〈ツネマサ〉宛てに送られた永良武人《ながらたけひと》のデータには、これまでの計画から、これからの計画まで、ほぼ全てが記されていた。

そして、要約すると永良武人が、〈ツネマサ〉に宛てて明かした真相は一つ。

「ウロボロス・リベリオン」と呼ばれる、このクーデター計画は、実際にはクーデターではなく、日本政府、特に与党の大規模立て直しを目的として、五年前にＩＮＣＯ《インコ》に「外注された公共事業」だということだ。

目的は、現在の政府と与党にとって、必要のなくなった存在、足を引っ張る存在を斬り捨て、コントロールされた「大規模テロ事件」を民衆に見せつけることで、日本が世界において立ち後れている防衛問題、特に対テロ、スパイ防止などの、人権に関わる諸法律の制定、予算の獲得をしやすい世論と、説得力を持たせること。

紅通ビルの爆破の後「最後の仕上げ」をして終わる、ということ。

また「最後の仕上げ」については明かせない、とも。

直接の発注者の氏名はない、と永良は資料の中で述べた。

「協力者」の欄に記載された名前の多さからすれば、与党の「首脳」と呼ばれるぼんやりした集団が、合意の上に発注したことになる。

アメリカの「システム」と呼ばれる犯罪予想プログラムに、そんな忖度《そんたく》はないので、これを感知し、警察の上層部が二度にわたって、栗原《くりはら》警視監に渡る前に、これを握り潰そうとした理由は、他ならぬ、彼ら自身が発注した犯罪だったからだ。

それが妄想や冗談でない、と保証するために、永良の資料には実際に使われた地図、設計図、「協力者」の一覧だけでなく、彼らが、なにを行い、何を許可したかの具体的な書類や指示の音声記録、計画予定、タイムスケジュール。さらに永良本人の、音声つき動画による告白――小型スマホの容量ギリギリに、それが詰まっていた。

橋本はそれを全て、植木に送って共有したのである。

同じ内容を、秘匿された方法で栗原にも送信はしたが、今行方不明の栗原が、いつ情報を共有するかは判らない。

故に、判断も仰ぐことが出来ない。

「他に検証できたものは？」

「JALNAC《ジャルナック》ビル砲撃に使った武器は床下に隠されてたし、他にも資料通り、数カ所から武器が出た――去年改装したときに床下に隠されたらしいな。今、施工業者を当たってるが、どうもダミー会社だったらしい……その業者が数年前から東京五輪大会で、外国の賓客を受け容れる為に、議事堂も党本部も議員宿舎も改築工事してる……つまり武器が納められてる可能性もある」

「本当に、あの告白データの通りに、物事が進むと思うか？」

橋本の声は自問しているようにも響くが、植木もまた、自問自答の様に頷《うなず》いた。

「思うね」

警察通りを救急車が走っていくサイレン音が、ここまで聞こえて来て、遠ざかっていく。

「お前さんたちの動きを上層部が抑え込んで、ＩＮＣＯが絡んでるんだったら、もう何でもアリだ、ロシアと中国が絡んでる可能性もあるが、どっちも不思議なぐらい動きがない」

「だろうな、だが中国は完全に否定してる。隣の家に火を付けるなら、もっと慎重にやる、とな――アメリカも動いてない。下手するとアメリカがＩＮＣＯに繋《つな》いだのかもしれん」

「まあ、超大国ってのはこういう時には黙って見てるもんだしな――それよりも頭が痛いのはお偉いさんだ。都知事さまなんざ、政府が国会を開かないなら、こっちでやると息巻いてる……五年後に本気で首相になりたいなら、まあ今からそうするわな」

重い溜息が、植木から出た。

「匿名のタレコミでもと思ったが駄目だな――いまやイタズラ電話は山のようにあちこちから押し寄せてる。みんな公衆電話の使い方なんて忘れてると思ってたんだが。結局『テロには屈しない』ということで、どこも変わらず日程を強行開催だ」

「いまや、前もっての匿名警告は無意味か――で、都知事は、東京都独自で戒厳令でも出すのか？」

「自粛要請だ、疫病《えきびょう》が流行《はや》ったときにさんざんやっただろ？」

「今それをまたやらかしたら、今度は暴動が起きるぞ。ビル砲撃に使った武器は床下に隠されてた――『協力者』につながってる大手ゼネコンや、その下請けは東京の七割を工事するところだ、半分に武器弾薬、爆薬が隠されてるとしたら――」

ヘリの羽音が聞こえて上を見ると、警視庁の航空隊が保有するＡＷ１３９ヘリが飛んでいくのが見えた。

ひところ疫病で自粛要請が出たときのように、街には人の気配がない。

いよいよもって風景だけ見れば戒厳令一歩手前だ。

「しかし、なんで本当に、〈ツネマサ〉なんだ？」

同じ質問を植木はくり返した。

「俺の手に渡ることは見越していると思う。音声は最初こそ〈ツネマサ〉へ語り掛ける形だったが、最終的には〈ツネマサ〉の上司である俺宛てのような言い回しになってたしな」

「だとしたらあれか――ＩＮＣＯの依頼もあって、ヒーローものの悪役みたいに『この日本で我々の陰謀を阻止できるのはお前らだけだから、真相を明かしてやろう、ワハハハ』みたいな感じか？　随分と評価されたモンだな」

「いや、ＩＮＣＯの一人の御不興を買ったんでな。ことのついでに、余った人員を寄越してボーナス稼ぎで狙われてる程度なんだが」

「過大評価されてるんだか、過小評価されてるんだか——ま、お前さんの組織は、お化けみたいなもんだからなァ」

　サイレンを鳴らしてパトカーが過ぎていく。

「現実なんてそんなもんだ。警察の中でも似たような事はあるだろ？」

「まあな……しかし、このデータの爆弾、どうしたもんだろうな？」

「お前に任せるよ」

「……俺は、お前と違ってカミさんと娘と息子と家庭がある」

　うつむいて、植木は言った。

「保身に走るよ……おれは何も見ていない、読んでない聞いていない。お前とも会ってない」

「ひでえ奴だ」

　橋本は笑ったが。

「俺は元潜入捜査官だぞ、いい奴な筈《はず》があるか」

　植木は吐き捨てるように、真顔でそう言った。

まっとうな警察官としてはこれから「大事件が起こり、多くの人命が失われるかも知れない事態」を黙って見過ごすしかない、という状況を、悔しいと思わないはずはない。

だから、橋本も苦笑をすぐに引っ込めた。

「悪いもん、見せちまったな、すまない」

「謝ることじゃない。謝ることじゃ――」

植木は無表情に頭《かぶり》を振った。それを見て、橋本はKUDANを率いているうちに、色々な部分で、警察官の自分が消えているのだ、と自覚する。

「しかし、最終計画ってのは、一体なんなんだろうな」

「どっちにしろ、恐らく防いでいる時間も人員も予算もない。お前らこそどうするんだ？」

「――第一ここまでことが大きくなっている以上、俺たちみたいな非合法《オバケ》の出番はないよ」

そう言いきったとき、橋本は自分が、多少は永良たちに腹を立てていることにようやく気がついた。

☆

東京都庁はこの緊急事態の中、警備の警官の数を増強した。

見学者は無論受け入れ中止。都庁内でのイベントも中止、展望室は閉鎖となった。

嘆息しながら店を閉め、帰っていく南展望室のお土産業者たちをよそに、

「イベント中止なので荷物を引き取りに来ました」

という業者がやってきて、警察庁本庁への問い合わせとなったが、イベントがSDGsがらみで、瀬櫛刊京《せぐしおみのり》を筆頭にした、現職国会議員が複数連名で主催している事業だと判ると、素直に、荷物の回収は認められた。

中に入る配送会社の人間のボディチェックは、厳重を極め、持っていたカッターナイフさえ取り上げられた。

持ち込みを認められたのは大小様々な、折りたたまれ、紐で縛られた段ボールの山と一〇〇メートル分のエアクッションのロールである。

「梱包《こんぽう》、どうやってやれっていうんですか？　ガムテープは手で切れますけれど、梱包材とか、箱のサイズも切って合わせなきゃいけないものもあるんですが！」

声を上げる配送員の言葉に、

「刃物は中で職員に借りて下さい」

機動隊の隊長は、にべもなく言ってのけた。

憤然とした配送員たちだが、スマホに来た本社からの連絡に「はあ」と不承不承従うこ

とになり、一行は、前もって申請されたＱＲコードをかざして中に入ると、エレベーターで最上階の展望室へそれぞれ向かった。

トラックは厳しいチェックを受けた後、一時的に玄関横の搬入口から移動、適当なところで時間を潰し、ぐるりと周辺を一周して戻ってくることを命じられ、運転手は舌打ちしながら都庁を後にして議事堂通りに出る。

機動隊は厳しい表情でそれを見送った。

北展望室。

展望室につくと、配送会社の配送員たちは、それぞれが展示物の撤去に取りかかった。

パネルは重ね、持って来た紐で縛り、台車に荒っぽく乗せた。

忙しく彼らは広い北展望室のあちこちに配置された大きな展示品を集める。

ふと、その一人が監視カメラを見上げた。

作動を示しているレンズの下のパイロットランプが、三回、点滅した。

合図だ。

「あの……」

なにか、手伝いましょうか、と受付にいた警備員が親切心を出して立ち上がるその背後に、音もなく配送員の一人が立った。

振り向く暇もなく、その腕が蛇が絡みつくように警備員の首に巻き付き、重い音が鳴った。

それは、その場にいた警備員全員に起こった出来事で、次々と首の骨が砕ける音がする。

一瞬で絶命した、警備員の死体をそっと、男たちは受付ブースの中に入れる。

首の骨を折った配送員は、帽子を取った——貢川《くがわ》大《まさる》は監視カメラを見上げ、腕に巻いたデジタル時計を見る。

暫く全員が手を止める中、一分が経過。

何も起きない。警報ベルも、作業用に開放したままの、エレベーターのドアも閉まらない。

「よし」

頷くと、配送員たちは全員、展示品のアクリルケースをひっくり返した。

持っていた、冷蔵庫などの荷物を持ち運ぶためのベルトの金具をハンマー代わりに、最初にアラスカの氷河の減少を示す大きなジオラマを納めた、アクリルケースの底を砕くと、X線を防ぐ薄い鉛の箔と、「プチプチ」とも呼ばれるエアクッション、さらに犬の嗅覚《きゅうかく》を誤魔化すための、コーヒーを主原料とした防臭剤に包まれた、M4アサルトライフルと銃弾が現れ、プラスチックごみを固めたアート作品の中からは、同じ様に検査を逃れるための細工を施された、数十挺の突入用の音響手榴弾と、減音器付きのFN・5-7ピストルが十数挺、三十連弾倉付きであふれた。

この銃は軍用としてボディアーマーを貫通する威力を持つ5・7ミリ弾を使用するため、民間用に火薬を減らした弱装弾が用意されるほどだが、これにはもちろん、軍用弾が装塡《そうてん》されている。

最後に巨大なビルを一つの社会に見立てた「これからの都市生活におけるSDGs」と題された立体造形物の中からはMk48分隊支援火器が現れる。

FN・5－7を持った十数名は、それを制服の上着の中に隠して、パネル類を載せた台車と共にエレベーターに乗った。

監視カメラはすでに彼らの「スポンサー」が黙らせている。

十数名のうち、半分は警備モニター室へ、残りは一階へ真っ直ぐ下りる。

貢川はM4のチャージングハンドルを引いて初弾を装塡し、弾倉を外してスプリングのテンションを確かめた。

M4A1シリーズはタフな銃だが、これはアフガニスタンで米軍がとにかく量産最優先で様々なメーカー（中には小さな町工場レベルの所もあったという）に作らせた、粗悪品も混じるA1のつかないM4と弾だ。

たった三日間、弾を込めっぱなしにしていた程度でも異常を起こしかねない。

「全員、チャージングハンドル周辺と弾倉チェックしろ。万に一つ、手触りがおかしかったら廃棄！」

命じながら、予備弾倉も含め異常はないことを貢川は確かめた。

今、南展望室にいる永良たちも同じことをしているはずだ。

☆

一階でドアが開く。

サングラスにイヤープラグをした七名の配送員は素早く、都政ギャラリーに二名が残り、他はエントランスホールでこちらに背を向けつつ、ずらり並んで床に盾を構え、警備している機動隊員の背後目がけ、音響手榴弾を放り投げた。

振り向いた機動隊員たちの前で音響手榴弾は炸裂《さくれつ》し、甲高《かんだか》い、そして耐えがたい爆発音と閃光をロビー一杯に響かせた。

ヘルメットを被る以外、耳の防御をしていない機動隊員はその不意打ちに身を折って苦悶する。

来る時はこの暑さの中ピッタリと閉じられていた配送会社の上着の内側、ベルトに差したFN・5－7を抜き撃つ。

銃声に反応出来たものはごく少数で、それも腰の拳銃に手をかける前に頭や腹部、首などに被弾して倒れた。

近距離の5・7ミリ軍用弾はNIJ（米国立司法省研究所）規格レベル3A以下のボディアーマーを簡単に貫通する。

日本の首都を警備する機動隊員と言えど、44マグナムを防ぐレベル3がせいぜいで、ライフル弾を防ぐレベル3A以上のグレードの装備は、犯人との銃撃戦が必須とされるSIT、SAT優先で、まだ全員に配備されていない。

その場にいた機動隊員はほぼ全て即死、もしくは数秒で行動不能に陥った。

その間にもFN・5－7を持った七名は、次々とロビーにいた人々を屠っていく。

上の階から降りてきた警官や警備員も全て射殺する間に三十連弾倉がそれぞれ二本空になった。

それぞれの腕時計が、共有されたスケジュールを告知して震える。

無線封鎖の時間が終わった。

リーダー格が懐《ふところ》から無線機を取りだしてスイッチを入れる。

「こちら『ウェルカムドリンク』、準備完了『ウェルカムドリンク』は準備完了。送レ」

『こちら『パンジャドラム』、了解、五分後に突入。退避せよ。くり返す、五分後に突入、退避せよ。終ワリ』

言われてすぐに一階の配送員たちはエントランスから退避する。

南側でも同じ動きをする仲間の姿が見えた。

ややあって、エントランスのガラス張りの出入り口をぶち破り、トレーラーが荷台から先に突っ込んできた。

☆

『「オクロックワン」二階、制圧完了、被害ゼロ、終ワリ』

『「オクロックツー」、三階制圧完了、被害ゼロ、終ワリ』

『四階、「オクロックスリー」制圧完了。被害ゼロ、終ワリ』

小さな爆発の震動が幾つか、南展望室まで上ってきた。

『「オクロックファイブ」、五階を制圧。手榴弾《グレネード》の威力絶大、動くものなし。被害ゼロ「オクロックシックス」と合流しました。都知事以下、関係者の死亡を確認、終ワリ』

南展望室の永良は、シャッターを降ろした土産物屋が詰まった階の真ん中で報告を受け続けている。

同時に爆破の震動が幾つか伝わってくる。

『こちら「プラムナイン」、駐車場入り口の爆破完了しました。終ワリ』

『「プラムイレブン」、南側非常口制圧。終ワリ』

『「プラムフォーティ」、警備室のコントロールを得ました。こちらの損害二、終ワリ』

売店のひとつから持って来たパイプ椅子に腰を下ろし、じっと目を閉じて、背広に着替えた老将は報告を聞いている。

眠っているようでもあり、沈思黙考しているようにも思える。

「斎田《さいだ》くん」

三塚《みつか》が東北に向かっているため、繰り上がって秘書官役をやっている部下を、静かな声で永良は呼んだ。

「は、準備は完了しております」

すでにカメラが据え付けられ、照明もスタンバイがすんでいる。送信用のＰＣも立ち上げが終わっている。

「そろそろ『ウロボロス・リベリオン』を開始しよう」

巨大な「ＳＤＧｓ展」用の地球儀を背に、永良は立ち上がった。

「地球儀を開けてくれ、彼らによく見えるように」

頷いて、齋田は他の部下たちに合図をした。

巨大な地球儀の周辺に、彼らは散って、隠されたスイッチを操作する。

圧縮空気が漏れるような音がして気密が絶たれ、花弁が開くように地球儀は分解した。

中には、直径一メートル、高さ一・五メートルほどの金属の円筒に、鉛の表面を見せる小さな砲丸のようなものがはめ込まれている。

円筒の中央にはデジタル式カウンターとボタン類にUSBポート。

胴体全体に斜めに、ペンキで書き殴ったと思われる「JOSE《ホセ》」の文字。

同じものが北展望室にもあり、そちらは「PADILLA《パディージャ》」と書かれているはずだ。

☆

都庁爆破の一報はあっという間に駆け巡った。

都内を新たな情報を求めて徘徊《はいかい》していたテレビ局やマスメディアはあっという間に集まって、中にいるはずの仲間であるジャーナリストたちに連絡を取ったが、すでに彼らの全ては銃弾と手榴弾の破片で命を落としていた——そのことを彼らが知るのはもっと後のことだが。

再びネットに緊張が走った。

次は何を言い出すのか、どこが標的になるのか。

そして、休眠していたいくつかのアカウントが表記を「ウロボロス・リベリオン」に変えて、実況動画を配信し始めた。

「やあ、こんにちは皆さん」

ウロボロスの仮面の男は、今回も落ち着いた、静かな声で話を始めた。

「私たちは今回、都庁をジャックしました。ついでに、この国の血流を止めている人たちを殺しました。東京都知事、与野党の超党派議員連盟の人たちに、経団連の幹部たち——私たちは、手を汚し続けています。愛国心故に無罪であるとは言いません。我々は汚《けが》らわしい犯罪者なんです。英雄ではない。今日は警官も、警備員の方たちも殺している。そして、ついでにあなたたちを、人質にします——大変申し訳ないことですが」

そして一歩横に退《ひ》くと、花びらのような金属の板に囲まれた円筒物が初めてカメラの視界に入った。

「これは、単純な爆弾です。円筒部分は一〇〇キロのC4爆薬。そして中央のデジタルカウンターが起爆装置と受信、及び時限装置。上に乗っている鉛色の球体の中身は、七つの壁で区切られています。さらにその中に詰まっているのは、粉末化した、合計四キロのプルトニウムです」

仮面の男は、言葉を切り、数秒の間、反応を窺《うかが》うように黙った。

「これは、原子爆弾ではありません。核分裂は一切ない。ただ、爆発と同時に、北展望室とここ南展望室から合計八キロの粉末化プルトニウムがまき散らされます。軍事的にはこれは、放射性物質をばらまいて汚染することを目的とする、『ダーティーボム』、汚い爆弾、と呼ばれるものです」

また、仮面の男は黙り込んだ。

「これを使って私たち『ウロボロス・リベリオン』は政府に要求します」

再び口を開きながら、ゆっくりと仮面の男は、カメラに近づいていく。

「私たちが望むのは、政府閣僚を含む与党の六十歳以上の議員、および二世、三世、四世議員の退職と被選挙権の放棄。

年齢収入を問わず、国民全員に対し十日以内に、二〇〇万円の給付金の支給と、今後二十年間の消費税の完全撤廃。

さらに財務省の解体と人材派遣法、外国人研修制度の再改定と各対象者への支給金額の三倍増と、定期的な昇給可能な制度へ変更することを求めます――細かい事はこの動画を発信したアカウントで全て改造不能なＰＤＦファイルにして配布します。

政府は六時間以内に、結論を出し、インターネットも含めた、リアルタイムの記者会見で発表、三十六時間後、つまり明日の午前二時までに実行して下さい」

仮面の男は、ここで一旦間を置いた。

「さて――我々だけが『ウロボロス・リベリオン』を起こしているわけではない。飛び入り参加は大歓迎です。貴方《あなた》の手で、武器を持って世界を変えたいという人は今から発表する場所へ行ってください。そこに武器があります――目の前の壁を蹴飛《けと》ばし、地面を殴れば、そこに道が出来ます。私たちに続く道です」

仮面の男の胸から下を切り取る形でウィンドウが開き、動画が再生される。

☆

永良武人は酷《ひど》く疲れた気分で、自分に向けられた確認用モニターの画像を、「ウロボロス・リベリオン」を主催する「仮面の男」として眺めていた。

それは、何処《どこ》かで見たような駅の、ホームレス対策に最近作られた「決して長く座れないようにした」ベンチの下。

あの建物の、改装されたばかりの、正面入り口の柱。

新築されたばかりの駅ビルの、とある店の床。

控えておいた番号を押して解錠するタイプの長期保管用のコインロッカー。

それぞれ、映るのはほんの二秒ほど、それが三〇〇箇所ほどパラパラと映った。

動画が終わる。

これが、永良にとって「最後の仕事」になる。

カメラの向こう側に立っている貢川の目つきは、すでに尋常のものではなくなっていた。

ここ半年ほど、貢川が、自分に対して必死に押し隠していた感情が、蓋をこじ開けて出てこようとしていることは、とうに知っていた。

何もかも、予想通りだった。予定通りに進んでいる。

子供の頃からそうだった。彼が予想することは必ず起こり、だからこそ、その直感と洞察力が国の防衛にこそ役に立つと判断して、永良は防衛大学の門を叩いたのだ。

すべては、望むままに起きつつある。

安らぎが、永良の胸を満たした。

構わず、永良は予定通りの言葉を、口から押し出した。

「各所に、銃が二挺から四挺、弾が五十から一二〇発入りで保管されてます。最初の一発だけは装填されているから扱いに注意してください、鍵をあけるのは磁石ですから百円ショップやホームセンターなどで、なるべく大きくて強力な磁石を用意すると楽でよいでしょう。

もしもそれで、私たちが隠した銃を見つけたら。

あなたも貴方自身でウロボロス・リベリオンを開始しましょう。


そうです、自由になりましょう。

嫌なやつから。生活から、力を持って、我々から奪っていったものを奪い返しましょう。

たとえ、間違っていてもいいんです。

貴方にとって正しければ、引き金を引く勇気と責任が取れるならば。

そんなものは、簡単ですから。

ただ、引き金を引けばいいんです――では、お待ちしています」

永良――仮面の男は、疲れきった顔で、動画を終えようとした。

そのまま終わる筈はない、と理解しつつ。

☆

貢川大は意を決して、それまで隠し持っていた永良と同じ、ウロボロスの浮き彫りをした仮面をかぶり、「続行」を意味するハンドサインをカメラを担当している部下に示した。

意を決して頷くのは三塚に代わって永良の秘書官代わりをしていた齋田だ。

他の連中も頷く。

「やあ、参加しに来たよー！」

声を張り上げ、貢川はテンション高く、カメラのフレーム内に入った。

永良は驚いた風もない。この辺の度胸は昔と変わらない。

「貴方が参加して欲しいというので来ました。どうもどうもぉ！」

いつも部隊を指揮するのとは違う、高校生時代、まだ甘ちゃんで世間知らずだった頃の甲高い声を張り上げるのは十五年ぶりで、苦労したが、何とかなった。

「ボクら、参加したので、お小遣いが欲しいなあ？」

わざとらしくカメラに向けて小首を傾《かし》げながら、貢川はFN・5－7を抜いて、永良を立て続けに三発撃った。

外すかも知れないという恐怖があったが、ノールックで撃った銃弾は見事に、斜め後ろで立ち尽くしている永良の心臓と腹、そして首に命中し、これまで数多《あまた》の戦場で、一発の銃弾もかすったことのなかった永良は、あっさりとその場に膝をついて倒れ込んだ。

永良の身体《からだ》は、柱にもたれた形で動かなくなる。

驚いて戸惑う仲間たちのうち、一瞬遅れて貢川を撃とうとした者たちを、そばにいた貢川についた連中が撃つ銃声が轟《とどろ》いた。

永良はどくどくと血を流しつつ、柱にもたれたまま、ピクリとも動かない。

自分が、大きな山を越えたことを、ようやく貢川は実感する。

永良武人という大きな山を越えたことを。

震えが来そうだったが、ここは道化を演じるべき部分だ。

「というわけで、今日から僕が新しい『ウロボロス・リベリオン』ってことになる」

永良は仮面の自分を「ウロボロス・リベリオン」とは呼ばなかった。

その名はあくまでも計画の名前であり、彼個人は「名前のない誰か」であればいい、というのがその理由だった。

が、貢川は違う。永良を追い越し、自分がこの計画自体になるのだという思いで、そう名乗った。

「というわけで」

パントマイムの要領で、自分の腹の辺りに四角い空間が浮かび、それにもたれかかるイメージで腕を広げ、銃を握ったまま手を動かす。

「さっきの要求に加えて、そうだねえ二億ドル分の暗号資産を送って貰おうかな？　送り先はこちらの番号〜！」

　頷いたPC係の部下が、タックスフリーの某国に開いた、架空口座の番号を表示する。

「俺たちは強欲じゃない、得したね、あんたら。それと、三十六時間後にこの都庁一階に日本円の現金で二十億ほど、持ってきて貰おうかな？　その場でこの二十億は確かめるから、偽造や新聞紙とかだったら、ボカン！　といくよ？　あとトレーラーとSUV、エアキャノンもいるかな？　ま、細かい事はあとでまとめてこの動画の最後に静止画像でアップするんでよろしくね？」

　くるりと貢川はカメラの前で回った——我ながら、浮かれてると思うが、構わない。気分が高揚しているのが判る。瞳孔が開き、世界が明るくなっていた。

　そうだ、自分は酷く我慢して、立派な軍人を演じていたのだと理解する。

　本当は甲高い声で、馬鹿みたいに笑いながら、世界を思うがままにしたかったのだ、とはっきり自覚した。

　だが、高校生の頃と違って、頭は冷静だ。

「ああーっと、それと、成田と羽田にジャンボジェットを一機ずつ、用意して貰おうか。燃料は満タンでな、パイロット付きで頼むよ。どうやって使うかって？　それは、まあ、十二時間後のお楽しみ、ってやつだねえ！」

ケラケラと、安っぽいB級映画の悪役宜《よろ》しくけたたましく笑いながら、貢川は面白おかしいイントネーション付きで、最後に付け加えた。

「あと、ここのネットを切断したら、ボクらは破れかぶれになってすぐ爆弾をボン！　しちゃうよぉ～。あと、念押ししとくけどさ、期限は変わらずあと三十六時間後。三十六時間後の午前二時までだからね！　まあ、偉い人、よーろしくねぇ！」

大仰に右手を真っ直ぐ斜め後ろに伸ばし、左手を花束を抱えるようにしてあげて曲げる、バレエダンサーのような挨拶《あいさつ》をして、貢川はカメラのランプが消えるのを視界の隅に感じて、大きな溜息をついた。

「これが、主役になるってことだな」

誰にも聞こえないように、呟《つぶや》く。

柱にもたれていた、永良の死体がずるりと動き、床に倒れた。

「ひぃっ」

悲鳴をあげて、貢川は飛《と》び退《の》き、永良が完全な死体であることを確認すると、猛烈な怒りと共に、その亡骸《なきがら》を蹴り上げた。

仮面が、ナイロンで出来た後頭部の頭巾部分から外れて、何処かへ飛び、目を見開いたまま、永遠に呼吸を止めた永良の、年老いた顔が露《あら》わになる。

不思議に、満足そうな笑顔を浮かべているように見え、それが貢川の不快さを増した。

FN・5‐7の残りの銃弾を永良の死体の顔面に撃ち込む。

スライドストップがかかると、もう永良の頭部は原形を留めず、南展望室の床に染みとなって広がっていた。

☆

拡散を停止するべく公安警察、公安委員会が各SNSプロバイダに要請をしていたが、本社が日本にない会社も多く、またこの混乱で情報を遮断することの恐怖が、ますます事件を誘発する可能性があるとして、事態が紛糾しているうちに、他ならぬ市民たちの手によって、動画は国外まで拡散していった。

「日本で武装革命が始まる。しかもそのリーダーが殺されて劇的な交代劇をした」

ここしばらく微妙な関係にあるロシアや中国はもちろん、アメリカ、イギリス、韓国や台湾でさえ「ウロボロス・リベリオン」の主張と、実行した大胆な行為と苛烈《かれつ》さに快哉を叫び、何よりもその派手さは、人気の的になった。

当然Webには浮かれた連中が現れる。

彼らのうち、何人かは映った場所に土地勘があった。

最初の事件が起きたのは原宿だ。

高級ジャージ姿で、若者と呼ぶにはやや年を取った彼らは、百均ショップで一番大きな、強力な磁石を持って、新しくできた原宿駅のコインロッカーの壁を探ると、明らかに何かが引っかかった。ガチャガチャいじるうち、ある者が壁を押すと、そこは綺麗《きれい》に外れ、中からM４アサルトライフルと予備弾倉二本、弾薬一〇〇発が見つかる。

黄色い声をあげなら、彼らは同梱されていた説明書通りに操作し頬付けし、手に構えた時、何か、わずかに残っていた油が、彼らの皮膚についたが、気にしない。

警察がやってくる。パトランプの赤が通りに見えた途端、銃を構えている連中は、瞳孔が丸くなった目を見開き、甲高い猿のような奇声を放ちながら、引き金を引いた。

フルオート射撃を受けて、フロントガラスを砕かれたパトカーは、駅前の花壇に突っ込み、乗り上げて横転する。

他のパトカーが、タイヤを鳴らして方向転換して向かってくるのへ、また連射。

流れ弾が、近くを通りがかった主婦と子供を貫通する中、このパトカーは後ろから飛び込んだ弾丸で、運転している警官の頭の中身を、フロントウィンドウ一杯にぶちまけながら、今度はコンビニへと突っ込んだ。

「すっげええ、すげええ、アメリカ軍の銃すっげえええええええ！」

涎《よだれ》を垂らしながら、ジャージ姿の若者は、映画で見た俳優たちのように、再び銃を構えた。

試しに、道で固まっている一同に、銃口を向けた。

軽やかに銃声が響いて、その先にいて事態の唐突さに、思わず固まっていた下校途中に寄り道していた女子高生が、五名ほどくたりと倒れる。

「なんだよー。人って撃たれたら飛ばねーのかよぉ」

明らかに異様な興奮に目を赤くし、ジャージの股間を盛り上げて、その先端を濡らしながら、青年たちは銃を構え、次の標的を探し始める。

悲鳴を上げて逃げ始めた女子供に向けて、彼らがケラケラ笑いながらM4を乱射しまくるのはその二秒後のことである。

彼らが駆けつけた警察官によって射殺されるまでに、原宿駅の窓ガラスは銃弾でほとんどが砕かれ、駅の改札口には三十人の死体が転がり、一〇〇名近い重傷者が出た。

ほぼ同時刻。

池袋では廃業した本屋の跡地にたったPCR検査のショップの壁からレミントンのM31RS散弾銃が五挺と弾二〇〇発が出て、手に持った中学生たちが、色町を仕切っていた半グレの事務所に押し込んで銃撃戦になった。

御徒町《おかちまち》、渋谷の外れ、東京駅では○○チューバーと呼ばれる動画配信者が見つけた拳銃を自慢中、警官に呼び止められてこれを抜き撃ちで二人射殺した動画が、三十分でカウント数二○○万を突破し、サーバーが飛んだ。

秋葉原では、銃の奪い合いから、銃撃戦に発展した。

神田明神近くでは、新しいオフィスの落成式で、次期社長候補と言われた専務とその専務を蹴り飛ばして社長の座についた新社長が自動拳銃（種類不明）で就任式に撃ち合いをして、双方股間を撃ち抜いて病院へ運びこまれた……などなど。

動画終了後二時間以内だけで、東京都内で銃撃戦が二○件以上発生、犯人の三割は捕えられたが、それ以外は人混みに紛れて逃亡、隠匿地点の警備会社がコントロールしている監視カメラはその間、外部からのハッキングで全て沈黙、もしくはタイムコードを変更され、録画ファイルを自動消去されている。

それだけではなく、自殺者も増えた。

浅草のほうでは改修が行われた浅草駅のトイレから出た拳銃で、九十歳になる老婆がそれを口にくわえて頭を撃って自殺。息子の老人・七十七歳も同じ方法で後を追ったし、台東区では借金苦を理由に、一家四人の自殺にコルトの３５７マグナムが使われ、大田区《おおたく》のマンションでは、引きこもりの中学生の自殺に使われたＭ４アサルトライフルの銃弾が壁を貫通、隣の部屋でくつろいでいた、高校生の右手を撃ち抜いた騒ぎも出た。

「ダーティーボム」の一件も大騒動を起こした。

避難する人々は、車に飛び乗り首都高は東北道の下り、関西への下りが大混雑になり、そこでまた拾ってきた銃をぶっ放す馬鹿が現れ、それがまた動画実況されて世界配信された。

ここぞとばかりに、障害者施設や、老人ホームを襲う人間も出た。

白金台《しろかねだい》の高級老人ホームに男女複数名が侵入し、入所金二千万、月費用七十万円の入居者を片っ端から銃撃。職員も含め二七〇人の死傷者が出た。

犯人は元職員を筆頭にした関係者で、ホーム内の老人の、あるいはその家族の暴力やセクハラによって退職させられ、あるいは被害を受けても、出入り業者故に泣き寝入りしていた者たちである。

☆

『つまるところ、何時間か前に話をした、例のダミー会社の入った現場――で、新築されたり改修工事が行われている都内三〇〇箇所に銃が納められていた、ってわけだ、これまでの安い密輸、密造銃からついにタダで皮膚吸収型の新型ドラッグを塗りたくられた鉄砲と弾が配られるご時世ってわけだ……これがＩＮＣＯが裏で糸引いてる、ってんなら究極の愉快犯だな』

夕方、橋本は植木の電話を、やむなく神田のホテルで受けた。

神田でも二箇所、銃器を隠匿されている場所が判明し、警察が出張ったが、すでに中身は空っぽで、いつ銃撃事件が起きるか、と警戒態勢に入っている。

ホテルでも正面玄関のシャッターを閉め、ホテルマンたちだけでなく、緊張の面持ちで警察学校を出たばかりの警官が数名、腰のホルスターに手をかけながら、周辺をパトロールしている。

「政府《おかみ》はどうなってる？」

『馬鹿みたいに対応が素早い。発注主だけはあるな。だが、かなりドタバタしてるぞ』

植木のあきれ顔が、電話の向こうに見える気がした。

いち早く対応したのは、最大与党だ。

都内設置の放射線のモニタリングポストから、都庁周辺から、確かにプルトニウムを推察できる放射線量があると判明すると、彼らは恥も外聞もなく避難を始めるため、民間軍事会社に護衛を次々依頼した。

中には、ヤクザが暴対法後の生き残りのために、立ち上げた会社も多い。

党の本部ビル前には、砦《とりで》のようにゴツい、民間仕様を改造して装甲強化したハンビーが、何台も並び、あからさまに脇の下を膨らませた男たちも、多く現れた。

ヘリを持っている会社もあるので、乗り合わせて党本部ビルや、議員会館屋上を臨時のヘリポートとして、そこから地方に逃れる若手と中堅議員も多い。

彼らは東京を逃れ、千葉・幕張において臨時国会ではなく、政府・党会議を開き、今後の事態に対応することとなったが、幕張メッセを使うのか、千葉県庁を使うかで揉《も》めているという。

野党は、そんな与党の対応に対し、正式な臨時国会を開けと反対を表明しているが、この大騒動の最中、そんな声は誰にも聞こえていない。

「なんだ、それは」

橋本は首を捻《ひね》った。

行動は素早いが、どうにも手際が悪すぎる。官僚も政治家も。

何かの手順が途中で急に変更されたような。

『同時に、こいつは特権意識とか以上に、警察は頼りにならない、と態度と行為で示してるようなもんだ』

「まあ、警察上層部《うちらのうえ》は黙ってないだろ？」

『当然だ。珍しく警視庁と警察庁が、足並みを揃《そろ》えて厳重抗議をしたんだが……』

「まあ、相手がお上《かみ》じゃ、上手くいくわけはないか」

『「国民を守る為にのみ、警察諸君等は尽力すべし」と幹事長に言われた途端、新しい警視総監さまは「お説ごもっともであります」とこの事実に関して箝口令《かんこうれい》を敷いて、部下たちの頭を押さえにかかってるよ』

「――まあ、そうなるわな。今の警視総監にしちゃ、頭が上がらない存在だ――こんな状況で、この上まだ出世がしたいのかねえ」

『警察庁長官にまで一気に行きたいんだろ』

今の長官は、半年前から体調を崩して入院中である――いずれドロップアウトは確実と言われているから、ここで警視総監としては、最後の一手を打っておきたいのだろう、と植木は言外に含ませていた。

「ひょっとしたら、永良が俺たちに、あの資料を渡した理由ってのは、これかもしれんな」

『どういうことだ?』

「最後は依頼主を裏切る――ＩＮＣＯじゃなく、依頼主である日本政府を」

口にした途端、もやもやしたものがスッキリ整理された気がした。

「つまり、ダーティーボムを使って、都庁で大殺戮《だいさつりく》繰り広げた挙げ句の、この要求は、永良のオリジナルプラン、ってことだ」

『それとお前等へのメッセージとどう繋《つな》がる？』

「知ってて欲しいんだよ。自分の真意を――金目当てじゃない、ってな。俺たちにはどうせ止められないと知ってるんだ、クソッタレめ！」

橋本は吐き捨てた。

「頭のいい連続殺人鬼が、警察に匿名で告白分を送りつけるのと同じだ。自分の良心と自尊心、両方を満足させるために俺たちには知っていて欲しいんだよ！　なめるな！」

☆

衛星電話の、さらに秘匿回線を使って、宇豪敏久《うごうとしひさ》と瀬櫛刊京《せぐしおみのり》は永良を殺した貢川に連絡を取る。

「どういうことだね！」

宇豪の邸《やしき》の応接室。つい十数時間前には、祝いの酒を飲み干した場所で、焦燥感に駆られながら、宇豪は語気を荒くした。

「爆弾は一個だけのはずだ！　それも通常の爆弾で、東京都庁じゃなくて、仕掛ける場所はスカイツリーのはずじゃなかったのか！　オマケに人質にするならともかく、都知事や都の議員だけじゃなく、国会議員に経団連関係まで殺すなんて！」

マスクをしていない、宇豪の口から唾が、飛沫《ひまつ》どころではない騒ぎで飛ぶ。

瀬櫛は思わず、背広の上着からハンカチを取りだして口元を覆った。

「もうどこの役所も説得が出来ない！　このままじゃ自衛隊が出てくる！　日本でクーデターが本当に起こったことになる！　経済的、国際的なダメージがどれくらいになるか、考えているのか！」

『スポンサーのご意思です』

穏やかに、貢川は答えた。

「そんな筈があるか！　君たちはスカイツリーに爆弾を仕掛け、我々が君たちと交渉、超法規的措置で国外に逃亡させて、同時に解除キーを入手、それが段取りじゃないか！　君が独断で変えたんだろう！」

瀬櫛も泡を食った様子で甲高い声を上げる。

『いいえ、私たちは、スポンサーからの追加指示に従っただけです』

貢川の声に感情の色はない。殺された永良以上に穏やかだとも言えた。

「何の為に三年も警察や公安を抑え、お前らに無駄飯を食わせたと思っているんだ！」

宇豪のこめかみに血管が浮き、瀬櫛の顔からは、血の気が失せた。

どちらもこの計画に、自分の政治的、社会的生命を賭《か》けていた。

「そ、そうだよ永良さん、貢川君！　こ、この日のためにどれだけ、ボクらが君たちに……」

瀬櫛の声が震え、青ざめた若手筆頭の国会議員は、心臓の上を押さえるようにしてソファに崩れ落ちるようにして天を仰ぐ。

明らかに貢川たちは「やりすぎて」いた。

今回の計画は速効性が求められる。

JALNAC《ジャルナック》ビルの砲撃も、紅通のビル爆破崩壊も、その派手さばかりに目が行って、実際の悲惨さと人命喪失の重さの画像が広く世間に広まる前にスカイツリー爆破、という脅迫を行う予定だった。

民衆の声なき怒りが渦を巻いていて、それはいずれ血まみれの英雄を生む、というロマンチックな英雄待望論への世論操作は、永良たちの参加が決定した二年前からネットにおいて始められ、各種マスコミもそれになびき始めたところへ、という絶妙なタイミングだった。

あとは「何も知らなかった元の雇い主」として宇豪、そして宇豪に目をかけられている若手ホープとして瀬櫛が「責任を持って彼らを諫《いさ》める」として彼らと交渉し、政治的な駆け引きを行って永良たちは投降、逮捕。

「スポンサー」はさらに手を回して、輸送途中に別働隊に永良たちを救出させ、彼らは行方不明に……そういう顚末《てんまつ》が待っているはずだった。

「政商」、「大手広告代理店」国立競技場、という「日本を誤らせている害悪」とされ、クローズアップされているものと、その維持費用が問題になっていた「お荷物」をまとめて処理する。

さらに宇豪は「肝の据わった人格者」としての評価を得て、経団連の会長へ就任、瀬櫛は若手議員の中からさらに一歩、踏み出た立場へ躍り出る、という予定だった。

今や、全てが予定だったこと、だが。

『全てはスポンサーのご意志です。苦情はスポンサーにおっしゃってください』

貢川の声はあくまでも穏やかだった。苛立《いらだ》ってもいなければ、侮蔑《ぶべつ》の感情すらない。

『我々も、計画の変更をあなたたちに伝えることは、禁止されていたのです』

「そんな言い訳が通用するか！　お前らの直接の雇用主は私だぞ！」

『我々は二年前の時点で、貴方を中継してスポンサーに雇われている、と認識しています。事実、あなたは私たちを雇うための金を、スポンサーから送金されているではないですか』

「貢川、貴様……っ！」

『戦局は変わりました。我々はこのままスポンサーの意を遂行します。私の目的とも重なっておりますから。スポンサーや依頼主から、あなたたちへお話はなかったのですか？』

「……うるさいぞ、軍人のくせに私に口答えするのか。私は宇豪敏久だぞ！　経団連の重鎮、日本経済を新たに導く男だ！」

『お名前を、口になされていいんですか？　私は構いませんが、貴方自身がお名前を口にすればそれは言質《げんち》として記録され、利用される可能性があると以前申しあげたはずです』

「きさま、きさま、貴様ぁっ！」

口から唾を飛ばして、宇豪は衛星電話をスピーカーに繋いで置いてある、紫檀《したん》のテーブルに拳を何度も振り下ろした。

スピーカーも衛星電話もその度に跳ねる。それほどの力だった。

「私に、私に意見するな、私を見下すな。私は、私は、宇豪敏久だぞ！　経団連の宇豪だぞ！」

『では、失礼します』

貢川から通信は一方的に切られた。

「……やられた」

瀬櫛はがっくりと、絨毯《じゅうたん》の上に膝を落とすようにして座り込み、背中を丸めた。

「まさか、彼らじゃなく、ボクらが使い捨てだったなんて——そんな気は、なんとなくしてたんですよ。計画が動き出したのにＩＮＣＯから何の指示もないし——経済的に考えれば、彼《か》らを助け出すための別働隊を組むこと自体が無駄だ——ああ、やっぱりここでボクら使い捨てに——」

「馬鹿を言うんじゃないよ、瀬櫛クン！」

宇豪が裏返りつつも、声を張り上げる。

拳を握り締め、腰の辺りまで何度も振り下ろしながら、部屋の中を、動物園のクマのように歩き回り始めた。

「そんなこと、させるものか、させるものか！　私は宇豪敏久だ、宇豪の男だ、君だって瀬櫛総理の息子じゃないか！」

「え、ええ、そ、そうですけれど」

「立ち上がるんだ、考えるんだ、我々には何が出来るか、このまま使い捨てにされないですむ方法を！」

ふらふらと、瀬櫛は立ち上がると、持って来たスーツケースの中から、金属のスキットルを取り出して中身を呷《あお》った。

ひと息つく。

その間も部屋の中をずっと、宇豪は歩き回っていた。

五分ほど経《た》った辺りで、すう、と瀬櫛は息を吸い、吐いた。

「そうですね、いい方法を思いつきました」

スキットルを鞄に戻し、手を抜かないまま立ち上がる。

「どうした？」

宇豪は一瞬、瀬櫛を見やったが、すぐに己の思考に没入した。

その息がかかる距離まで、瀬櫛は近づく。

「なにか妙案でもあるのか、あるなら躊躇《ちゅうちょ》なく実行したまえ、私は……」

それ以上、宇豪が言う前に、乾いた音がした。

経済界の重鎮、宇豪敏久。その上着の背中から、かすかな血飛沫《ちしぶき》が飛び、ペルシャ製の絨毯の上に赤黒い飛沫が飛び散り、数滴が白い壁についた。

さらに一発。

二つ目の空薬莢が、一発目と同じ軌道を描いて絨毯の上に転がり、宇豪敏久は呆気なく人生を終えた。

「ありがとうございます、宇豪さん。あなたが考えるだけで行動しない老人で良かった」

うつろな目で、倒れて動かなくなった宇豪を見下ろしながら、瀬櫛は言った。

唇の右端だけが、引きつったように持ち上がり、蛙《かえる》が鳴くような不気味な声が発せられる——幼い頃から、父親に厳しく「その笑い方をやめろ」と、鼻血が出るほど殴られ続けて、ようやく抑え込んだ、これが瀬櫛刊京の、心からの笑顔と笑い声だった。

それから屈み込んで、老人の手に硝煙反応を残すため、古びたコルト32オートマチックを握らせ、壁に向けて引き金を引いた。

戦前は華族でもあった瀬櫛の家、古い蔵の奥に仕舞われていたものだ。曾祖父の持ち物。

瀬櫛は震える手で、自分の上着のポケットからスマホを取り出し、電話をかけた。

「け、警察ですか、ひ、人を撃ってしまいました。すぐ来て下さい、宇豪さんのお屋敷です……私は瀬櫛です、瀬櫛刊京です……ええ、国会議員の。と、都庁のクーデターの主犯だったんです、ああ、いえ、あのく、詳しい事は来て下さったときに」

世話になっていた宇豪敏久が、警備として雇っていた、永良武人たちを使って、今回の「ウロボロス・リベリオン」を計画し、そのことに気付いた瀬櫛が、宇豪に自首を勧めに来たところ、彼が逆上して銃を抜いたので、もみ合いになり、誤って引き金が引かれてしまった——そんな言い訳を、瀬櫛が駆けつけてきた警官や刑事たちにするのは、この十数分のちのことである。

☆

ホテルのロビーでくつろぎながら、夕食の前の紅茶と、ベルギーチョコを楽しんでいた栗原の所へ、やつれた顔をした警視総監が、背広姿で現れたのはその日の夕方のことである。

「おや、如何《いかが》なさったんですか？」

この二日ほど、食事制限から解放され、食べたいものを食べ眠りたいだけ眠り、本を読みたいだけ読みあさっていた栗原は、艶々《つやつや》した肌なのとは対照的に、この十二時間ほどで、警視総監の肌は紙ヤスリのように荒れ、血色も悪い。

栗原は上機嫌で椅子を勧めると、警視総監は、断崖から石が転がる様に、ソファに腰を落とした。

「君を……いや、君に頼みがある」

栗原は、小さな皿に美しく並べられたベルギーチョコを摘《つ》まむ手を止めて、冷ややかに目の間に座った上司を見つめた。

「君が頼りなんだ。ＫＵＤＡＮを使って彼らを『処理』してくれないだろうか？」

警視総監の声に、栗原は暫く黙り、それから冷ややかに口を開いた。

「恥がないんですか、あなたは」

「恥も外聞もない、ダーティーボムなんて聞いていなかった。私が聞いていたのは大型爆弾でスカイツリーを倒壊させる、という計画までだ。事態はこのままでは警察の手を離れ、自衛隊の出動になってしまう。昭和の雪の日以来の汚点だ――」

昭和の雪の日、とは226事件の意味だろう。

「では、要求を蹴って、あの中に突入しろと？」

「そんなことをしたら、相手は自爆スイッチを躊躇なく押す。主犯の永良武人は、それが出来るから自衛隊を追い出された男だ」

警視総監の下に、最後の動画配信で殺されたウロボロスマスクの男が誰か、の情報はまだ来ていない。

「――なるほど、数年前にＣＩＡとＰＭＣを、中東で殲滅《せんめつ》した元陸将でしたか。二年前に国内に戻ってきて、経団連の宇豪さんのボディガードになったと聞いて、丸くなったものだと思いましたがねえ――」

「だから、政府は要求を呑《の》む。久々の『超法規措置』というやつだ」

「クアラルンプール事件にダッカのハイジャック事件――日本らしい、で海外からちょっと嗤われる程度で済むでしょうね」

栗原が口にしたクアラルンプール事件とは、一九七五年八月に、当時最強最悪のテロ組織と呼ばれていた日本赤軍が、マレーシアにおいて、アメリカとスウェーデンの大使館を占拠し、大使館員を人質として、日本国内の刑務所に収監中の囚人解放を要求した事件だ。

当時の内閣がテロリストの要求を「超法規措置」として受け入れたため、日本赤軍はさらに同様な事件を起こした。

それがダッカ空港ハイジャック事件。これによって大量の日本赤軍幹部が出国、彼らは世界に散って、中東のテロリズムが過激化する一要因となり、日本は長く「テロを輸出した」として非難された。

「まあ、核によるテロはいずれ起こることですから、どこもそう長くは平然としてはいられないでしょうけれどもね……で、私に頼みというのは？」

「要求は呑む、だが、その後、彼らを……『処理』してほしい」

「ほう」

「私は確かに官邸に近い。色々便宜《べんぎ》も図ってきた。だが最後は警察官なんだ。日本の警察がとうとう自衛隊に頼る、あるいは七十年代のようにテロリストに屈して終わる、という汚名だけは避けたい」

うつむいて、訥々《とつとつ》と喋《しゃべ》る警視総監の顔には、普段の颯爽《さっそう》とした、どこか空《むな》しい明るい笑みはない。

「ですが、警察として、逮捕者が出て生き残りが何かを喋るのは困る、と？」

「――――」

「さっきまで、私はあなたを少し見直すところでした――なんてことはない、警察官としてのプライドより、官僚のプライドが優先ですか」

警視総監は、何も言えずに押し黙る。

外の喧噪《けんそう》が嘘《うそ》のように遠い、落ち着き払ったホテルのロビーで、しばしの沈黙の後、栗原は口を開いた。

「よろしいでしょう――で、幾ら出せますか？ それと私のチームの処遇はどうなります？」

栗原の言葉に、警視総監は顔を上げる。

「む、無論、君のチームは今後も存続してくれ給え。機密費の流用に関しては、私が責任を持って黙認させる」

「で、幾ら出せますか？」

にっこりと、先ほどの質問の、前半だけを栗原はくり返した。

「機密費から捻出《ねんしゅつ》するだけでは、私の懐が痛むような気がしますので、是非警視総監を通じて、しかるべき所からボーナスを頂きたく」

「……いくらかね？」

満面の笑みで、栗原は答えた。

「ひとつの国を政府ごと救うのですから、安くはありません。でも彼らよりも、ぐっとお値打ち価格で面倒見てさしあげましょう」

第六章　二万四〇〇〇年の霧

☆

どちらかが行方不明になったとき、栗原《くりはら》との最終的な連絡手段は、共有ファイルによるやりとりを一回、そして、二十四時間経過したら、分離した外国人旅行者向けのＳＩＭカードを挿入した、トバシのスマホでの伝言メッセージの確認、となっている。

これを橋本《はしもと》は隠れ家として確保しているホテルに一台ずつ、さらに身につけて一台持っている。七回、つまり一週間連絡が取れなくなったら、死んだと思う、というのがルールだ。

その日の夕方、新井薬師《あらいやくし》駅近くにある、コンビニの二階に用意した隠れ家に潜りこみ、橋本が身につけた一台にＳＩＭカードを、挿入して確認すると、栗原のスマホからのショートメッセージが入っていた。

題名には「Re」とだけある。

そのまま電話をかける。

『やあ、お久しぶりです。君は無事ですか？』

いつもの鷹揚《おうよう》な声が聞こえて来て、思わず橋本は口元が緩んだ。

「そちらこそ、お元気そうで」

『二日間、好きなだけ飲み食い出来たので、私は元気ですよ』

「で、どうします？」

栗原が無事なら、永良《ながら》の資料を受け取ったのだろう、と判断し、橋本は直截《ちょくさい》に訊《たず》ねた。

『君に連絡をとる以上、決まっています。対処しましょう』

栗原の答えは明白だった。

『ただし、爆弾を作動させる危険は犯せません』

「日本政府は要求を呑《の》むわけですね？」

『ええ――飲んだ後、実行するかどうかは知りませんがね』

「残りの連中をかき集めてます。四時間下さい」

新井薬師に移動する前、都庁ジャックの発生があり、橋本は「分離〇四《マルヨン》」の終了期間を待たず、〈時雨《しぐれ》〉たちに連絡を取った。

こちらのほうは、また別の専用SIMを使った出会い系サイトのメールだ。

〈トマ〉、〈時雨〉、〈狭霧《さぎり》〉、三人ともアカウントを持っている。

どうやら向こうも、都庁の騒動を知ったらしく、すぐに返事が来た。

その際〈トマ〉に解析させるため、昼過ぎに小型スマホごと〈ツネマサ〉に持たせて岩手の盛岡駅で落ち合うようにして送り出した。

INCO《インコ》からの刺客《しかく》は、この段階では、もはやあり得ない、と判断したからである。

〈ツネマサ〉が新幹線に乗った、と報告があった数分後に、東京から出て行くJRの切符は瞬く間に売り切れ、交通網が麻痺《まひ》を始めた、と報道が始まった。

都庁からプルトニウムが、爆発で拡散されれば、新宿は半径数十キロにわたって死者の国になるのは間違いなく、風向きによっては東京全土を、半減期二万四〇〇〇年の霧が覆うことになる。

それ以前に、プルトニウムと爆弾がくっついているそれを「原子爆弾」だ、と思い込む一般市民も続出していた。

さらに「ウロボロス・リベリオン」がばらまいた、興奮剤塗布済みの銃による事件も、いっかな後を絶たない。

首都高下りで、それを使った撃ち合いがあり、車両十数台が巻きこまれ、重軽傷者が出ただけでなく、首都高が一〇〇キロ以上の渋滞だという。

羽田、成田空港は本日付で閉鎖、特に羽田は回復しかけた観光客の総引き上げで、国際線ターミナルで大混乱が起きた。

そして、徒歩で避難、帰宅する人々の、長い長い列が、新宿周辺から山手線一帯を出発点として、無限のごとく列を作る――東日本大震災の再現を、誰もが口にしていた。

違うのは、ＪＲや私鉄がこの状況でも機能し続けている、ということだ。

下りの列車はどれも乗車率が二〇〇％を超え、逆に、上りの道路や電車は、どこもガラガラに空《す》いていた。

『四時間ですね。その間に出来ることは？』

「金が必要です。それも二〇〇人以上を相手にするんで、かなり派手になります」

『いいでしょう。予算は潤沢《じゅんたく》に用意しますよ』

てっきり、渋い顔をされるかと思っていたが、いつになく栗原は鷹揚だった。

『報酬も巨額です、といっても、三年分の予算前払い程度ですがね。夏のボーナスというところですか』

「バブル時代のテレビ屋みたいですな……で、いつ金は来ます？」

『もう来ています、いつもの君の海外口座に振り込みました。とりあえず手付けで三〇〇万』

　ドル立てだから、四億近い。思わず口笛を吹きそうになって、それを無理矢理、橋本は苦笑に置き換えた。

「まさにバブルですね」

『国家存亡の危機だ、と解釈していただきたいですね』

「それと香《かおり》のほうですが、貴方《あなた》の指示で捜査活動していた、ということにして頂けますか」

『そこはもう彼女の上司と話をつけてありますよ……意外とお優しいですね、君』

「予算が潤沢と聞いたら、誰だって優しくなります。仲間内となればなおさらです」

　あと二、三、簡単な打ち合わせをして、橋本は電話を切った。

　買い物から戻ってきて、ウキウキと新妻気分で夕食の準備をしようとマイバッグを荷物から取り出す香に声をかける。

「香、〈ツネマサ〉にグリーン車使えと電話してやれ。予算が下りたぞ……ついでに、ここじゃなくてホテルにお引っ越しだ」

「え……?」

　振り向いた香の顔に、大きな落胆の色が浮かぶのを、橋本は苦笑しながら見つめた。

恐らく、〈ツネマサ〉が戻ってくるまで橋本に、ままごとのような新妻会話か、セックスを求めようとしていたことは明白だった。

「今度の仕事はこれまで以上の命がけだ。予算も豊富だ。〈ツネマサ〉に連絡したら、一回だけ、してやるぞ」

「……は、はいっ！」

途端に香の眼《め》が輝き、スマホを慌てて取り出すともどかしげにロックを解除し、電話をかけるのを見て、橋本の苦笑はますます深くなった。

☆

夕日がビル群の彼方《かなた》に消え去り、夜の闇が空を覆う中、ヘリが都庁ギリギリの高度を飛んでいく。

バブル時代直後に有り余る金を注《つ》ぎ込《こ》んで作られただけあって、都庁の防音効果は抜群で、羽音は現物よりも遥《はる》か遠くに飛んでいるように思える。

閉鎖された南展望室から永良の死体は片付けられ、エレベーターで下に運ばれた。

血肉の汚れは、トイレに使われる強力な塩素系洗剤で、綺麗《きれい》に掃除され、銃弾の跡以外はなにもない。

塩素系洗剤特有の匂いが漂う中、半分の兵士たちがエネルギーバーと水で簡単な食事を取っている。

残り半分は警戒。三十分すれば交代だ。

「ヘリ、近づきませんねえ。ドローンも来ない」

齋田《さいだ》が双眼鏡で外を見ながら呟《つぶや》く。

「まあ、JALNAC《ジャルナック》ビルを、バンカーバスターで吹き飛ばしたんだ、まだあるかも知れないと思ったんだろうよ」

PCを操作する係の愛村《あいむら》が笑う。

「ネットの調子はどうだ？」

「念押ししたのもあって、切断されてませんね。偽装サーバーに繋《つな》がってる様子もありません」

「クライアントから何か言ってきたか？」

「まだですね……あ、来ました」

INCO専用のメッセンジャーソフトが、メッセージの到着を告げるチャイムを鳴らした。

開封してみる。

「『多少の計画変更はこれを認む、作戦続行されたし……』」

「まあ、すでにクライアントはしこたま儲《もう》けてるだろうしな」

不敵に貢川《くがわ》は笑みを浮かべた。

どこまでＩＮＣＯが知っているかは不明だが、自分たち……永良以外のこの部隊のスポンサーはもう一つある。

ひとつは爆弾を提供した国。もう一つはこの事態を見逃して、軍を動かさないでいてくれている国だ。

どちらからも、貢川たちは、たっぷり礼金を受け取る予定になっている。

☆

新幹線で〈時雨〉たちが〈ツネマサ〉と共に戻ってくるのは夜十時を過ぎてのことだ。

人形町《にんぎょうちょう》のビジネスホテルに移動し、そこの狭いロビーのソファで帰りを待ちながら、橋本はスマホでネットとニュースをチェックした。

内閣と国会は、千葉の幕張メッセに移り、「都庁ジャック犯（政府は彼らを『ウロボロス・リベリオン』と呼称しないことを決定していた）」の要求を受け入れる、と決議するだろうとマスコミにリーク情報が出て、侃々諤々《かんかんがくがく》の論争がテレビの臨時番組で、ネットの上で行われている。

（ネットで何か言っただけで、やった気になれる、ってのが最大の害悪だな）

溜息《ためいき》をついて、橋本は画面をＯＦＦにした。

「そろそろですね」

人数分の部屋をキープした香が橋本の隣に座る。

ホテルに荷物を抱えて移る前に、二回ほど橋本の精を胎内に受けたためか、酷《ひど》く丸い表情になっている。

そうなると普段の切れ者然とした、尖《とが》った部分が消えて、モデルばりの美貌が浮き彫りになるのが面白い。

（こいつを俺以外に、満足させられる男が現れればいいんだが）

ふとそんなことを考えていると、妙に目を引く女がホテルの入り口の自動ドアから入ってきた。

地味なデザインだが、布地も縫製も高級なワンピースに大きな帽子のアフリカ系の女だ。

グッチの古いデザインの、しかし新品同様のハンドバッグを手に、ロビーの奥にあるソファに座った橋本を真っ直ぐ見て歩いてくる。

香が緊張して、腰の銃に手をやろうとするのを、橋本は手を挙げて止めた。

「こんにちは、橋本さん。比村《ひむら》さん」

流暢《りゅうちょう》な日本語。節制と金をかけて磨いた黒い肌に、映えるピンクの唇が、艶《あで》やかな笑みを浮かべた。

「どなたでしょう。初対面だと思いますが」

「ええ、私はよくあなたたちを知っていますが、あなたは私を知らないでしょうね」

女は「座っても？」と訊《き》いた。

応じると、女は優雅な動きで安っぽいソファに腰を下ろした。

どうにも周囲から見てチグハグに見える。

ビジネスホテルの客も、カウンターの従業員も視線を向けるのが居心地悪い。

「私の名は『ポーター』。ＩＮＣＯをやっています」

この女がどこから指示を受けているのか、と橋本は一瞬考えたが、相手はそれを読み取ったように、

「私は、以前あなたたちが会ったような、ＩＮＣＯの操り人形ではありませんよ。あなたたちと対峙した年若い『彼』とは違います」

「……で。そのＩＮＣＯさんが何の御用でしょうか？」

橋本の問いに、女は、

「あなたたちに提案があるんですよ」

微笑《ほほえ》みが深くなった。

ランバンの「わが罪《マイ・シン》」が薄く女の身体《からだ》から流れてくる。

服飾に関して、金の使い方を知っている女なのは間違いない。

「私と契約しません？」

「どういう意味です？」

橋本は女の青い瞳を見た。深い知性、誰かにセリフを吹き込まれて演じているわけでも、頭のおかしい自称ＩＮＣＯというわけでもない。

だが、罠の可能性は否定出来ない。

「つまりね――あなたたちを今東京都庁で上演中の私たちのショウの一部に組み込みたいの。あなたたちＫＵＤＡＮ《クダン》と呼ばれるチームが、我々が組むショウを阻止できるか、私はあなたたちに賭《か》けたい」

「なんでそんなことを？」

「動画を見たでしょう？　勝手に粗筋を書き換えたバカがいるの」

どうやらあの仮面を被った「ウロボロス・リベリオン」が、先代の仮面の男を射殺したのは、ＩＮＣＯにとってもコントロールの外の出来事らしい。

「多分、筋はそのままでしょうけれど、余計な要求をした以上、懲罰を与えないとね」

ヤクザの言う「勝手に踊ったケジメをつける」ということだろう。

「勝手に組み込めばいいだろう。お前たちはいつもそうしてる」

橋本にしてみれば本音だった。ただでさえＩＮＣＯにこの国はかき回されっぱなしだ。自分まで、正式に道具になれと言われて素直に従う気はない。

「それだけじゃありません。私のお抱えチームになりませんか？」

「どういう意味だ？」

「アメリカの犯罪予想システムでは拾いきれないものがありますよね？　――例えば、私たちが企画する犯罪。その事前情報をあなたたちに流す。あなたたちはそれを防ぐ。私たちは防げるかどうかで賭けをする」

どうやら、ＫＵＤＡＮを「当て馬」にでもするつもりらしい。確かにショーは盛り上がるだろうが、人を馬鹿にした話だった。

「断ったら」

「ペナルティは無し。ただ、私たちの若い仲間は、あなたたちを殺したがってますから、それを止めることもなし――多分、この事件が終わって、まだあなたたちが生き残っていたら、彼、また始めますよ？」

「あんたらのコマになることのペナルティはあるんだろう?」

「私を逮捕しないこと」

ひと言言って女――「ポーター」はすました顔をした。

「軽いものでしょう?」

「……日本人はこういう時、どう言うと思う?」

「知ってるわ。『持ち帰ります』って言うんでしょう? そして上司に相談する。警視《シニア・コミッ》監《ショナー》であるクリハラ＝サンと」

「……日本通だな。随分と」

呆《あき》れ半分、驚き半分で答えつつ、橋本は「ポーター」から視線を外さない。

「疫病《えきびょう》のお陰で三年もこの国にいるんだもの。色々憶《おぼ》えるわ。日本語がそのうち母国語になりそうよ」

そう言いつつ、肩をすくめる仕草は、どうあがいても日本人には真似の出来ない、小粋さがあった。

「持ち帰って結構。今はお忙しいでしょうしね――ハンドバッグ、開けてもよろしい?」

橋本と、香に視線を向けて「ポーター」は穏やかに許可を求めた。

橋本が頷くと、中に人差し指と中指だけを入れ、名刺を取り出す。

「決まったら、こちらへ連絡を……いいお返事を期待してるわ」

爽やかな笑みと共に、女は立ち上がり、くるりと背を向けた。

「あと二、三分したら、貴方《あなた》の仲間たちが到着するわ。一人増えてるから驚かないでね」

大胆に露出させた背中と、アフリカ系にのみあり得る、丸く盛り上がった大臀筋《だいでんきん》が判《わか》る尻をゆらしながら、ゆっくりと立ち去っていく。

一瞬、見とれそうになるが、香が咳払《せきばら》いして、橋本はそれを何とか抑えた。

「どう思います？」

香の問いに、橋本は首を振って女の残した名刺を写真に撮って、それ自体を香に手渡した。

「栗原警視監《さん》に後で届けろ」

そう言って腕組みをする。この数日、クーデターを頂点として、偉くややこしいことばかり連続して起きている気が、した。

☆

そして、女の言ったとおり、二、三分ほど経《た》った辺りで、〈ツネマサ〉たちが戻ってきた。

「お久しぶりです、〈ボス〉」

全員、上半身はTシャツ、下半身はタクティカルスーツのズボンとコンバットブーツで固めていた。

中に一人、Tシャツなのは同じだが袖をまくり、下半身はジーンズに安全靴という、真っ黒に日焼けした筋骨隆々の大男がいる。

「そいつは誰だ？」

思わず指差して訊いてしまう。

「吹雪《ふぶき》の旦那、俺だよ」

橋本の公安時代の偽名を口にし、にやっと笑う笑顔を見て三秒、ようやく気がついた。

「お前、足柄《あしがら》か？」

きょとんとする香と橋本を見て、〈ツネマサ〉たちが「やっぱり」と笑った。

「オレたちも最初誰か判らなかったんですよ」

「そりゃそうだろう。体重半分になったんじゃないか——いや、それよりもお前、何しに来た？」

「そりゃねえだろうが」

心外だという顔で足柄は口をへの字に曲げる。

「あんたのとこの連中を匿《かくま》ったお陰で俺までＩＮＣＯに襲われた。車はお釈迦《しゃか》、俺の顔も手配書に載ったかもしれねえ——聞きゃあ今回の騒動、ＩＮＣＯがらみだって言うじゃねえか」

「まあな」

「ＩＮＣＯはおっかねえが、俺とお前さんたちが一発カマして、俺たちに手出しすれば高くつく、ってことが判りゃ俺に手出しも出来なくなるだろう？——第一、俺ぁ、舐《な》められるのが嫌《きれ》ぇでな」

「相変わらずヤクザだな」

「ああ、ヤクザだからな」

にやりと足柄は笑った。

橋本はあきれ顔になったが、すぐ真顔に戻り、全員についてくるように促す。

ここのロビーでは、会議もへったくれもない。

ビジネスホテルだが、最近のリモートワークなどの影響で、会議室の貸し出しも行っている。会議室は地下にあり、六人が、ひとつのテーブルを囲むことができる。

光ケーブルも通っており、プロジェクターも完備、何よりも防音加工が、壁にも床にも施されている。

一同は階段を降りていった。

橋本は、ホテルから受け取ったシリンダーキーで、部屋の鍵を開ける。

香が、盗聴機検知器を手に、あちこちを回り、ＯＫサインを出して、全員が荷物を入れたカートごと部屋に入った。

「で、都庁へ突入すんのか？」

「いや」

橋本は首を横に振った。

「腹にダイナマイト巻いて、ガソリン被ってライター持ってる相手に、真っ正面から突っ込んでも巻き添えになるだけだ」

「なるほど、タイミングを待つか。ってことは、例の二〇〇億と、現金の二十億は回収しねえってことか？　勿体《もったい》ねえ」

「万が一、汚染爆弾《ダーティー・ボム》がドカン、と行けば経済損失は二二〇億なんて小銭に見えるレベルで計り知れん……まあ、本当に中身がプルトニウムなら、だが」

「そうじゃなくても放射性物質がばらまかれた首都東京、なんてのは観光どころか、だもんなぁ」

「さすが、経済ヤクザ」

橋本は、珍しく相手をおだてた。

「茶化すない。とりあえず、どうするつもりか教えてくれよ」

「その前に、やれることをやっておく……〈トマ〉」

橋本は、久々に女装姿ではなくなった〈トマ〉に声をかけた。

「送ったものの解析は出来たか?」

「あ、はい……その、自動的に消滅したりとか、そういう仕掛けは一切ないです、これ……ただのアプリファイルで、それも基本テキストとjpg《ジェイペグ》データなんで、そのまま呼び出せました……でも」

〈トマ〉は、身体《クレッソー》の前に持っていたノートPCを開いた。

「あの、この紅通の爆破用設計図と、JALNAC砲撃計画の作業用フローチャートだけ、微妙に大きいデータだったんで、解析したら、メタデータに仕掛けがしてあって……」

〈トマ〉がPCを操作すると、その二つの画像が展開して、文字列になった。

「作戦地図が、フローチャートの中に入ってる暗号の解読プログラムになってました。正確に言うと、これをコピーしてHTML内で走らせれば、こういうものになって」

よくある翻訳サイトそのものの画面が出てきた。

「で、ここにこの数字を放り込むと……」

翻訳の時間を示す砂時計が現れ、すぐに表示が出た。

東京都庁の地図と詳細な警備計画、監視カメラの位置、機動隊が出動して警護を固めたときの要所、機動隊装備の最新情報と、予想される指揮官の候補、さらに公開されていない非常用の出入り口やセキュリティシステムの詳細資料が現れる。

「これ、都庁の襲撃計画か……日付は半年前になってる」

さらに、画面をスクロールさせていくと、具体的な襲撃の手はずや、二〇〇名の人員で実行した場合から始まり、その四分の一、五十名の人員で実行する最悪のパターンまで、様々な状況を想定した草案がまとめられていた。

そこには、最終計画において、プルトニウムを用い、汚染爆弾の使用が考えられることと、その場合、作戦先は東京都庁とスカイツリー、この二箇所に絞られること。

永良の直接の上司である、U氏とS氏は、スカイツリーにおいて通常の爆弾をセット、タワー破壊と引き替えに、国民相手に最高額の支援金と減税を求めさせ、それを彼等が説得することで名を高め、永良は警察に引き渡され連行中に逃走、という着地点を提案。

しかしスポンサーは、これを受け入れつつ、実質拒否を決定、永良に全権を委任。計画を立案させたとあった。

「UとSって誰です？」

横から覗《のぞ》いていた〈ツネマサ〉が首を捻《ひね》った。

「これは恐らく、今日の夕方死んだ宇豪敏久《うごうとしひさ》と、もみ合いの末に、宇豪を撃った瀬櫛刊京《せぐしおみのり》だろう」

「なんだそりゃ？」

「瀬櫛の証言だと、都庁襲撃の黒幕が宇豪で、そのことを確認しにいったら相手が拳銃を出した、もみ合いになったら撃ってしまった、ってことらしい」

「あー、つまり若いのが、年寄りをトカゲの尻尾《しっぽ》にしちまったわけか。下剋上だねえ」

〈狭霧〉が口を、への字に曲げた。

「随分と浅ましい話ですわね」

〈時雨〉も、少々あきれ顔である。

さらに橋本は、画面をスクロールさせた。

〈ツネマサ〉の口から溜息が出る。

そこには、

「計画実行のさい、憂慮すべき点がひとつ。

我が仲間たるKに、謀反《むほん》の意図あり。中隊の四分の一は彼の側にすでにつき、四分の二は優位になれば彼の側につくものと思われる。実質、部隊内の権力勝負は既に終結しており、当方、計画遂行中に殉職《じゅんしょく》する確率高し。されど実行セリ。これ我が最後の仕事也《なり》」

とあり、その後、Kこと貢川がどう計画を変更するか、汚染爆弾をどう使うかまで書かれており、金の要求と、逃走ルートを二箇所に用意させるところまで予想され、その要求金額の数字と返答までの時間も、ピッタリ一致していた。

二十億を、日本円の現金で用意させるところまで、だ。

「超能力者か、この人は」

ここまでくると、橋本としては、半分呆れる。

「預言者みたいですね……自分の運勢占ってしまった、って感じで……」

〈トマ〉が言ったことは、全員の総意の代表、とも言えた。

「避けようがなかったンスかね……なんか、覚悟の自殺の遺書みたいだ」

「文書、まだ続いてるみたいですよ」

それまで黙っていた香が冷静に指摘する。

確かにスクロールバーには、最下端まで、まだかなり余裕があった。

下ろしていくと、二つの汚染爆弾の写真が出てきた。

「あー、俺に輸入しろって言ってたDJってのは、こいつのことか」

その写真に映っているふたつの爆弾に書かれた「JOSE《ホセ》」と「PADILLA《パディージャ》」の文

字に足柄が声をあげる。

「なんだそりゃ？」

「ホセ・パディージャとかいうＤＪさんと同じ名前の武器を足柄さんは密輸しろと言われたそうです」

橋本の疑問に〈時雨〉が答える。

「ああ、そいつは、中東のアルカイーダにいる汚染爆弾の専門家の名前だ。今は改名してアブドラ・アル・ムジャヒルって名乗ってる」

「それだと三発になっちまうから昔の名前を暗号名に使ったわけか……ロシアも変なとこにこだわるなぁ」

足柄がようやく納得したと頷く。

「都市非対称戦用戦略汚染爆弾・『勝利者《パビェジーチェリ》』３だぁ……ふざけた名前つけやがって」

マニュアルを読んだ橋本は、思わず舌打ちした。

「完全に都市破壊や大規模恐喝《きょうかつ》用の道具じゃねえか。アメリカ軍のＣ４のコピー品を使ってるから、爆発力はそこそこ、だが粉末状のプルトニウムの散布力だけはある……パキスタンの『ハイデラバード』並みにタチが悪いな」

「なんだそりゃ」

足柄が、興味深そうに訊ねる。

「パキスタンの試作核兵器の暗号名だ、爆発力は同量のTNT爆薬並み、そのくせ残留放射性物質の量と、汚染範囲は同重量のアメリカの核爆弾並みっていう代物でな、あの国にカーン博士が出てくるまで、暫《しばら》く核開発がストップするぐらい酷い出来だった」

カーン博士、というのは「中東のオッペンハイマー」と言われ、一九九八年についにパキスタンで核実験を成功させた、アブドゥル・カディール・カーン博士のことである。

「よく知ってるな？」

「汚染爆弾のご先祖様とも言われてる」

「へー」

下らないお喋《しゃべ》りをしながらも、橋本はマニュアルを読み進める。

「有線、無線による遠隔操作はもちろん、Ｂｌｕｅｔｏｏｔｈでも起動可能って……スマホのアクセサリー感覚で使えるのか」

「うわ……」

さすがに、この中では軍事素人《しろうと》の〈狭霧〉でさえ、顔をしかめる話だ。

スピーカー感覚で、放射性物質をばらまける爆弾というのは、タチが悪いジョークにしても、悪夢の類《たぐ》いと言えよう。

「無力化する方法はないんですかね？」

〈トマ〉が青くなって訊ねる。何しろその爆弾と、下手をすれば心中、ということになるのだから当然だと言えた。

「ロシア製だから、そういうのはないかもなあ」

それまで黙っていた、〈ツネマサ〉が暢気《のんき》に物騒なことを言うが、橋本は首を横に振った。

「いや、意外にロシアはその辺徹底してる……というか、人間を基本信用せずに、全部機械にやらせておきたい、って所は日本人と共通してる……いや、日本人以上だな。日本は最終的には人力でなんとかしたがる。あの国は皇帝《ツァーリ》が支配してるころから、最終的には、現場の人間を信用してない。とくにテロを行うような、制服も着けない工作員はな」

「じゃあ当然……」

「どこかに最終的な無力化か、解除システムがあるはずだ。そうでなかったら、最後のスイッチを入れた途端にドカンといくか——」

橋本は、マニュアルを読み進めた。

橋本たちの動きとは無関係に、世間は「汚染爆弾による都庁立てこもり事件」を認知し、パニックは広がっていく。

☆

夜九時。

ＪＲの下り線が乗車率二〇〇％を越え、さらに山手線には飛びこみ自殺がその夜だけで五十六件も連続発生して、山手線は二〇二一年十月以来の全面運休を余儀なくされた。

ネットショップでは、ガイガーカウンターが東日本《311》震災以来、再び飛ぶように売れ、いくつかの通販サイトのサーバーが落ち、転売屋が、深夜の秋葉原《あきはばら》などへ走る風景が、動画配信者の手で、あちこちに拡散された。

夜十時。

在日アメリカ軍が東京都と関東一円にいる外国人旅行者、軍属と日本にいるアメリカ人の大規模輸送を決定。

各種動画配信サイトでは「放射能の避け方」というタイトルが、検索リストのトップにあがり、科学解説系の動画配信者の中には、この混乱に乗じてインチキ商品、オカルト系商品を売りまくる者も現れ、それを批判するもの、非難するもの、擁護する者で泥沼の状況がはじまり、さらに、それを面白おかしく解説することで、視聴者数を稼ぐ配信者も出てきた。

深夜零時。

在日アメリカ軍横田基地から、最初の外国人、アメリカ人脱出者を乗せた輸送機、C130が飛び立った。

深夜を過ぎると、ばらまかれた銃器の回収、および使用者の逮捕は、急速に進んだ――都庁ジャックによって、これ以上のテロは起こらないと判明したこと、さらに汚染爆弾によって、東京を脱出することが、ほとんどの都民の眼目になった以上、銃器に群れる余裕はよほどの理由がある者だけに限られた。

午前三時。

政府と警視庁は、都庁前まで警視クラスの職員を送りこみ、立てこもり犯との交渉を行おうとしたが、銃で威嚇《いかく》射撃をされるのみで終わった。

汚染爆弾の恐怖は、現場警察官の職場放棄をも、生み始めた。

夜が明けてくると、それが明らかになっていく。

午前六時から十時にかけて、警視庁管内では、出勤拒否をして遠くへ逃げる者、中には勤務中に職場放棄して制服姿でパトカーに家族を乗せ、サイレンを鳴らして他県へ避難する、という者まで現れた。

警視庁の警察官、四万三千五五六人のうち、一一三四人が辞表を提出し、七八〇人が病気理由あるいは無断欠勤、四十名が長期休暇に入ったが、それでも三万人以上の警官が職場に残って任務を続けた。

消防官一万八千人、消防団員二万六千人は離脱者がほとんどなく、市ヶ谷《いちがや》の防衛省の職員や関東の自衛官も、離脱者は十名以下という数字になった。

これが汚染爆弾と、犯罪からの距離感からくるのか、それとも正常化バイアスの強さによるものかは不明である。

——と、それを報道するマスコミもまた、一枚岩ではない。

職場放棄をするテレビマンや、新聞記者はもちろん、編集デスク、会社役員も続出した。ある放送局は「うちは報道が主体じゃない」と報道部のデスクが言い放って、部下たちにも職場放棄を勧め、退社し、部下たちもそれにならって避難を始めた。

が、最後まで残る、と覚悟を決める者も、ごく僅《わず》かではあるが、存在した。

既存マスコミに、取って代わる勢いの動画配信者も、逃げる自分の様子を、面白おかしく配信する者もあれば、不安を正直に訴える者、そして覚悟を決めて、東京に残る、と表明した者もいる。

残ると決めた者は、封鎖された新宿へ、都庁へとなるべく近づき、カメラを向ける。

中には、封鎖をくぐって中に入り、逮捕される者も続出した。

☆

千葉に移った政府は、事件発生から十八時間後の午前八時、やむなく「都庁立てこもり犯」の要求受諾を「超法規的措置」として全面的に認め、これを遂行するために、国税局、財務省、外務省、国土交通省はフル稼動することとなった。

政府草案と実行計画をまとめるため、官僚たちは不眠不休、かつ残り十四時間で全てを完了するという前代未聞のことへの対応が決定したのである。

この、突貫作業の責任を取らされる者が必要、ということで、各省庁でこの「要求遂行」に関わった課長クラスの職員は全員、あらかじめ退職願を書かされ、あるいは退職してほしいとの要請を受けた。

内閣官房からも数名、辞職要求を受けた者がいる。

どう見ても、今日は日本の法律上も制度上も、「無茶」をする必要があり、その結果、誰かが責任を取らねばならないからだ。

それを、政治家がとらなくなって、この国は久しい。

午後十二時。

政府首脳は、千葉県庁ロビーで記者会見と配信を行い、要求の全面受諾を、国民と世界へ向けて発信した。

「……以上、人命最優先による、超法規的措置である、ということを踏まえて、何卒《なにとぞ》、国民の皆様には、この判断をご支持願いたい」

事件発生から二十二時間で、げっそりやつれた顔の首相はそう言って、深々と頭をさげた。

記者クラブだけでなく、外国人記者も大量に入れた記者会見場は、怒号と質問の嵐となり、フラッシュが会場内を真っ白に染めた。

第七章　路上殲滅

☆

橋本《はしもと》たちが、装備類を神田駅近くの駐車場で受け取ったのは、午前零時ちょうど。

引き渡しに来たのは、植木《うえき》だった。

「書類にサインさせたいが、どうも、そういうのはないらしい」

苦笑しながら植木は、「装備」の詰まったトレーラーのキーを、橋本に渡した。

「まあ、国家というか、日本警察存亡の危機だ、いちいち書類仕事は出来ないんだろう」

「やればやったで、誰の責任か、後日追及されるしな」

「お役所ってのはそういうもんだ……しかしまあ、ウチの国もやろうと思えば。できるんだな、短時間での対応」

「で……やつらに対抗するのは、俺たちだけか？」

「ああ、普通の爆弾ならいざ知らず、汚染爆弾ともなればな……失敗したら、今の与党でも有耶無耶《うやむや》にはできん。内閣総辞職どころか与党が解党、長老格は議員辞職ものだ」

「警察幹部だって無事じゃ済むまい。今頃自衛隊に笑われてるだろうな――『こっちに任せてくれれば五分でカタが付くのに』ってな」

「そのためにお前さんがたを、お偉方は見逃してるわけだろ――失敗したら正体不明の連中が勝手にやったことにする腹づもりだ。下手するとお前等ＩＮＣＯ《インコ》の手先ってことになるかもな」

「まあね」

昼間、そのＩＮＣＯのひとりが、共闘を持ちかけてきたことは黙っておくことにした。

「それにしても、お前等、毎回こんな贅沢《ぜいたく》なことしてんのか？」

植木の顔には、やっかみが半分、うらやましさが半分というところか。

公安のみならず、警察にいれば予算の問題は、どこまでもついて回る。

それは、公安の非合法な「作業」を行う「ゼロ」であっても同じだ。

今回の橋本たちの有様は、植木からすれば、かなりやりたい放題の予算に見えるだろう。

「んなわけあるか。お前等同様だ。むしろ独立採算だからひでえもんだぞ。やった後の赤字処理だの穴埋めだので」

「そういえば一年前、都内の半グレ相手に妙な強盗が出たことがあったな。なぜかロシアの銃使って、現金の三割上限でしか持っていかないっていう……」

どうやらこれまで同様、公安「ゼロ」は、しっかり橋本たちの行動を把握しているらしい。

「知ってるなら言うな」

憮然《ぶぜん》とした顔で橋本は話を変えた。

「で、奴らから追加要求は来たか?」

「ああ、夕方前から、東関東自動車道と、首都高中央環状線を封鎖、首都脱出の大渋滞をどうするかで大揉《も》めに揉めたが、結局『汚染爆弾が通るコース』とマスコミに発表したら空っぽになったよ……といっても、完全に封鎖できたのは五分前だが」

「奇跡だな」

「無理ならクレーンを導入して片っ端から車を下の道路に降ろす案が実行される予定だったらしい……今日明日は国土交通省からも辞表が山のように提出されるだろうよ。法律も仕組みもあったもんじゃない。オマケに日本人が昔から持ってた核アレルギーを刺激するどころか、焼け火箸を突っ込むような話だしな、今回」

「まさかの核ジャックじゃ、ウチの政府も官僚様もウカウカは出来ないってことか」

「それと移動用のトレーラーに、エアキャノンをご所望だそうだ」

「エアキャノン?」

「デカイ金属の筒に、炭酸ガスの噴射装置をくっつけた奴だ。ボーリングの球とかを打ち出して、ガラスや壁の耐衝撃実験とかに使うやつさ……何考えてるんだか」

「金をばらまくんだろう」

橋本は即答した。

「今、頭を取ってる貢川大《くがわまさる》は、学生時代から虚栄心の塊だったらしい。ネット右翼やってた時も自分が目立つために、他人を蹴落とすなんてザラで、自分の所属してるところから、それで追い出されたぐらいだしな」

貢川は、その後ロシアのPMC、ワグネルに身を寄せたため、ロシア部門の橋本にも、香《かおり》同様に、ある程度の知識はある。

「二十億をばらまくつもりか」

「移動するとしたら、都内で高速道路周辺、あるいは空港の手前でばらまく、と言えば警察の封鎖を突破して暴徒が押し寄せる。大混乱は奴らの望む所だ」

実を言うと、ここまでは永良《ながら》のレポートにあった貢川の心理分析を元にしている。

「狙撃よけのお札にしちゃ、偉い豪勢だな」

「すでに二〇〇億儲《もう》けてる連中だ、二十億ぐらい端金《はしたがね》だろ」

「儲けの一割だぞ？」

「生き残り税、だと思えば悪くないさ」

「まあ、都庁を汚染爆弾でジャックしてる時点で、頭がイカレてるんだから、そういう考えもありか」

「で、どうするつもりだ？」

「羽田は無視する。距離は短いが、山手トンネルがある――奴らの性質上、ウェブから遮断されるのは嫌だろうし、出入り口を爆破で塞《ふさ》がれれば、ダーティボムも無効化する」

「奴ら、担いで来るつもりか？」

「一発は都庁の屋上に残すだろうよ。だがもう一発は保険で持って来る。でなきゃ二発用意する理由がない」

「片方フェイクってことは……」

「それならとっくに動いてるだろ？　公安も内閣調査室《ナイチョウ》も防衛省の情報局も、それほどアホじゃなかろうし」

「……本当に、あの手立てでいいんだろうな？」

「『モスクワ・スイッチ』のことか？」

「ああ」

「俺が思いつく限りそれしかない。マニュアルに書いてあるんだ。今さら、関係が冷え切ったロシアに訊《き》くわけにもいかんだろ？」

「そんなことしたらあの大統領のことだ、今度こそ北海道を取られかねない」

「そういうことだ」

「で、どこで仕掛ける？」

「ついてくる気か？」

「いや」

「なら極秘だ……知ってたら、お前こそ首が飛ぶぞ……全て事前に渡した計画通りで頼む」

「判《わか》った」

☆

深夜二時。

時間が来た。

北展望室で、それを報せるタイマーの後、口座確認をしたＰＣ担当が力強く「入金確認」を意味する拳を振り上げ、男たちは歓声をあげた。

「よし、ショータイムだ！」

貢川の大声に、生き残っている二〇〇名の「ウロボロス・リベリオン」の兵士たちはさらなる歓声をあげた。

言いながら、両手で、円筒型の汚染爆弾の中央に設置された、液晶部分を押し込む。

液晶部分に灯《ひ》が灯《とも》り、一時間二十三分からアラビア数字が減り始めた——カウントダウンが開始されたのだ。

「撤収作業開始！」

半分の人員が、エレベーターに乗る。

残り半分は階段で降りていく。

都庁の正面ロビーに、臨時の弾よけも兼ねて突っ込んでいたトレーラーの、コンテナ部分が粉々に吹き飛び、周辺に避難しきれず残った、路上駐車の車両の窓ガラスが粉砕された。

指向性爆薬なので、綺麗《きれい》にコンテナは取り除かれ、そこから完全武装した貢川たちが出てくる。

銃弾飛び交う戦場で鍛えられた男たちの、瓦礫《がれき》を踏むコンバットブーツは、驚く程足音を立てず、二〇〇人の精鋭たちは顔を奇妙な柄《がら》の布――顔認識プログラムを阻害するデジタル用迷彩だ――で出来た目出し帽で覆い、外へ出て行く。

隙なく四方を警戒しつつ、最後に、台車四台をアメリカ製の強力なダクトテープで繫《つな》いだものの上に、汚染爆弾が一発、ゆっくりと現れた。

周辺の投光器が彼等を照らす。

「撃つなよ！　撃てば、こいつは作動する！　都庁の屋上に残ってるもう一機の爆弾もだ！

俺たちがある程度都庁から離れたら今度は時限装置に推移する。解除キーは俺たちが無事に空港に到着してから教えるぅ……」

ハンドマイクで声を張り上げながら、貢川はトレーラーに向かった。

トレーラーが五台、軍用車から転用されたＳＵＶ、メルセデス・ベンツ「ゲレンデ」の最新型Ｇ３５０ｄが五台。

それぞれに二〇〇人が分乗していく。ベンツにはドライバー込みで五名。

グラスルーフを開けて、米軍のミニミの7・62×51ミリ口径版、Ｍｋ48を三脚で据え付けた。

普段なら、何らかの仕掛けがないかをチェックするが、この状況で日本政府が、そんな仕掛けをするはずはない。

真ん中のトレーラーに、爆弾を積み込む。

トレーラーはそれぞれ、コンテナ部分は左右のパネルを留める蝶番《ちょうつがい》が、焼き切られて側面が半分吹きさらしになっている。

これも追加要求の通りだ。

指示通り、真ん中の、爆弾を納める一台には、要求したエアキャノンと一〇〇〇万円ずつ帯封無しでまとめられた札束が山を作っていた。

二十億円分。

その床に、貢川の部下たちはM3重機関銃を据え付けてネジ留めする。その間にも兵士を配して、M4を構えさせた。

汚染爆弾も、本体下部にある「脚」を広げ、素早く部下たちが溶接してコンテナのど真ん中に固定した。

ドライバーはいない。彼等「ウロボロス・リベリオン」の傭兵《ようへい》たちが行う。

指定通り、差しっぱなしの鍵が回され、重々しいエンジン音が真夜中のビル街に響く。

エンジンに火が入ったトレーラー二台は、ゆっくりと動きだした。

警察の投光器が照らしだす道路を、ゆっくりと二台のトレーラーは移動していく。

羽田方面と成田方面の道は、「核爆弾が通る」という、情報の流布もあり、自発的に、避難地区となっていた。

故《ゆえ》に東京のど真ん中にありながら、周辺のビルは全て明かりを消し、廃墟《はいきょ》のように立ち並んでいる――万が一の事があれば、そのまま本物の廃墟だ。

プルトニウムは、マグカップ一杯のコーヒーに含まれるカフェインの数十分の一、わずか十三ミリグラムを吸引するだけで人が死ぬ。それが一発につき六キロ、つまり四十六万人以上が命の危険にさらされる。

プルトニウムで汚染された、という風評被害は、それ以上の危険性を孕《はら》む。

半減期は二万四千年。たとえ除染しても恐怖心は残る。

「見ろよ、撃てないスナイパーさまで、屋上が鈴なりだ」

仲間の一人が指差して嗤《わら》う。

一発でも撃てば、何が起こるか判らない。だが、「何もしませんでした」では事件が終わった後の責任問題に発展する――カカシのように棒立ちで、銃をケースにしまって背負ったまま、構えないスナイパーや、盾を持って遠巻きにこちらを囲む機動隊員の群れは、そういう「政治家と官僚の言い訳のために」存在していた。

たった三日にも満たない、こちら主導の一方的な恐喝《きょうかつ》の作用だった。

（日本以外じゃ通じないやり方だ）

哄笑《こうしょう》の衝動に、口元を歪《ゆが》ませながら、貢川は思う。

アメリカには国家テロ対策センター《NCTC》が存在し、他国にも、こういう事態も想定したマニュアルが存在する。

中国においては、恐らく全人代（全国人民代表大会）に爆弾が持ち込まれても、国家の威信に賭けて交渉は成立せず、殲滅《せんめつ》しようとするだろうし、これが汚染爆弾ではなく本物の核弾頭でも同じ処理をされるはずだ。

日本には、これらに相当するものがない。だからこそ可能な電光石火の恐喝行為だ。

クーデターなんかではない。それを看板にした恐喝だ。

道路に出て一〇〇メートルほど走ると、貢川たちの上空をヘリコプターが飛ぶ。

報道機関のものと、警察関係のものが混じっている。

「立ち上げろ」

貢川は「仮面の男」のマスクを被って、仲間に促した。

仲間のPC担当が、数台のPCとカメラを立ち上げ、ネットに繋ぐ……この日のためにあらゆる偽名を使い、契約した回線は国内外を含めて三十社分におよぶ。

「やあ、みんな！　寛容な日本政府は僕たちの言うことを聞いてくれた！　これで君たちは安・全！　御祝儀に二十億を配るよ！　どこかの社長がＳＮＳで配るみたいに、ブラックボックスは無し！　これからこの……」

そう言って貢川は、背後に据え付けられたエアキャノンを示した。

「エアキャノンに、一億ずつを詰めてぶっ放す！　都内で十箇所、千葉に入ったら十箇所、最後に空港ちかくで二回ぶっ放す以外は適当に決めてるゥ！　実況してるから今からお金が欲しい人は首都高沿いに集まっておいで！　成田かな？　羽田かな？　じゃあねー！」

大仰な身振り手振りでそう宣言すると、貢川はエアキャノンにカメラを向けさせた。

ＳＮＳの拡散数が、指数関数的に増えていくのを、ＰＣ担当が画面を見せて示す。

「本気でやるんですか、二十億」

「俺たちのやったことを、歴史に刻み込むんだ、二十億なんて安いだろう？」

笑って貢川は、仮面の頬《ほお》を掻《か》いて見せた。

まるで本物の顔が、痒くなったかのように。

ロシアに渡ってから押し隠すようになった、自分の中の「大事な何か」が大きく膨れあがってくるのを感じる。

上にいた、永良武人《たけひと》という、リアルな「軍人」の前で作り上げていった、これまでの自分が偽物だったと。

車は成田へ向けて、高速道路に乗る。

あとをパトカーと、窓に投石防御の金網を張った遊撃車、四角四面のデザインが印象的な特型警備車に、化学防護車が続く。

「まるで大名行列だな」

思わず、貢川の顔に笑みが浮かんだ。

騒音防止の外壁が、左右に延々と続く道をトレーラーで移動しながら、真夏の夜の風が次第に心地よくなっていくのが判る。


この風景だ。


静まりかえり、明かりを落とした、廃墟のような東京。

道路にいるのは自分たちと、後をずっとつけてくる警察のパトカーだけ。

その回転灯の光と、ヘッドライトに照らされて浮かび上がる、死んだ街。

以前の疫病騒動の時でさえ、ここまで徹底した「闇」はなかった。

これを自分は夢見ていた。

国を憂《うれ》う自分を疎外し、繁栄を謳歌《おうか》し、ズルズルと、世界における最新の地政学と軍事事情に置き去りにされながら、東欧の様子をよそに、暢気《のんき》に平和を謳《うた》い、何事にも反対しか出来ない左翼ども、そしていたずらに戦争を弄び、緩みきった太鼓腹に軍服という勇ましい格好をして、英霊のいる場所をうろつくだけの、かつての仲間でもあったクズども。

現実を見ろ。自分たちのいる「セカイ」ではなく「世界」を見ろ。

そう声を嗄《か》らしても、誰も耳を貸さない。

いつしか、それに腹を立てて、自分は違うと証明するために、世界へ飛び出た。

本物の銃を抱え、実弾の飛び交う戦場に赴《おもむ》いた。

そして生き残った。彼等とは違うのだと証明した。

結論は強固になった。

永良を殺したのは、ただの損得の問題だったが、それ以上に腹にくすぶっているものが、汚染爆弾の現物を初めて見た時から、貢川の中で、ゆっくり大きく膨れあがっていたのだ。


この国は燃やされるべきなのだ。まず自らの手で、そして諸外国の手で。


(自分たちは始まりに過ぎない)

流れていく風景を受けながら、興奮で体温を上げつつ、貢川は思う。

これが成功裏に終われば、世界中のテロリストたちが、この、日本という、甘い果実に気付く。

中国よりは見劣りするが、台湾よりも韓国よりも、ベトナムよりも富が集中し、しかし、ハイテクは衰え、緩みきった脂肪のついた腹を見せ、暢気に昼寝をしている豚のような国が、この世に存在することに。

さらに銃をばら撒き、この、世紀の恐喝を成立させれば、この国の人間は気付く。

「暴力は正しい」と。

あらゆるものを撃ち砕き、屈服させ、黙らせるには、武力という名の暴力が、最優先手段だ、という世界の真理に。

この廃墟のような風景は、いずれ本物の廃墟に変わる。

血が流され、悲鳴が上がり、その末に、この国は生まれ変わる。

侵略もあるだろう、戦争もあるだろう。それでもこの国は立ち上がる。

七十年以上も昔、焼け跡から立ち上がったように。

（俺は、この国に未来を与えたのだ）

マスクに覆われた貢川の顔に、無邪気そのものの笑顔が浮かぶ。

車は江東区に入った。

夏の海風が頬を撫《な》でていく。

「俺は、真の愛国者だ」

久々に、そんな台詞《せりふ》が、貢川の口からこぼれた。

「よし、金を装塡《そうてん》しろ！　貧乏人にばらまいてやる！　荒川を越えたら撃て！」

イギリスはロンドンの「ビッグアイ」を思わせる、葛西海浜公園の大観覧車が見えてくる——あの観覧車が朽ち果て、半壊したまま見向きもされない風景を、貢川は想像した。

その風景こそ、理想郷だった。

言われて、二千万ずつラップされた札束を、部下が用意されたエアキャノンに装塡した。

江戸川臨海郵便局の辺りへと、エアキャノンは角度をつけた。

発射の際に高圧縮された、炭酸ガスが解放される鋭い音が響いた。

パトランプの光に照らされて、先《ま》ず一〇〇〇万円分の札束が空中目がけて撃ち出される。

ラップは空中で解け札束を防音フェンスの向こう側へばらまいた。

歓声が上がる。

SNSで予想し合い、集まった連中が賭けに勝ったのだ。

☆

「陸上自衛隊には便利な道具があるもんですな」

植木はSATのヘルメットに、濃紺の出動服《アサルトスーツ》の上にボディアーマーという出《い》で立《た》ちで、かなり前に息せき切って駆け込んだ、都庁の南展望室の真下――四十四階でモニターを見つめていた。

南展望室を地面すれすれから見上げるような、魚眼レンズの丸くディフォルメされた視界がモニターに映っている。

鰐革《わにがわ》のようなサイケデリックな塗装を施された「都庁思い出ピアノ」の残骸《ざんがい》を左手隅に、ゆっくりと中央に置かれた、円筒型の本体の上に、鉛でコーティングされた大きめの砲丸サイズの球体を頂いた汚染爆弾へと視界が横移動《パン》する。

「試作品です」

これを持って来た三輪出雲《みわいずも》一等陸佐は短く答えて、部下に「スモーク」と告げた。

筋骨逞《たくま》しい身体《からだ》を無理矢理背広に押し込んでいるような、いかにも実戦向けの外見だが、驚いたことに「市ヶ谷」の別名でも呼ばれる防衛省情報局の所属だ。

目視していても、驚く程気配が薄い。整った顔立ちなのに、どこか生気のない虚《うつ》ろな目つきも相まって、幽霊のようにも思える。

彼がここにいるのは「非公式」である。警察庁の幹部の「個人的要請」により、「非番のなか、私的にアドバイザーとして、ここに機材ごと赴いて」いる。

植木たち、SATを含めた公安関係者が見つめる二十インチモニターに繋がっているのは巨大なドラム型延長コードにモーターをつけたような道具だ――ただし、ドラムから送り出されているのは光学ファイバースコープであり、その先端は多脚型のドローンだ。

ドローンと言えば空を飛ぶものという認識を世間では持っているが実際には無人標的の意味であり、直接人が乗り込まない小型移動装置全般を指す。

そして、このドローンはファイバースコープを四〇〇メートル離れた場所に送りこむための「繋ぎ」の役割と、それだけではこなせない、いくつかの機能を補佐する。

防衛省が災害時の人命救助のために民間企業と共同で開発したものだが、同時に、建物内にテロリストが立てこもった状況に対応出来る機能も「予備」として付与していた。

三輪の命令で、ワイシャツにネクタイを締めたその部下が、あれこれとキーボードを操作すると、ドローンの内部に仕込まれている超音波噴霧器が、霧状になった水を撒く。

すると、周辺に糸のように張り巡らされている光の線が見えた。

「橋本からの情報通りか」

植木は呟《つぶや》く。橋本から事前に貰った情報通り、この階にはまず、エレベーターと階段の入り口に体温センサー、さらに光センサーが張り巡らされていて、どれも全てロシア製の対人地雷に紐付けがされている。

迂闊《うかつ》に突入すれば、途端に大被害がでるだけでなく、その衝撃や爆発に巻きこまれ、汚染爆弾も誘爆する可能性があった。

「しかし、本当にこれで解除出来るんですか？」

井手《いで》と名乗った技官が、三輪一佐に訊《たず》ねた。

「ソヴィエト時代からあの国が怖れているのは、いつだって民衆と、現場の叛乱《はんらん》だ。だから核関係の兵器類には必ず、『同志のボタン《タヴァーリシチ・クノーブカ》』……我々西側が言う所の『モスクワ・スイッチ』がある」

静かに三輪が答えた――橋本が情報を伝えたときとまるっきり同じ内容で、思わず植木は苦笑する。

「信じるしかない。それとも逃げるか？　汚染爆弾が怖くて逃げるのは恥じゃないぞ。放射性物質は防弾ベストでは防げない。ここにいるのは我々が『非番』だからだ。休みの日の行動は、常に自由だぞ」

三輪は怒るわけでも軽蔑《けいべつ》しているわけでもない、表情同様に何の感情もない声で告げた。

「……やります」

技官は決意の表情で頷《うなず》いた。

☆

夜風が左右の壁の開放されたトレーラーを吹き抜けていく。

三十分して、不意に後をついてくる警察車両のスピーカーが声をあげた。

「これから先、二キロほどは管轄問題があるので、我々は撤収します」

そういうことを何度かくり返した。

バカじゃないのかと貢川は思ったが、それが「役所」というものだろう。

「隊長、SNSの日本政府の書き込みも同じことをくり返してます」

馬鹿馬鹿しい。この非常事態に管轄を問題にしている。

「警察はこれだからな」

目出し帽と「ウロボロス・リベリオン」の仮面の下で苦笑いして、手を振った。

「隊長、あれは本気なのか？」

ロシア国籍の隊員がパトカーの言葉の内容を仲間から翻訳されたらしく、呆《あき》れた声を英語であげた。

「ああ、こんなボケた国だから、俺たちが勝つんだ」

パトカーの群れが、ゆっくりと停車すると、周囲は高速道路の中央分離帯にある街灯と、トレーラーのヘッドライトだけになった。

闇が濃くなる。

「酒々井《しすい》町ＰＡ」の表示が遠ざかっていく。

パトカーの群れが停車して離れ始め、そのヘッドライトや、パトランプの明かりが見えなくなった辺りで、

「来るな」

貢川の勘が囁《ささや》いた。

「総員戦闘準備、来るぞ！」

言った瞬間、唐突に、ヘリコプターを小さくしたような飛翔音が、幾つも連続して響いた。

大型のドローン。それも一機や二機ではなく、数十機がフラッシュライトの閃光と共に、道の左右から浮上し、防音壁代わりの盛り土を下ってきた。

軍用の大型ドローンで、機体下部にはドラム弾倉をつけたＭ４を、さらに切り詰めたパトリオット・ライフルが装着されている。

明滅するフラッシュライトに照らされつつも各員が落ち着いて銃を構え、ドローンを撃ち落とすべく銃撃を開始した。

たちまちのうちに数機が墜落する。

交差する陸橋の金網が一瞬で焼き切られ、何かが道路に飛びこんで来た。

五台のバイクだ。

どれも４００ccを越える結構な排気量で、頑丈な鉄パイプを溶接して作ったエンジンガードとエンジンスライダーの上からケブラー製らしい防弾シートを装備している。

ライダーはアメコミ映画のヒーローがつけるような、転倒時用のプロテクターがあちこちに入った革ツナギに、防弾ベスト、ヘルメットも自分たち同様、イスラエル製のクラス３Ａの防弾ヘルメットにバイザーをつけたもの。

着地したと同時に激しくサスが沈み込み、タイヤが流れそうになるのを男女は上手く制御しながら、片手で銃を構え、撃ちまくる。

一人だけ筋骨隆々の巨漢がＳＩＧのＭＣＸを持っているが、他は「ＡＫピストル」と呼ばれるＡＫ74を切り詰めてストックを外した代物を使ってた。

装着されているのは左右に分かれる形の九十連ドラム弾倉。

アスファルトやトレーラーの車体への跳弾と、短すぎる銃身から放たれるマズル・フラッシュの閃光が高速道路を染め上げていく。

ベンツのゲレンデに据え付けたＭｋ48が吼《ほ》えるが、バイクはその軽快さを生かしてトレーラーの陰に隠れ、あるいは蛇行して銃弾をかわし続ける。

二〇〇人の精鋭だったが、疾走するトレーラーのコンテナという、限定された場所に固定された状態では、機敏に動き回るたった五台のバイクと、上空のドローンからの銃撃には翻弄されるしかない。

さらに、自衛隊の使用しているＭＫ３手榴弾が、トレーラーのコンテナに次々と投げ入れられた。

銃弾を受けて破損した窓から、トレーラーの運転席にも。

爆発と共に先頭を行く一台が横転した。

続く四台は急ブレーキを踏み、タイヤのゴムがアスファルトに擦れて、激しい煙を上げたが、戦場帰りのドライバーたちは、コンテナ部分が横滑りを起こすのを、何とか制御しつつ立て直し、横転して道を塞ぐかつての仲間だった残骸を踏みつぶして、疾走を続ける。

ベンツのゲレンデ五台もその後に続く。

結果、陣形は崩れ、貢川の乗る、汚染爆弾を積んだトレーラーが最後尾になった。

精鋭の兵士たちは、くぐり抜けた戦場経験によって錯覚を起こしていた。

たった五台のバイクとドローンだけで終わるはずがない——大部隊が、彼等を抹殺すべくやってくるのだ、と。

「走れ！　走れ！　絶対に停めるな！」

貢川の指示に、誰からの不満や反対意見が出なかったのは当然だった。

思い込みが、彼等にトレーラーを放棄させず、そのまま走り続けることを選択させていた。

空港に到着さえ出来れば、あとは飛行機に乗って海外へ逃げ出せる。大金を持って。

勝ち戦であることと、永良という優れた指導者を自ら排除した後ろめたさも含め、様々な要素が貢川たちの判断を誤らせた。

驚いたことに襲撃してきたバイク五台のうち、二台のライダーは女だった。一人は大柄で襟元からわずかに見えるのは褐色の肌、もうひとりは少し小柄で抜けるように白い肌をしている。

「女如きが！」

背中がカッと熱くなり、頭が白熱した。

（こいつら、日本人のくせに、俺がボタンを押せない臆病者だと思ってやがる！）

くるりと振り向いて、プルトニウムの詰まった球を頭上に頂く汚染爆弾に向き直る。

「隊長、正気か！」

意図に気づいた部下の愛村《あいむら》が制止するより先に、貢川は腰からFN・5－7を抜いて顔面に銃弾を撃ち込んだ。

のこりの仲間にも銃弾を撃ち込む。

トレーラーの運転席の仲間はこちらを見る余裕もない。

こいつらに大義は元からない。昨日までの自分と同じで、金が欲しいだけだ。

（今の俺は違う）

貢川は防弾ベストの内側から大型ステープラーのような起動スイッチを引き抜きざま、強く握り締めた。

「見ろよ、世界のてっぺんだ！」

以前映画で見た台詞を叫んだ瞬間、かちっとスイッチが入る音はしたが、爆弾は閃光を放つでもなく、起動を思わせる挙動を一切しない。

「な……」

目を凝らした。

液晶表示の下に見たこともないパーツがある。

違う。

手の平サイズの、小さなドローンだ。

それがいつの間にか、液晶部分の下に貼り付いていて、親指大で円場状の非接触型の小型記憶装置《ドングル》を画面に押し当てていた。

僅《わず》か二秒足らずの間に文字が激しく入れ替わり、最後、「стереть《消去》」の文字が液晶に浮かぶと同時に、単一電池サイズの電気信管が右側からポンと排出され、貢川が受け止める間もなく、コンテナの外へ飛び出し、真夜中のアスファルトの上を跳ねて、砕け散る。

ぽかんと貢川は、「モスクワ・スイッチ」の本来の名称を呟いた。

「『同志のボタン《タヴァーリシチ・クノープカ》』……」

この汚染爆弾を停める方法はふたつ。

パネル、および設定された機器からの、解除コードの入力、そして「同志のボタン《タヴァーリシチ・クノープカ》」こと「モスクワ・スイッチ」と呼ばれる強制終了信号の送信。

ただし、Bluetoothよりも短い距離で、専用のドングルが必要だ。

ロシア政府が、信号の周波数を日本政府に教えるはずはない。技術を売るはずはない。

だが、現実に小さなドローンは、貼り付いて直接、その信号を送信した。

「стереть」の表示は全てのシステムがダウンし、装置ごと入れ替えないと、もうこの爆弾が使い物にならなくなった、という証明だった。

「知ってても、普通、やるかよ、この国が、この国の警察が！」

わめきながら、貢川は左肩に装着したガーバーのアーミーナイフを抜いて、汚染爆弾の表面を覆う薄い鋼板の溶接されたつなぎ目に突き立てる。

何度も取《と》り憑《つ》かれたようにナイフを突き立てると鋼板が歪んだ。

歪んだ箇所をさらに何度も突き立てて、歪んだ所にナイフをこじ入れ、鋼板を剝《は》がすようにする。

白っぽい粘土そのままな、一〇〇キロのプラスチック爆薬の一部が姿を現した。

ナイフを放り出し腰のパウチの一つをもどかしく開ける。

突き刺すための短いアイスピック型の電気信管。

汚染爆弾の本体は米軍のＣ４と同じプラスチック爆弾だ。

撃っても焼いても爆発しないが、電気信管があれば一発で爆発する。

貢川に万が一に備えるだけの用心深さがあっての準備だったが、まさか実際に使うことになるとは思っていなかった。

☆

橋本の目の前で排出された電気信管がアスファルトで砕け散るのを見ながら、

『爆弾を解除しました』

無線機に入った〈トマ〉からの報告に、「よくやった」と橋本は励ましを送った。

そして、カウルを外してネイキッド状態にし、ホイールまでつや消しの真っ黒に塗装した上、アクロバット用に補強フレームを入れた、カワサキZX－9Rのアクセルを開けた。

他の四台も、橋本の要請で超特急で手配された同仕様のバイクである。

準備が数時間だったため、さすがに全員同じバイクとは行かず、〈狭霧〉と〈時雨〉はホンダのCBR650R、強制参加してきた足柄はホンダのCRF1000Lアフリカツインになった。

ベンツからの銃弾を避けながら、トレーラーの間をすり抜ける。

橋本も、高校から大学にかけては中型二輪免許を取ってバイクに乗っていたたし、公安時代は車と共にバイクの危険運転訓練も受けた。海外では使える交通手段は多いほうがいい。

さらに身を隠していた一年間、警備員の仕事をする合間にアクロバットバイクのサークルに入って、若者たちの奇異の視線を受けつつ、練習をしてきた甲斐《かい》はあったようだ。

ハンドルロックをかけてタンクに身を伏せるようにし、九十連ドラムマガジンと短いストック、タクティカルサイトをつけたAKピストルを構えて撃つ。

激しい反動と共に、ボディアーマーでは覆いきれない関節、喉元などを狙うが、いつものAK74やAKS74Uよりも遥《はる》かに銃身が短いためか、ひどく当たらない。

（これならまだ自衛隊から89式を借りた方がましだったな）

後悔しても始まらない。AKを要求したのは橋本で、調達先である警視庁と警察庁はベストを尽くしてくれたのだから。

二〇〇対五という圧倒的な数的不利を、自衛隊の特殊戦略作戦群が抱え込んでいたドローン三十機とバイクの機敏さによる奇襲によって補う。

こんなムチャなことが出来るのもKUDAN《クダン》ならでは、だ。

出来れば、自衛隊からグレネードランチャーを人数分＋数十発借り受ける予定だったが、生憎《あいにく》と、千葉に移動した政府首脳の警護部隊に装備されていて、こちらまでは回ってこない。

MK3攻撃手榴弾が十数発用意出来たのも、制限時間からすれば、奇跡に近い。

激しく明滅するストロボフラッシュと切り詰めたM4パトリオットライフルを搭載するドローンは香《かおり》が操っていて、〈トマ〉はその隙を縫って爆弾本体を解除するドングルを搭載した小さなドローンの操縦に専念させていた。

（あとは仕上げか）

酒々井町から三キロ圏内、日吉台までが勝負だ。

成田空港前には最後にばらまかれる「ウロボロス・リベリオン」の金を目当てに数百人の野次馬が詰めかけている。

後から来るベンツのＳＵＶの、屋根に据え付けられた、Ｍｋ48が橋本目がけて銃撃する。

蛇行して銃弾を避ける橋本を、かさにかかってゲレンデが迫る。

橋本はバイクで、銃弾を左右に避けて一気に急ブレーキをかける。

前輪をわざとロックさせるようにして後輪を立ち上げ、「ジャックナイフ」の状態で急停止した橋本は、ベンツを追い抜かせつつ、窓から身を乗り出してこちらを撃とうとした兵士を、高速回転する後輪で叩きのめした。

胸にタイヤを受けた兵士は嫌な音を立てながらアスファルトに落ちて、関節の壊れた人形の様に転がっていくのがバックミラーに見えた。

後輪が着地する瞬間、橋本は加速して、兵士のいなくなった後部座席に、ＡＫピストルを突っ込み、ガラスの砕け散った窓枠に銃口の下にある、フォアグリップを引っかけるように固定し、対角線上にある運転席目がけて銃弾を撃ち込んだ。

Ｍｋ48を操作していた兵士の、防弾ジャケットの隙間から、飛びこんだ銃弾が内臓をかき回して、Ｍｋ48を抱え込むように後部座席に倒れ込む。

ドライバーが振り向いて拳銃を向ける瞬間、再びアクセルを開けて銃弾をかわし、振り向きざまにＡＫピストルを向けてドライバーの頭を吹き飛ばした。

銃弾などですでにダメージが蓄積していたフロントガラスが粉々に砕ける中、頭を失った運転手がハンドルにもたれこんで、ＳＵＶはそのまま道路保護のフェンスにぶつかり、盛り土に乗り上げて、植えられた芝生を派手に削り飛ばしながら横転する。

前方では〈時雨〉と〈狭霧〉、〈ツネマサ〉に今回、自ら望んでＳＩＧのＭＣＸを持って参加した足柄《あしがら》が激しく、残った前方二台のトレーラーやＳＵＶと撃ち合っているのが見える——どうやら橋本は今、ノーマークらしい。

仲間を自らの手で撃ち殺し、握力型スイッチで起爆しようとしたものの、何も起こらず唖然《あぜん》とした男が、ナイフで無理矢理爆弾を覆う鋼板を引き剝がし始めた。

嫌な予感がしてアクセルを開ける。

☆

「ふははは！　死ねしねしねえええ！」

文字通りに呵々大笑《かかたいしょう》しながら、ハンドルロックしたアクロバット仕様のホンダ・CRF1000Lアフリカツインにまたがった足柄は、身体を左右に揺らして蛇行したり直進したりしつつ、300AACブラックアウト弾を二〇〇発も装填されたドラムマガジンを装着した、おろしたてのSIG MCXを撃ちまくる。

300AACブラックアウト弾は、最高の防弾性能を持つクラス3Aの防弾チョッキをも貫通する銃弾だが、如何せん当人の腕が悪いのか、なかなか当たらない。

足柄だけ、銃が自前なだけあって、九十連マガジンが三個、予備である。

だから阿呆のように撃ちまくっていた。

足柄のCRF1000Lアフリカツインはベース車両への塗装が間に合わず、真っ白なボディにメタリックブルーのポイントも鮮やかな派手なものだ。

当然、敵からは目立って狙われる。

が、不思議なことに、百戦錬磨の兵士たちの銃弾も、足柄を捉えることがない。

この糞度胸のヤクザの強運のお陰で〈時雨〉や〈狭霧〉、〈ツネマサ〉の三人は自由に動けた。

〈ツネマサ〉の場合は自由に動けるといっても、足柄の周囲で彼の援護をしながら、敵の周囲をめまぐるしくアクセルワークとブレーキワークを駆使して縦横無尽に回り込みつつ、時には防音壁代わりの斜面を駆け上って、思わぬトリッキーな場所から銃撃を行う。

九十連マガジンはあっという間に空となって、今は通常の三十連弾倉だ。

「〈キンタ〉、もうちょっと動きまくれ！　弾が当たるぞ！」

無線機に〈ツネマサ〉が足柄のコードネームで何度も注意するが、

『うるせえ、死ぬときは死ぬ、やばくなったら俺の勘が……よっ！』

足柄はひょいとハンドルロックをしたままのバイクを左右に傾け、ＣＲＦ１０００Ｌアフリカツインのアクセルを、右手で撫でるようにしながらローリングすると、ワンテンポずれて、一瞬前まで彼がいた場所に銃弾が集中し、その間に足柄が撃ち返すと、向こうは沈黙する。

「ヤクザの糞度胸ってのは本当、連携作戦に向かかねえ！」

罵《のの》りながらも〈ツネマサ〉はヘルメットの下、にやりと笑ってギアを入れ替え、アクセルをあけ、斜面から再び駆け下りてトレーラーの列へ突っ込んでいく。

襲撃開始から五分、二〇〇人いた貢川の仲間はようやく三分の一を割った。

基本バイクによる戦闘は接近して銃撃、遠ざかってまた引き返して銃撃をくり返す、ヒット&アウェイと呼ばれる戦闘機のような戦いになる。

〈時雨〉はトレーラーを追い越して、数百メートル先でターンした。

ホンダのCBR650Rは、あちこちに傷が入り、ミラーやウィンカーなどには被弾した箇所もあったが、防弾仕様にしたタイヤとエンジンは無事だ。

〈時雨〉は慣れた手つきで、AK74の銃身を切り詰め、フォアエンドを銃口近くに無理矢理装着したAKピストルの弾倉を、胸の防弾ベストに装着した予備弾倉へ替える。

〈ツネマサ〉同様、〈時雨〉もすでに九十連マガジンは使い尽くし、今は三十連が三本。交換した弾倉には、まだ数発残っているはずだが、それを惜しんで、弾切れで死ぬのは愚かだ。

すぐ側《そば》に、同じく追い越した〈狭霧〉が片足をついたスピンターンを決めて停車し、同じくAKピストルの弾倉を取り替えた。こちらもすでに九十連は使い果たしている。

「あと何本?」

〈時雨〉が訊くと、〈狭霧〉は、

「こっちは三本。〈ツネマサ〉さんが結構消費ヤバイみたい」

と答えながらこちらも弾倉を取り替えた。

「残りは三両、〈ボス〉のほうが苦戦してるみたい」

みるみる近づいてくるトレーラーから視線を外さず、二人は会話を続ける。

「〈トマ〉、ドローンはあと何機？」

『充電切れと撃墜が十二機、弾切れで今、こっちに補充に戻ってるのが五機……あ、今三機増えました」

「〈ツネマサ〉の補充用に一機回せる？」

『はい、今向かわせてます……でもマガジンは予備があと五本しかないです』

「やっぱり、自衛隊の鉄砲を、大人しく借りといたほうがよかったかな？」

〈狭霧〉が冗談めかして言った。当初、今回の襲撃で警視庁は、SATが使うMP5を提供しようとしたが、「それでは相手の防弾ベストを貫けない」と橋本が拒否、次に自衛隊が89式小銃を提供しようとしたが、それでは警察の面子《メンツ》が、ということで、使い慣れたAK74シリーズを使う事になった。

とはいえ、橋本たちのアジトに隠してあった装備品を、第三者に持ち出させる余裕はない。

都内数十箇所にある上に、複雑な隠しかたをしているし、今後のことを考えれば、身内に近い警視庁、警察庁相手とは言え、そうそう手の内は見せられないからだ。

だから、警察の押収品でまかなうことになった。

当然、予備弾倉も満足にあるわけではない。九十連マガジンが五本あったのは僥倖《ぎょうこう》だが、通常の三十連弾倉は一人頭、防弾ベストに納まる四本＋最後に一人一本ずつの五本を確保するのがやっとだった。

「殺した相手もトレーラーの中じゃ武器、拾えないしなあ」

〈狭霧〉がぼやくが、

「粗製濫造《そせいらんぞう》のM４なんて、怖くて撃てませんよ？」

〈時雨〉は涼しい顔だ。死ぬ時は死ぬと、弁《わきま》えた人間は強い。

「手榴弾はあります？　私はもうゼロ」

「こっちはあるよ。タイミング逸して二個」

「じゃあ、半分こしましょう」

「あいよ」

破砕手榴弾が一個、宙を舞って〈時雨〉の手の中に収まった。

そんな暢気な会話をしている間にもみるみるトレーラーのヘッドライトが迫ってくる。

併走する、二台のトレーラーの助手席から兵士が身を乗り出してM４を向ける。

銃身の下に太い筒……グレネードランチャーのトリガーに指がかかっているのが判った。

しゅこん、という間の抜けた発射音と共に撃ち出された擲弾《てきだん》がアスファルトの地面に二発。

アスファルト用に信管調節をされた弾頭が炸裂《さくれつ》したが、その効果範囲にすでに〈時雨〉たちはいない。

それぞれ大きく左右に動いて、〈時雨〉は中央分離帯ギリギリを攻めて正面左側のトレーラーの横を駆け抜け、後続トレーラーのバンパー部分を撫でるような動きでその左に入りながらAKを、コンテナ部分から銃を突きつける兵士たちへ向けてぶっ放す。

三人が新たにアスファルトに落ちた。

その身体を躊躇《ちゅうちょ》なく撥《は》ね飛《と》ばし、〈時雨〉は大きく車体を右に傾けてさらに同じ車両に攻撃を続行する。

一方〈狭霧〉は、防護フェンスギリギリを駆け抜け、

「最後の一発！」

と叫びながら、トレーラーとコンテナを繋ぐワイヤーホースの中に米軍の破砕手榴弾を押し込んだ。

素早く車体を離れる彼女を狙って銃火が追うが、〈狭霧〉はハンドルを片手で操作しながら身体全体をバイクの車体の陰に隠してこれをやり過ごす。

フォローに入った〈時雨〉と〈ツネマサ〉のAKピストルの弾が切れ、〈時雨〉はラウ

ゴ・エイリアンピストルを抜き、〈ツネマサ〉は橋本から貰ったK５を抜いて、撃ちまくる。

やがて、手榴弾の爆発と共に、コントロールを失ったトレーラーが、すぐ横と後を走行していた仲間のトレーラー二台を巻きこんで、中央分離帯を乗り越え、次々と横転するのを四人は華麗に避けた。

さらにこのトレーラーの巻き添えを避けようとベンツのＳＵＶが二台一緒に、向かって左手にある防護フェンスに飛びこんだ。

一台はそのまま、斜面に鼻面から突っ込んでしまい、斜めに横転して金網とガードレールを突き破って、盛り土の斜面を登ってぐしゃぐしゃのまま、今度は転がり落ちてきた。

もう一台は仰向《あおむ》けにひっくり返ったまま、道路を滑走していく。

横転したトレーラーから漏れた燃料に、先ほどの手榴弾の爆発で破壊された、運転席のラジオから火花が散り、爆発炎上を起こすのは、それから二十秒ほど後のことだ。

すでに、爆発の影響の及ばぬ安全圏に〈時雨〉たちは逃れている。

「やったぜえ！」

拳をあげて歓声をあげる足柄の声に合わせたように、さらに残りの車両が爆発し、巨大な火球がアスファルトを明るく照らし出す。

その爆発を背景に、最後のトレーラーが突進してきた。

☆

足柄の声に合わせて、夜空に爆発の火柱が立ち上る二分前。

目出し帽の上から「ウロボロス・リベリオン」のマスクを装着した男が、装備パウチの中から、アイスピックを思わせる電気信管を取り出すのを橋本は確認した。

あれが副隊長の貢川大だろう。

「みんな、死ね！」

叫びながら爆弾本体に突き刺そうとした貢川の右腕を狙って、橋本はＡＫピストルの引き金を引いた。

貢川の右腕が、電気信管ごと銃弾十数発を喰らって千切れ飛んだ。

さらに前方でトレーラーの一台が、破砕手榴弾の爆発と思《おぼ》しい閃光と音をたて、中央分離帯を乗り越えて、二台のベンツを巻き添えに、横転するのが見える。

悲鳴をあげながら腕を押さえて、貢川は膝《ひざ》をついたが、それでも顔をあげた。

さらにアクセルを開ける。

トレーラーがスピードをあげた。

膝で這《は》いながら、貢川はトレーラーの荷台に転がった、自分の右腕を左手で握った。

執念。一番厄介な感情が貢川を支配しているのは明白だ。

(手榴弾があれば一発なんだが)

思いながら、橋本はシートの上に立った。

飛び移る瞬間、爆発したトレーラーの爆風が、橋本の身体を横に持っていく。

衝撃で一瞬、息が詰まった。

主《あるじ》を失ったカワサキが横転して転がっていく。

タクティカルグローブを塡《は》めた橋本の指先が、辛《かろ》うじてトレーラーのコンテナの右端を捉えた。

これまでの戦闘で弾痕だらけになり、ひしゃげたコンテナのフレームを一瞬で指先から手全体にたぐり寄せるようにする。

一瞬、コンバットブーツの爪先が、アスファルトに触れ、引きずられる寸前、橋本は思いっきり地面を蹴った。

時速一〇〇キロ以上で走行する地面の衝撃が、爪先から背骨、脳天まで突き上げる。

橋本を乗せたトレーラーが、先行していて横転したトレーラーの、燃えさかる残骸を突き飛ばすようにして前進する、一瞬の衝撃と低速化が、橋本を助けた。

肘《ひじ》が、コンテナの開いた「窓」部分の枠に乗る。

その代償とばかりにAKピストルが、スリングごと肩から外れ、遥か後方に落ちて火花をあげて転がっていくのを視界の隅で確認しつつ、後は身体全体の筋肉を総動員して、コンテナの上に上半身を乗せ、辛うじて中に這い上がった。

さっきまでの銃弾のやりとりとは違う、「死」の急接近に、橋本の視界が急速に狭まり、耳鳴りのような音が全てを支配する中、それでも視点をあげ、汚染爆弾に向けた。

「死んでやる、死んでやる……みんな死ね、俺と一緒に死ね」

先ほど橋本を救った衝撃のせいで無様に転んだらしいが、それでも呟いて意志を奮《ふる》いたたせながら、貢川は自分の千切れた右腕ごと、電気信管を再び汚染爆弾本体に、突き刺そうとしている。

橋本の頭の中は真っ白だったが、身体は自動的に動いた。

腰の後ろ、ホルスターに手が伸びる。

マカロフが吼えて、九発分の薬莢《やっきょう》が宙に弾き出され、五発は虚空《こくう》に消えたが、貢川の左肩から後頭部にかけて、四つの穴が開いた。

タイヤのバースト音がして、トレーラーが大きくよろめくように蛇行し、橋本は慌ててコンテナの床に伏せた。

貢川の身体は、自分の右腕を左手で握り締めたまま、コンテナ横の「窓」から路上に放り出され、何度もバウンドしながらアスファルトの上を転がっていく。

燃えさかる三台のトレーラーの方へ転がり、やがて爆発が火球を作って夜空を焦がす。

どこかで足柄の「やったぜえ!」という声が聞こえた気がした。

橋本はそのまま膝をついてしまいたくなるのを堪《こら》えながら、前に進んだ。

弾倉が空になったマカロフを、ホルスターに納め、貢川が殺した兵士の死体の腰から、ベレッタM9の改良コピーとも言われる、使い込まれてところどころ銀の地肌が浮いたタウルスPT92を引き抜いて、スライドを引いた。

軍人らしく、初弾装填されていなかったのか、初弾が薬室に送りこまれる。

トレーラーはなおも左右に動いている。

これまでの緊張が解けそうになるのを必至に堪え、息を止めて橋本は、コンテナの端に脚をかけ、手を伸ばして運転席のドアを開け、そのまま腕の力で中に飛びこんだ。

銃を突きつけると、アジア系の運転手の兵士は真っ青な顔でハンドルに右手を置いたまま、片手を挙げて降参の仕草をした。

「停めろ」

日本語で言ったが、通じたらしく、ゆっくりとブレーキを踏んだ。

タイヤの一つがバーストしているため、微妙に蛇行しつつ、これまでの戦闘のダメージもあってか、可動する各部が軋み、歪む不気味な異音を長く立てながら、それでもトレーラーは停まった。

「…………」

運転手が溜息《ためいき》をつき、こちらを向いた。

逮捕してくれ、と言いたかったのだろう。

「ありがとう」

だが、橋本は短く礼を言い、タウルスの引き金を引いた。

運転手の兵士の頭が撃ち抜かれ、中身が運転席の天井とドア上端にぶちまけられる。

「すまんな。この仕事、『目撃者は無し』なんだ」

呟いて、橋本は大きく溜息をついた。

〈時雨〉たちのバイクが近づいて来る音が、偉く遠くに聞こえた。

エピローグ　夢想推察

☆

二週間が経過した。

結論から言えば、警察庁と警視庁は面目を保った。

表向きは、警察の威信を賭《か》けて極秘作戦を決行し、貢川《くがわ》たちを逮捕しようとしたがSAT とSIT連合部隊の銃撃戦の末、容疑者は全員死亡、ダーティーボムは「事前捜査の通り」単なるダミーで、持ち込まれなかったことになった。

橋本《はしもと》が設定した作戦区域の、警視庁の人払いは完璧で、SNSや動画配信者たちも、何かあるなら成田と予想したため、度重なる爆発に現場へ到着するころには、KUDAN《クダン》は引き上げ、現場を警察と消防が取り仕切って消火活動を行っていた。

また、永良武人《ながらたけひと》の死体も「存在しない」こととなった——こちらは貢川によって頭を粉砕されていたから、隠蔽《いんぺい》は楽だったろう。

内閣は緊急総辞職、解散総選挙となったが、国民の命を原爆テロ（※ダーティーボムという言葉は難しい、と官房長官はあえてこの呼称を使い、マスコミもそれに飛びついた）から守る為にやむなく、という言い訳が通り、むしろ「人間の命は地球よりも重い」に次ぐ名言、名判断として首相の行動は賞賛され、結果与党は、一週間後の参院選で、協力野党の助けを借りない、圧倒的単独過半数を数十年ぶりに達成した。

永良たち「ウロボロス・リベリオン」の要求はすぐに「テロリストの交渉に屈したと見せかけるための偽り」であるとして全て撤回されたのは言うまでもない。

「大山鳴動《たいざんめいどう》してネズミもでず、すべてことなしで天下太平、か」

橋本は選挙の結果が載った、今朝の新聞を畳んだ。

ここ数年と同じく、ろくな秋は来ないまま、気温が一気に下がって冬になるだろう、と街頭に置かれた液晶掲示板の天気予報が告げている。

橋本が腰を下ろした、ＪＲ中野駅近くの喫茶店は、店先に一週間後の閉店のお知らせが貼られている。

平日ということもあってガラガラだ。

なので片隅のボックス席をとった。

　向かい席に植木《うえき》、橋本の隣には珍しく「相談がある」とやってきた〈ツネマサ〉がいる。

「で、結局、貢川大《まさる》はＩＳ国の手先だったということで折り合いがつくそうだよ」

　対面に座った植木が、苦笑と共にアイスコーヒーを飲み干した。

「ロシア情報局《ＦＳＢ》が絡んでる、って素直に公表したほうが楽じゃないのか？」

　貢川たちがＩＮＣＯ《インコ》以外に、ロシアのニジェルンスキー広場にある建物から報酬を得ていたことは、押収されたＰＣの記録に残っている。

「うちの外務省が、ロシアと正面からことを構えるほど、キモが据わってないのは、あんたも知ってるだろ？　それに——どうもＣＩＡ《ラングレー》も絡んでるっぽいしな」

　植木はすました顔で、アイスコーヒーのお代わりを、手を挙げてウェイトレスに頼んだ。

　ウェイトレスが、オーダーを書き込んで去って行く間、男たちは黙り込み、そして会話を再開する。

「まあ、うちの政府を通じたアメリカのお目こぼしがなければ、ダーティーボムなんてものがうちの国に持ち込まれることなんかないだろうしなあ——米軍は今頃ホワイトハウスに怒鳴り込んでるだろうが」

　ＣＩＡがしばしば米軍を犠牲に入れることを計算し、極秘理に作戦や謀略を進めるため、前身となったＯＳＩの設立当初から、アメリカの陸海空三軍とＣＩＡは犬猿の仲だ。

「――かといって中国に押しつけると、近すぎて報復がすぐにやってくる。その点、中東は多くの日本人にとって遠い上に謎の国だ。真面目《まじめ》なムスリムさんたちには悪いが、そういうことになる」

「どうも日本人って奴は、アジアに喧嘩《けんか》を売るのは平気でやるが、肌の色が変わると途端に弱腰になるな」

やるせなく橋本は肩を落とした。公安現役時代から、何故《なぜ》か日本政府も日本社会も、ロシアには甘くなる。ウクライナ紛争で少しは変わったと思ったのだが。

「ロシアも西洋諸国から見れば、日本と同じアジアなんだが――まあ、白人コンプレックスなんだろうよ」

苦笑いを浮かべながら、植木はアイスコーヒーの氷を、ガリガリと齧《かじ》った。

「そういえば、貢川たちが受け取った二〇〇億、どうした？」

「回収は不可能だったよ。奴らの口座は仮のもので、入金と同時に更に細かく分けられた口座に自動送金される仕組みで、そこへ行ったらまた別の所へ、だそうだ」

空になったコップを、植木は脇に追いやった。

「結果半分に目減りしても安全な金になるなら多分地球を十年がかりでグルグル回すことだって出来る」

「幽霊が受け取る金か」

「三途の川を今頃豪華客船で移動してるだろうよ――そういや、お前さんたちの報酬はどうなった？」

「そこは栗原《くりはら》警視監《さん》だからな。ちゃんと振り込まれたよ、昨日」

昨日口座を確認したら、確かに口笛のひとつも吹きたくなるような額が、追加でちゃんと振り込まれていた。合わせて円にして十億。

この一年の損失を補って、さらに装備や隠れ家の類《たぐ》いをそろえ直しても、当面、遊んで暮らせる。

「で、ＫＵＤＡＮとしてはこれからどうする？」

「わからん」

橋本はぽつりと言った。

「この所、色々ありすぎたし、今回の事件でさらにモロモロ、面倒くさくなった。しばらく開店休業だ」

「まあ、国家の一大事を納めて、テロリストを退治したんだ、半年ぐらい休め」

「栗原さんも滅多なことがない限り、そうしてくれると思うしな」

ここにいない香《かおり》も、そこは請け合ってくれている。

だから〈時雨《しぐれ》〉や〈トマ〉、〈狭霧《さぎり》〉は連れだって国内旅行に出かけていた。

多分、各地の名物や食を楽しみ、爛《ただ》れた夜の時間をむさぼっているだろう。

「……ところで〈ボス〉」

それまで、黙ってオリジナルブレンドコーヒーをすすっていた〈ツネマサ〉が口を開いた。

目の下に隈《くま》ができている。

ここ数日、また例の愛人、真魚優樹菜《まなゆきな》の家に泊まり込んでいるが、そこでのセックス三昧がそうさせているわけではなさそうだ。

「なんで、永良陸将は自分なんかにあんなものを……自分がKUDANに関係なければただの宝の持ち腐れですし、タイミングが早ければ、自分らは陸将の計画を潰せたわけで」

（なるほど、目の下の隈はそういうことか）

橋本は苦笑しながら答えてやった。推測でも憶測でも、今の〈ツネマサ〉には必要なものだ。

植木と話し合ったときの自分の予測とは違う、〈ツネマサ〉用のいいわけを、橋本は前もって用意してあった。

尊敬している陸将の話として、あの考えは相応《ふさわ》しくない。それに、橋本の想像が事実かどうかも確かめようはない。

「全ては成り行きなんだろうさ、たまたまそこにお前がいた。時にそういうことはあるもんだ……何処《どこ》かの居酒屋で、たまたま隣に座った奴が昔なじみで、今抱えてる悩みを話す……そういうことが、生きてればあるだろう?」

「そういう、もんでしょうか」

「永良陸将ってのは先読みが出来る人だったんだろ。そういう人だからこそ、不確定要素に賭けてみたくなったんじゃないのか……人は万事上手く行きすぎているときには、何かを疑って、破滅の要素を求めたくなるもんだ」

橋本は我ながらしみじみとした声が出たことに驚いた。

「ましてお前は、元陸将にとっちゃ、マトモだった時代の記憶の一部——だれにでもメランコリックに従う瞬間ってのは、ある」

橋本がＫＵＤＡＮを立ち上げる遠因になったのも、そういう不条理な感情の動きに従ったことから始まった。

親友の娘を殺したロシアの殺人鬼を、無罪放免して相手国に引き渡さずに、射殺したのだ……そのことを、後悔はしていない。

永良も同じ考えだったのだろう。

「でも、貢川に殺されると判《わか》ってて、なんで陸将は実行したんでしょう」

「死にたかったんだろう。カソリックは自殺を禁じてる。孫娘が死んで、洗礼を受けた以上、キリスト教徒としてはそんなことは出来ない……まあ、人間、死ぬのも生きるのも、いいわけがいるもんだ」

橋本は言葉を切った。

実際にはもう一つ、考えがある。

永良武人という人物は最後まで「自分は正しく予想し、勝ったまま死んだ」と思いたかったのではないか。

アメリカＣＩＡを相手にした戦闘で勝ち、計画の失敗を予想しつつ、それでも孫娘たちの復讐を成し遂げた、と誰かに知っていて欲しかったのではないか。

名将だの軍人の鑑《かがみ》、と呼ばれる人物にしては子供っぽいにも程があるが、戦い続ける人間の奥底には、自分も含めそんな無邪気で身勝手でどうしようもない部分が必要なのではないか、と。

「で、お前ら個人はこれからどうするんだ」

植木が同じ質問をくり返した。どうもこれ以上は湿っぽくなると、感じたらしい。

「おまえさんのおすすめのままに、しばらくは休むさ。ＩＮＣＯの出方もわからんしな」

橋本は伝票を持ってレジへ向かった。

「ごっそさん」「いただきます！」という声を背中に、橋本は懐《ふところ》からマスクを取り出して装着しつつ外に出た。

車の巻き上げる、埃《ほこり》っぽい大通りの風がマスク越しに吹き付けてくる。

ＩＮＣＯの「ポーター」を名乗った女からは、まだ何の連絡もない。

ただ、栗原にも教えていない、長野の警備員として作った個人口座に、預かり上限の一千万円が入金されていた。

入金者は橋本自身となっていた。

ひょっとしたら、本気で彼女は橋本たちと、手を組むつもりなのかもしれない。

（すべては先の話だ）

橋本は軽く頭《かぶり》を振って、気分を切り替える。

懐は温かい。今はのんびりと、関東のどこか、あるいは、もっと遠いところで羽を休めておきたい。

冷房の加護《かご》が消え去って、蒸し暑さが橋本の身体《からだ》を包み、じんわりと汗が噴き出してくるのを感じながら、橋本は歩き始める。

かつて、九月が秋だったことも懐かしく思うようになり、いずれ慣れて当たり前になり、十一月の末を秋と呼ぶようになるのかもしれない、と朝、たまたま聞いたラジオでパーソナリティがしみじみと語っていたのを思い出す。

たしかに、夏の陽射しが九月も末なのに続いているが、人々は黙々とそれぞれの歩みを進めていた――この国はいずれ、今回の事件の報道にも慣れて、飽きて、やがて忘れ去る。

どんなに信じられないような変化も徐々に起これば、いずれ、人は慣れて、飽きて、やがて以前とは違うが、よく似た風景に「日常」と名付けそこへ帰っていく。

この国はまた、「日常」の中に戻った。

その安寧にどれだけの価値があるか、変化があるのか。

深く考えるのをやめて、橋本は淡々と歩みを進め、マスクをして歩いていく人々の群れの中に消えた。

長い夏は、まだ終わりそうにない。

この作品は徳間文庫のために書下されました。
なお本作品はフィクションであり実在の個人・団体などとは一切関係がありません。

徳間文庫

警察庁私設特務部隊KUDAN

ウロボロス・クーデター

2022年7月15日 初刷

著者 神野《かみの》オキナ
発行者 小宮英行
発行所 株式会社徳間書店
東京都品川区上大崎三-一-一 〒141-8202
目黒セントラルスクエア
電話 編集〇三(五四〇三)四三四九
販売〇四九(二九三)五五二一
振替 〇〇一四〇-〇-四四三九二
印刷
製本 大日本印刷株式会社

ISBN978-4-19-894762-0 (乱丁、落丁本はお取りかえいたします)